我在

戴海｜著

人民东方出版传媒
東方出版社

自序

“我在”的意味

民谚有“七十三、八十四”一说，那是孔子和孟子的寿数，被说成人生“大限”。

2010年，我满73岁。生日之前游曲阜，我在孔子墓前默神了好久。生日当天，我在黄海浪涛里扑腾，荡涤73年的尘垢，只为婴儿般新生。

夏日，滨海而居，读读写写，时有短小篇什写在手机上，发给忘年交。友人问我在哪儿开微博？

秋日回家，注册“新浪”，机缘巧合，我就壮着胆子试用手机写微博。

这是我从识字、造句以来，一种前所未有的写作。写满一年，结集成书。网名即书名，谓之《戴海村语》。

手头的活计，已然欲罢不能，兴许是乐在其中了。我的“村语”又写了四五年，从电脑里调出，打印，积攒了一沓沓原稿。

微博，是“碎片”化的文字。我写微博，且当自办“微型杂志”，写得零散、驳杂。真的很“自我”，一派“原生态”。

文字，绘出心灵地图。按图寻踪，我在“山里山外、窗里窗外、书里书外”发现自己。那是我的生存空间，也是写作园地，而今成了本书的构架，正好分作三章的标题，并生发为目录，如

“此山有路去远山”；“窗含秋水，目送夕阳”；还有些微“书话”、零散“笔记”，“在纸笔与网络间徜徉”。

为书取名有点难。“微言博览”？太宽泛。“且读且行”？嫌老套。踌躇中，似闻一声应答：“我在！”

哦！想起有年春节，我与新疆友人通电话，探问多位老红军、老同志，听说，谁，谁，都不在了！我顿时怆然，默然。

“不在”是个婉词。斯人不在，但以无言的事实，考问活着的人们：我在，意味着什么？

去年，从炎夏到寒秋，我和晓清好比守着一座陈年窑址，拾掇形形色色的碎片，组合、拼接。此事繁难，而愉悦也在其中。

长沙有条古巷，巷名“出入是门”。

联想案头的书、眼前的窗、脚下的山：书，是无形的门，可以钻进去，还得跳出来。窗，是有限的门，可以通风换气，可以观景阅人，但切莫攀爬跨越，小心坠楼！山有山门，也有偏门小道。登山可以仰天俯地思人寰。

“我在——山里山外、窗里窗外、书里书外”的意味，大抵如此。

现在，呈现于读者诸君眼前的《我在》，其意味也大抵如此。

戴海

2016 年 12 月 30 日

目 录

第一章 山里山外

一、此山有路去远山

山间小路 2011年11月25日18:54

上午伏案，该起身了，下楼，上山，去赫石坡提泉水。在泉边，我对朋友笑谈："走健康路，喝清泉水！"同时，我还享有"秋林欣赏课"。看林间小路上，铺着一层殷红和蜡黄的枫叶；山坡上、溪涧边，看辣蓼开着细细的花朵，因其群体效应染成一抹水红；还有金黄的野菊花，散发着沁人心脾的馨香。取水秋林，何其乐也！

我是山人 2012年1月6日18:46

数九寒天，昼短夜长，下午说黑就黑了。我和老伴于暮色苍茫中登山。走在熟悉的山径，空气清凉但很清新。老伴择一小坪做操，我沿林间小路慢跑。寒山中未遇路人，路边的老坟与山俱老。丛林中有山犬夜吠，我顺手拾起"丈八蛇矛"似的丫杈，信步闲行。我是山人我怕啥！

麓山雪 2012年1月22日23:34

雪映除夕，我和晓清沿石径来到赫石坡前。放眼看去，山间的落叶乔木，"萧条，但不失为一种生存哲学"。有些常绿乔木，也并非“宁折不弯”，只有松柏保持着浩然正气。我俩提着山泉回到诗廊，难得一见檐下的冰凌，雪中的苏铁和雪松正好是“银装素裹”的风韵。我们专访山前的腊梅，寒风料峭中，金黄的花朵被雪花裹得绒球似的，仍不失淡淡的冷香。涧底的清流，依旧不急不缓，细语沉吟。天色向晚，我站在跨涧拱桥上，听着山外的鞭炮声，似觉很远很远。

枫林村路

2012 年 1 月 23 日 11:34

春节，收到张曲的贺年诗：“青山无墨千年画，流水无弦万古琴。莫道枫林村路远，轻舟载梦寄佳音。”张曲是望月湖之才女、名师，此前读过她的诗文集，喜其旧体诗词温柔婉约，楚楚然，款款然，新风兼容古意。今借其“枫林村路”一句，回复：“枫林可读，村路不远。”

雨松和尚

2012 年 5 月 20 日 07:07

岳麓山下景德寺，是唐宋以来的古寺。乾隆年间，儒生李孔授夜访景德寺，赠诗雨松和尚。诗中的“古道”与“活水”还在。当晚，雨松拨火烹茶，与李孔授彻夜长谈，其人情与佛性诚恳感人，令儒生兴叹：“豁然吾道亦分明。”20 世纪 80 年代，本校在该寺旧址兴建教工宿舍，更名景德村。我住此村 25 年了，凝视楼前窗下，时常想起雨松和尚，我的这位本地元老。

追日

2012 年 2 月 10 日 21:49

从书房回望西窗，喜见林梢透出夕阳的光芒。连忙邀老伴下楼，登山。白石老人“痴思长绳系日”，晚辈想学“夸父追日”。从景德村登岳麓山，相对高度二百余米。我们登上山顶，夕阳还悬在西南的远山上空。我们临高崖而远望，注视夕阳收敛了光芒，沉入暮霭，显得那么从容、静穆。

山前

2012 年 3 月 14 日 20:08

伏案四天，校完清样，随即下楼上山，听山水跌宕，山鸟啁啾，朝向满山清气深呼吸。驻足，侧耳，忽听搅拌机、振捣棒的轰鸣，何处又在建楼？山前，赫石村的教工宿舍、文科院系的教学楼，是山林与街市的中间地带，是忙与闲、噪与静的分野。我优游于这林静书香的边缘，遂心，惬意。

山间行走

2012 年 10 月 14 日 12:24

写罢“村语”二题，去山间走走。时下，山林尚欠秋色。沿途遇见一对校园恋人，牵手向上。一对中年夫妻，席地而坐，似乎喘不过气了。三位蹬山地车的小伙儿，穿梭而过，我连忙闪到一旁，喊声“走好！”五十步开外回应着“谢谢！”树梢之上，传来欢声笑语，索道歌手把“爱呀爱”唱得冲破云天。从蟒蛇洞取泉水的人，背水下山，走健康路，喝长寿水，是些锻炼有素的人。40 分钟过去，我已上下疾行一大圈。回村，桂花香里，轻松上楼。

岳麓山人

2013 年 5 月 10 日 08:25

今天醒得早。忽然想起，今年是我回归岳麓山 30 周年！由此往前追溯：还是我第一次登上岳麓山 64 周年，是我求学岳麓山 56 周年。52 年前，我作别岳麓山，从这里去北京，而后去新疆。没想到，中年回归，终老岳麓山。如此说来，我算不算个“岳麓山人”？该不该写篇《栖居岳麓》？

岑寂

2013 年 12 月 4 日 12:40

寒秋，晴日，丛林，来到幽谷、泉边。此处离岳麓书院很近，距麓山寺也不远，折返数百年、千余年，学子的书声、和尚的钟声，定然清晰可闻……难忘世纪之交那些年，我在这春山秋林中读读写写……今天，重返这清净的境地，依旧随身带来书本纸笔，还添了手机。也好，实时实地发信息。

村落

2014 年 5 月 19 日 16:59

清早，迎着杜鹃、百舌、斑鸠们奏鸣的晨曲，走进校园深处，我又回村了。这些年深月久的村落，是岳麓山下的学人部落，是学术丛林的根系，亮着学子求知的明灯。这里有我求学共事的师友，回望那些熟悉的门窗，记得他们熟悉的面容和亲切的口音，而今却隔三差五有人离世，不禁于心戚戚。

登凤凰山

2015 年 11 月 26 日 17:04

今日天晴，我回湘江西岸，又上凤凰山，南望天马山，感念当年润芝先生诵“天马凤凰”入诗，叹江山胜境，故人情怀！如今凤凰山上，花岗岩为梯，青石板铺路，更喜野菊夹道，丛林中红黄树叶铺地。凭栏处，抚祥云石雕，有翩然欲飞的感觉。寒秋过后的橘子洲头，近在眼前。

天马山

2011年11月26日19:34

且读且游的日子，上午读后游山。以前采蕨上过天马山，攀爬于荆棘与坟墓之间。今日漫步盘山的游路，观赏新植的花木，亮色与清香纷呈，苍山装扮换新颜，令人欣然陶然。最爱谷中草地，春秋时日，携书本、面包至此，可以流连终日。若登顶而立，东眺星城，西观岳麓，恍如纵“天马”而驰骋！

山前山后

2013年6月8日20:04

登上桃花岭，回望岳麓山，念千百年历史沧桑：岳麓山，因“汉魏名胜”引来杜甫、韩愈们游访；由“岳麓书院”造就魏源、曾国藩、左宗棠等近代风云人物；而后涌现黄兴、蔡锷等辛亥先驱；崛起毛润芝、蔡和森等同学少年“指点江山，激扬文字”……岳麓山和桃花岭，好比前波后浪，两山之间，早先是一条狭长的山谷，我常到这边山野间寻幽觅静。世纪之交，山谷里修通西二环高速公路，建设“大河西先导区”。今天，我从桃花岭主峰俯瞰梅溪湖，惊叹：山青水秀的景色，融入新世纪的“筑梦”工程，且待美梦成新景！

穿越丛林

2015年10月15日19:05

陡峭的山坡，稠密的树林，坡上满是枯枝乱石。这里是赫石坡的丛林地带。我在这边山下，栖居三十多年，也算半生故地吧？今日故地重游，沿袭旧时游法，身在此山任我行。我知道，枯枝不可攀，乱石不可踏，却总有可攀可踏处。我不紧不慢，终于登上一处高地，眼前秋光正好，气爽天高。

麓山索道

2014 年 1 月 1 日 20:08

家居岳麓。平日我从自家窗口望索道，今天乘坐索道认家园。座椅沿索道徐徐攀升，层峦叠嶂中有常走的小路，有熟悉的丛林，曾在山中采蕨、拾酸枣……索道行经面东的上空，我们指认长沙的“山水洲城”，俯瞰校园的天文台、图书馆。我的家园景德村呢？隐在一片乳白的朝雾之中。是画境，是禅意？

行脚念

2013 年 11 月 17 日 11:49

唐代诗僧齐已，是我在岳麓山上的邻居。他写：“老来已无行脚念。”我说：“老夫尚存行脚念，风声水响到书房。”我念如何？我把“念”字拆成：“今”在路上，“心”上云端。行脚念，神州游。我一路拜读大自然著就的“山海经”，阅览祖先们存留的“人文史”。行行重行行，行脚乐逍遥。

兴安

2012 年 1 月 25 日 07:54

大年初二，我家三代五口，冒雪上路。车过衡山、永州，直奔广西兴安。十多年前，我为探寻“湘漓分派”，在灵渠遭遇瓢泼大雨，淋得浑身湿透。今日二访灵渠，沿着一渠清水逛“水街”。跨古桥，识小篆，看水边老树横枝，街头灯笼添彩，感受秦时古迹与现代新风。下午，在驰往兴安的途中，远望湘江上游，知道那边就是红军长征时湘江一役的旧址，是红军血染湘江的战场。此刻，天已黑了，渡头无从寻找，凭吊如何表达？哪怕掬一捧岸边水，望一眼江心浪！

桂林山　　2012年1月25日14:40

在大自然面前，老伴有时天真得像个小女生。今晨，车行桂林城郊高速，沿途的奇山异岭，唤起她的想象，她一路指点着：像春笋，像斗笠，像笔架；像金字塔，像太师椅，像弥勒佛；像老人对弈，像慈母抚婴，还有一个“秃顶老头发微博”……松说，这些比拟缺少科技内涵。松在想象，当这里还是一片汪洋大海的时候……我说：“那么，我们就像遨游在这些礁石之间的小鱼！”

火山岛　　2012年1月29日14:38

北海涠洲岛，是年轻的火山岛，喷发于13万年至1万年前。我们刚一登岛，就去探寻火山口。走过正在退潮的沙滩，远眺海湾一角，是峭壁，是岩堆。前头还能通行吗？我像悟空探路，捷足欣赏岩层斑斓如壮锦，攀爬在火山岩上，仿佛撞倒一排书架。哦，我也是岩层一页？

海滩　　2012年1月30日22:13

我喜爱海滩！今游石螺滩、贝壳滩和五彩滩，丰富了对海滩的印象和体验。作为火山岛，涠洲岛的岩岸、岩滩是地质奇观的长廊。海滩上的珊瑚礁，像大块炒米糕，潮水把软乎乎的活珊瑚推上滩头，把我们的想象带入海底的珊瑚世界。在海滩听涛，戏浪，拾贝选珊瑚，我们都像天真快乐的孩子。

胸中天柱

2012年4月10日23:32

列车驰过春天的原野。此行何往？天柱山！我对天柱山心仪已久，先是读到一串数字：全山计有海拔千米以上的知名山峰45座，还有17岭、18崖、22洞、86怪石、18瀑、17泉，景观雄奇灵秀，古朴天然。还因为见到一份名单，包括：李白、王安石、苏轼、黄庭坚，他们与天柱山的情缘有传世的诗、信和留在山间的笔迹为证。

会景亭

2012年4月12日21:38

这里是天柱山，从高峡平湖远远望去，白色的长亭，映衬着蓝灰色的天幕。来到“会景亭”前，环顾四周：北面横亘的山脊，异石奇峰，构成“龟兔赛跑”“猫捉老鼠”之类的童话剧。东西两侧有迎真、飞虎诸峰，峰顶都有标志性的石景。我们在会景亭中与“世界地质公园”的奇妙景观聚会，人与山试作“高层对话”。

天柱晴雪

2012年4月13日07:31

行前，晓清做足了功课，记住了路线图。于是，上了游路就四处张望，寻问这诗意的景点。我想，也许就如潇湘八景的“山市晴岚”之类，只是一种说法吧！途中，忽见大片白色的岩坡，我跳开游路，攀爬上去，但觉脚下松散散的、软乎乎的。信口喊道：“我上雪山啦！”阎公端起相机，为我“雪山”留影。晓清经询问证实，这里就是“天柱晴雪”。她还联想天柱山作为“世界地质公园”，这里的“雪”就是风化了的花岗岩。我捧起一把白花花的岩砂说，这里的“雪”，夏日不消，长年不化，既有诗意，又俨然具象，是一道永不消失的风景。

神秘谷

2012年4月15日21:08

攀登天柱山，穿越神秘谷，经历一回人生体验。峡谷全长600米，落差150米。这段距离不算艰难，而谷中的逍遥宫、迷宫、龙宫、天宫，有上上下下的阶梯，有大大小小的洞穴，还有歇脚的石凳和观光的平台。有人说，人生也是“迷宫”，前半生闯进去，退休后摸出来。

天柱峰

2012年4月16日06:18

群峰林立，凸显飞来峰雄姿。到了飞来峰前，仍不见天柱峰的尊容。横亘山脊的石峰，是一道“龙吟虎啸”的雄关。当游人被远近高低的景观惊奇得欢呼雀跃时，忽听有人喊道:“坚持最后三分钟！”我也乘势而上，奋力登顶。哇！我心中的天柱峰，就在跟前，和我面对面。难怪天柱山自古称“潜山”。

上庐山

2012年7月9日21:52

白云、青松、山风，今天又见庐山面目。这是我第五次上庐山，第三次进山避暑（晓清还数次带学生来庐山实习）。入住村舍，站在阳台上，我们能指认一座座山峰。傍晚去牯岭，我们熟悉这里的超市、农贸市场，转一圈就提回了油、盐、米、面和时令果蔬。呵呵，我们又成夏日“庐山人”！

早点名

2012 年 7 月 11 日 07:50

重上庐山，拂晓拉开窗帘头件事，就是检阅群山：东面是日照峰、牯牛岭、大月山筑成绵延的屏障；南面的远山，应是玉屏峰、九奇峰以至汉阳峰一带的壮阔波澜；西边的山林下就是锦绣谷，谷地两侧的山陵叫什么来着？忽听群山耳语："彼乃何方神仙？天天集合我等早点名。"

牯岭

2012 年 7 月 14 日 09:07

经过一番攀爬、盘旋，当您乘车驰过花岗岩铺砌的街道，或者漫步在浓荫蔽日的人行道上，出入于各色各样的商场，还有图书馆、电影院，或者在亮丽的霓虹下，在悠扬的音乐中，游憩于夜风习习的伴月公园……您尽管登过许多山岳，逛过无数街市，可不会不惊艳如此繁华、如此美妙的魅力牯岭。

夜牯岭

2012 年 7 月 19 日 21:39

剪刀峡畔，牯岭街头，霓虹灯下人头攒动。旅游团、避暑客和原住民一齐涌来。从长沙步行街到上海黄浦滩，我没见过这样的游人密度。在伴月公园，正举行"牯岭之夜"国际音乐节。我想听听俄罗斯演员唱《莫斯科郊外的晚上》，他们却跳百老汇爵士舞。沿街的饭庄菜馆，尤其生意火爆，顾客盈门。

剪刀峡

2012 年 8 月 21 日 20:28

牯岭街前的剪刀峡，我从街心花园看，还从东岸西岸看，每闻谷中水响，每见峡上云飞，总有一种寻幽探奇的向往。今天，过窑洼街道，沿剪刀峡路，踏石级而下。从谷中仰观，东看望江亭，西看观云亭，每当举起手机拍照，总有青松披在崖前，白云飘过峰巅，颇有深入底层的意趣。

隔岸相望

2012 年 7 月 16 日 16:56

剪刀峡的两面峭壁，巨石层叠，雄奇险峻。峡东是大路，路边有座望江亭。站在亭中往西看，对岸鹰嘴崖上还有观云亭。我循小路找到此亭，喜爱闲坐亭中，观峡谷云飞，听谷中水响。我从隔岸相望中体验，无论东亭西望，或西亭东望，只有到了彼岸，才知立足此岸的奇险。

高山湖

2012 年 7 月 21 日 20:49

平原、谷地的水域，不足为奇，游览高山湖泊，就别有风情了。今天登鄱阳路，闯汉口峡，站在峡口俯视牯岭，远眺土坝，乐闻“高山流水”，似觉心境也得以提升。重访大月水库，又赏湖光山色，正好，太阳投射的云影掠过湖面，把天、地、人绘到一幅山水画上了。

庐

2012 年 8 月 8 日 20:02

此山以“庐”为名，登山先解“庐”字。“庐”是一种原始的栖身之所，或在山中的洞窟，或为田野的茅棚。按《说文解字》，“庐”即“寄也，秋冬去，春夏居”。记得老长沙的街巷，有些殷实人家的门额，以某“庐”命名，原是以陋为雅。我在庐山租住民居，夏来秋去，正是以“庐”为寄身之所。

牯岭别墅

2012 年 8 月 8 日 21:26

这是一部历史文化的大书。这些花岗岩墙体和红漆铁皮屋顶的建筑，我既当风景看，又当历史读。散落在谷东、谷西的各式别墅，有坐落在湖畔的，有隐逸在谷中的，有半露在高崖的，有深藏在密林的。别墅之间，或倚山相呼，或隔水互望，或左右为邻，或上下毗连，与庐山的自然和历史融为一体。

石门涧

2012 年 8 月 16 日 20:32

俯瞰，远眺，一边是铁船峰，一边是天池峰，“涧门”洞开，能不心驰神往！当年，32 岁的徐霞客，沿此涧攀登，从此门上山。他的日记，成了风景眉批：飞瀑深潭边，刻着“喷雪奔雷”；崇山峻岭间，刻着“层峦耸翠”。高大宽阔的崖壁，像大块文章，像巨幅浮雕，我琢磨，庐山真面目，可在岩石中？

登汉阳峰

2012 年 8 月 20 日 19:30

昨天，我和晓清登上庐山之顶汉阳峰，并做往返记录。6:40 乘车，7:00 抵仰天坪。车无路，人有脚，踏上弯弯曲曲、上上下下的登峰小路。我俩无法并行，只能前后照应。论眼力，她要当先；论胆量，我该在前。她有手杖以助攀登，我用树棍扑草防蛇。沿途择路上行。11:00 登上汉阳峰顶，拍照、进食。11:45，闻远山雷响，立即撤返，回望，峰顶即被雨雾吞没。林密，路暗，好在归马识途，马不停蹄。虽有雷雨当头，却能以镇定驱散惶恐，以疾步争取时间。13:50 返回仰天坪。往返步行约十二公里。回到车上，方觉浑身湿漉漉的，分不清汗水雨水。

顶峰

2012年8月21日 18:13

庐山如此壮观，汉阳峰上怎么样？我刚登顶目击："蓝天白云下，松林一片！"古往今来的人物，即使功高盖世，其生命的巅峰具有这般境地，不也很好吗？徐霞客前来考察，有日记为证。"大汉阳峰"石柱上的题刻，是百余年前一位县官的兴叹："峰从何处飞来？我欲乘风归去。"

登山要登顶

2012年8月20日 08:56

登山家都以攀登珠穆朗玛峰以及各大洲主峰为目标。我和晓清曾经登过泰山玉皇顶、黄山天都峰、峨眉山金顶、武当山金殿，也许有点"登顶"情结？我刚入小学的第一次远足，就登上了家乡的荷塘仙岭。最新纪录是，昨天登上庐山之顶汉阳峰。

潭水深沉

2012年8月24日 16:06

风雨两日后，今去龙潭路散步，为黄龙潭、乌龙潭拍照，作眉批，实时实地发送。此水顺石门涧而下，涧中又有白龙潭、青龙潭。山中的水潭，多因水流冲击而成。瀑水向有奔放的激情，潭水则有静止的深度。积水成潭，便有汇聚、有贮存，又不断补充和更新。人生经验与学识，最好是深沉胜似潭中水。

锦涧梦

2012年8月28日 10:55

沿着新建的步道游览锦绣谷，想起了袁宏道。1660年秋，他游庐十日，从锦绣谷登山，目光可曾投向这峰前崖缝？当年，他迈过锦涧桥，每走一程即遇一亭，依次驻足锦涧、半云、甘露、一息、披露五亭，还沿途玩赏摩崖石刻。而今，我听谷中水响，仿佛又见他穿越锦涧的身影，悄然如入梦境。

九十九盘

2012年8月29日21:42

踏上“九十九盘”，我不数拐过多少“盘”，只小心着脚下那些重重叠叠的垫脚石，如犬牙狼齿般交错。从“庐山高”的石坊到“甘露泉”的石刻，我从山崖上解读古人的心迹。瞧：“攀上忽瞻红日近，回看又觉白云低。”好呀！找准画境的视点，激活诗意的情怀。

好汉坡

2012年9月6日06:46

从莲花洞上牯岭街，全程九公里，垂直高度约千米，仰视俯观都是崇山峻岭。途中，最陡峭险峻的一千三百余级石阶，名为“好汉坡”。这坡上留下的逸闻，感人而且好笑。我曾体验此坡，下去又上来。昨天决计一路下到底，再从九江乘车“四百旋”回山。好汉坡呀莲牯路！走一趟就叫人记一辈子。

半山亭

2012年9月6日18:12

走过“好汉坡”，见到“半山亭”，石柱，铁瓦，刻有“青芝老人重建”。路旁的石凳边，刻着老人对轿工、挑夫的安慰：“暂息仔肩”，对登山者的鼓励：“努力前进”。此老是当年国民政府的闲职“主席”林森。他在庐山的遗迹很多，由他捐建的石桌、石凳，还刻有：“同胞请坐；讨小老婆的不许坐。”

莲牯路

2012 年 9 月 6 日 06:12

山有山情，路有路史。我一踏上这条山路，就像触动庐山的一道筋脉，翻开庐山的一卷史书。路边见到三处“登山榜”，榜上有名者多半都是“熟人”。那些自汉唐以至明清的儒、道、释，早已哲人远逝。那些民国以来的人物，似乎背影就在前头，谈笑唏嘘之声还在山间回响……咦，名山何曾在乎“名人”捧？

锦绣谷

2012 年 9 月 1 日 08:22

一回回上庐山，数不清漫步锦绣谷多少趟了。昨又重游，从天桥走下去，从仙人洞走出来，顺着游路逶迤起伏。这是一条走廊，我从这里走进大自然；这是一个阳台，我站在这里向山川喊话。这里是学堂，我一趟趟走读；这里是书本，我一遍遍温习。望着幽深的锦绣谷底，我逆时间隧道，想象冰川挟带巨石从这里撤退。我在这里推开一扇窗户，找到一个视角，由此岸望彼岸，从山里看山外，深邃而不闭塞，内敛而不迂拙，让呼吸通畅自适、心灵收放自如。人生有个“锦绣谷”，就有锦心绣口。

庐山石

2012 年 9 月 3 日 19:34

不是玩石者的收藏，不像那样溜圆光滑，小巧玲珑。欲观庐山石，请上此山来，仰望高崖，俯视深谷，可识庐山真面目。山中的石材，建成了百年“建筑博物馆”，垒出了千载行者登山路。庐山石是大块文章，让古今名流吐露心迹，留下心声。庐山石，在大自然中是坚硬的，在我心中是柔软的。

动作
2013年5月1日 11:25

游庐山，有旅游团的“规定动作”，有自助游的“高难动作”。我在70岁时往返三叠泉，跨越五老峰，感觉并不难。去年8月，我又做了四个“自选动作”：登上庐山主峰汉阳峰，走石门涧，走古道十八盘，经好汉坡下九江。这是最后的挣扎吧？说不定，走着瞧！

庐山全景
2012年9月4日 20:36

从地图上见过卫星图像，在博物馆看过沙盘，设想从卫星上、从飞机上为庐山拍照，那可是东坡先生未曾见过的庐山面目呀！庐山真是生得巧，左手牵着长江一条线，右手托着鄱阳湖一个盘，自古得舟楫之便。当我夏夜睡在山中，冬夜躺在湖畔，一觉醒来，时常在山峰和峡谷间重寻自己的游踪。

文化庐山
2012年7月10日 19:18

2006年七、八两月，我来庐山避暑，每天不是出门游山，就是闭门读书，过着“且读且游”的山居生活。那个夏天，我游遍庐山各个景点，读了前人写庐山的数十篇游记、上百首诗词，还研读了江西省社科院的庐山文化专著——《庐山学》。受到山与书的教化，我在山中写了《魂隐庐山》。

大美庐山
2012年7月25日 16:12

庐山怎么样？有些匆忙中“到此一游”的过客，可能印象一般。是的，庐山不像张家界的山、九寨沟的水、黄山般如诗如画，缺少那种奇山异水的惊艳。庐山有群峰、峡谷、高瀑、深潭等多样性风景元素的整体美，以及深厚的文化底蕴，兼具人与自然相和谐的大美。

二酉寨

2012 年 10 月 6 日 08:43

登上二酉山，看过藏书洞，以为该下山了，忽闻山上有个“二酉寨”！十余幢板屋民居，若干片稻田菜地，山泉通过水管流到各家。寨上自有一片青天、一团和气，人称“世外桃源”。我们不用桃溪问津，只是攀古藤，循山路，满怀游兴而来。雕花窗下的午餐，野菜珍稀，米酒醇香，陶令可知此间风味?

藏书洞

2012 年 10 月 5 日 16:24

沅陵城外，在酉水与酉溪的交汇处，崇山峻岭中有座二酉山，密林峭壁上有个“藏书洞”。相传，“焚书坑儒”时，古人曾在此洞珍藏经典史籍。日前，我和几位老书生，深怀景仰之心，连登数百级石阶，庄严崇敬，久久伫立在“藏书洞”口，感受书脉连绵，文气悠远。我说，有洞藏书虽好，更祈书运蕃昌。

南太行

2013 年 3 月 29 日 19:20

跨过黄河，驰过平原，忽见天幕下群峰罗列。刚下车，老伴对着山峦拍远景。我开玩笑：此山离太行、王屋二山不远，莫不是愚公的子孙们“移山”时挑过来的?哪知这边“因山得福”，富了一方山民。

红石峡

2013 年 4 月 1 日 05:05

所谓“天设地造”“鬼斧神工”，都是形容自然的伟力。进入云台山红石峡景区，我站在峡口“天桥”往下看，数百米以下还有一座桥！顺着游路，走过峭壁上的栈道，钻过悬崖下的山洞，在激流轰鸣、水花四溅中又踏上一座石桥。抬头看，先前走过的“天桥”上，游人正在向咱招手呢！

寻路鸡公山

2013 年 4 月 4 日 21:39

住在岳麓山下，探寻过杜甫、韩愈和朱熹登山的古道。避暑南岳、庐山，也爱攀登古人登山的古道。今天，我俩从报晓峰下山，经月湖，过南街，来到鸡公山古道。想象洋人、军阀怎样上山，而更多的轿夫、挑夫怎样艰辛劳碌……往下走一小段，遇见年轻人纷纷登山。我俩跟着“陪练”，指路报晓峰。

筑市山林

2013 年 7 月 10 日 07:24

长沙号称“山水洲城”。桂林、阳朔是“城在山中，山在城中”。贵阳人说，我们的黔灵山，就在城里，还有森林公园、药用植物园，都进城了，就在街边。我最爱花溪大道一带的青山，好比长长的绿色“波浪号”，引人注目。从我租住宿舍的窗户望出去，楼与山比肩并立，山不长，而城中的楼在不断长高。

漫读黔山

2013 年 8 月 23 日 06:36

游历贵州，我从黔东北到黔西南，领教沿途的山山岭岭。今夏住在爽爽的贵阳，结交城里城外的山岭：轮廓耸拔的像金字塔，线条温婉的像慈母的丰乳。山是青山，但只宜远看，在土层瘠薄的岩缝长些灌木已属不易。直面群山，但不觉高大，海拔两千多米的也都平易近人。因为，人与山一同立足云贵高原。

贵州屋脊 2013 年 8 月 14 日 06:58

昨天正午，登上韭菜坪。此坪海拔 2962.6 米，号称“贵州屋脊”，高于诸多名山的主峰。山峰的高度，是一步步升高的：火车连连穿越隧道，来到高原城市六盘水。坐汽车出城，在矿区攀爬千余米，而后徒步登山几百米。当我站在“屋脊”这块普普通通的石头上，环我皆山也。

韭菜坪 2013 年 8 月 15 日 05:53

登“贵州屋脊”韭菜坪，我没见到野生阔叶韭菜，却被漫山遍野的石头吸引。这种灰白色的岩石，被山洪冲刷，被时光雕刻，或藏或露，有棱有角，而形态各异：远远看去，好似游牧的羊群，又像散落的盆景，那些突兀朝天的，堪称“绿野石林”。我戏称“韭菜坪里长石头”，这可是天然陈列的石景。

黄果树 2013 年 8 月 29 日 08:59

好书经读，美景耐看。此行重读黄果树，我才从容环顾群山，俯视河谷，领略这藏奇纳秀之形胜。大瀑布，依旧得远看近看，左看右看，外看里看。再看陡坡塘等梯级瀑布，看白水河一路载歌载舞。重走天星桥，观赏“水中盆景”“水上石林”。陶醉中，我愿化作百年劲藤，缠一尊刚柔俊秀的峭石为伴。

野趣

2013 年 9 月 3 日 17:08

“七孔”的游路：野、奇、秀。过了翠谷瀑布，进入水上森林。这“森林”并无高大树木，只是湿地里长着密集的灌木，水流在密林间回旋。丛林中铺设石磴，让游人踏着浸水的跳石，进入遮天蔽日的幽境。忽然，雷阵雨发作。我们在风雨中，浑身湿漉漉的，体验“探险”似的野趣。

响水河

2013 年 9 月 3 日 06:35

站在响水河边，抬头看山，从半山上、树丛中涌出的激流倾泻而下，在岩壁上撕裂成缕缕银丝、条条素帛。这里是拉雅瀑布。瀑布的源头呢？想必是山腹溶洞里有条暗河。沿着响水河数“六十八级瀑布”，看激流跌宕汹涌，犹如万马奔腾。我赞叹瀑布有这般激情和能量，它们流到哪里终将归于平静？

石牛寨

2013 年 9 月 9 日 10:19

地处湘鄂赣边境，平江县的石牛寨，乃一带丹霞地貌。乐山者志在登山。我们攀陡崖，钻山窟，沿石阶盘旋登上山顶。两座主峰之间，架有百余米长的悬索桥，站在桥上俯瞰百余米深的山谷，见谷底乱石嶙峋，闻清流隐隐若操琴。峭壁上的栈道，是观景的长廊，远行可环游高山水库。不亦快哉！

登道吾山

2015 年 1 月 24 日 09:14

浏阳道吾山，近在百里之内，久闻而未曾谋面，与相隔千里何异？今日特意前往。这里是自然保护区，溪水声和鸟鸣声，奏出山林的清幽。登山路上，蓄着一株株古松，挺拔、伟岸，令我一路想象大唐开山禅师的影子。走出丛林，抬头望见逶迤的青山，在蓝天耸起长串的“波浪号”，在湖面映出清晰的倒影。足迹所至，心中又添一座不朽的青山。

入闽

2013年11月18日10:29

昨晚，十五的月亮伴着车轮，我俩夜行东进。出湘，入赣，凌晨潜行闽北。拂晓，欣赏曙色与晨光映照的山水，被车窗镶成移动的长卷。我联句配画：“有田有屋寻常景，见山见水便不同。”列车员招呼：“武夷山车站到了！”我于十年前来这边旅行时，车站还是别名小站，怎比当今美景美名吸引人！

游太姥山

2013年11月22日08:40

游山好比读书，读书须识得要领，游山要找到游路。太姥山分为七个景区，开通四条游路。我们选择第二条线路，并加以变通、兼顾，从8：50上路，正午登上覆鼎峰，全程游览五个景区。于16：30返回住地。太姥山给我的印象，恰如这满山的石头那般突显，不可磨灭。在别处游山，看重树和水，在这里，绿色只是衬托，水声且当伴奏。欣赏满山的石景，通过观察与想象，能将这些岩石读出生命来，赞叹大自然的“创作”，美得如此天然。好些石景有如“动漫雕塑”，美得新潮！

宁太福

2013年11月22日12:26

刚一踏上迎仙栈道，碰见路旁一犬摇尾迎来。我对他招招手，他便跟随身后。我有心邀他同游，他也乐于跟着。他头背棕褐，腿腹白色，长得敦实、机敏。我按本市地名、山名为犬命名“宁太福”，昵称“匆匆”。一路上，他忽而拔腿飞奔，在高处等候我们，忽而钻进丛林，又兴冲冲跟上来。匆匆“失踪”最久的一次，我们以为他下山了，没想到，就在距离顶峰百米处，这位犬友又赶来和咱一同登顶。时已正午，“匆匆”略显饥渴。我解囊取物，他凑到跟前好奇地望着。见我取出饼干，他便坐下，颇有教养的样子。没想到，他饼干也嚼，八宝粥也舔。上下陪游近八个小时。事后问明，此犬系国兴寺所饲。

游清源山

2013 年 11 月 25 日 22:04

山，有以自然山水著称者，有以人文历史享誉者。泉州清源山，更以后者闻名于世。今日，不远千里来寻名山，首先拜见宋代“老君”造像，而后沿“智慧天街”，瞻仰弘一法师舍利塔，经“天侣”树继续登高，至“清源洞”，从“天湖”下山。沿途忙着拍照、笔录，忙得“体脑俱劳”六小时。入夜，拟分两三个小题写“村语”。

名山题刻

2013 年 12 月 1 日 10:19

在竹木、石材上刻字，已属不易，古人悬在山崖凿字，何其艰难！游泉州清源山，爱读满山的摩崖石刻。例如，题水的有“泉窟”“飞涛”“观瀑”；题云的有“云岫”“梯云”；题幽深境界的有“无尘”“无上清凉”；题高峰境界的有“山海大观”。文人惜字，这种简约之美，美在蕴涵、空灵、恰切！

登武功山

2014 年 2 月 1 日 20:47

春节出游，昨日下午进入江西武功山景区。今天上午向主峰行进，登至 1470 米高度，面前耸立一道陡峭的石阶，据标识，此处坡度为 45 度至 50 度。我对晓清说，沉住气，深呼吸！我俩不紧不慢，登上这千余级石阶，到达高山草甸。放眼“云中草原”，翻过逶迤起伏的山峦，终于脚踏海拔 1918 米的顶峰。峰峦晴阳高照，衰草温柔，我们任孩子拍照，留下跟大自然同样自然的表情。

龙虎山

2014 年 5 月 7 日 20:56

又是“龙”，又是“虎”，据传，东汉张道陵来此地炼丹，“丹成而龙虎现”。我看“龙虎山导游图”，喜爱这方山景水景，感觉碧水如龙，丹山似虎。当今，游人纷至沓来，自有理由：一是亿万年前形成的丹霞地貌；二是 2600 年前的古越悬棺；三是 1900 年来的道教文化。

栈道

2014 年 5 月 16 日 06:41

早先，在激流险滩之上的岩岸，见过“栈道”的遗踪。近年，借助古人的胆识、当代的技术，我从栈道登临天门山的悬崖、三清山的峭壁。特别的途径，通往特别的境地。这回游览龙虎山的象鼻岩，我沿着山谷的栈道，站在陡峭的崖前，眺望群山，送别夕阳。

龟峰山水

2014 年 5 月 9 日 06:19

山是山，水是水。我见过不沾水的山，不靠山的水。山水一旦相逢，相亲相近，山因水而美，水因山添秀。于是，纸上有了山水画，人们喜作山水游。徐霞客游龟峰，感觉此处的山比雁荡还奇异，可惜少了水。到了新世纪，本地人在山间造了一个“清水湖”，弥补了霞客先生的遗憾。

顺天

2014 年 5 月 10 日 17:50

春夏之交，天气多变。本周，我俩趁着晴天，直奔龙虎山，利用三两天晴间多云的天气，游了上清镇，漂过泸溪河，登上象鼻山，又挤出时间去了弋阳龟峰。游程已毕，返回鹰潭住店，老天忍不住下雨了，我正好歇息半天发微博。坐上返程车，但雨无妨，出站时恰巧雨歇，背着行囊回家。我说过：“不管什么天气，哪天我不生活？”那是指的不畏风霜雨雪。老天毕竟是人类的总管，人们的生产生活以至战争，不能不问天气。旅游也是这样：一要知天，看当地天气预报；二要顺天，视天气安排游程；当然，有时还得碰运气。我老伴是学气象学的，懂得知天顺天，加上我那点碰运气的胆量。

入晋

2014 年 6 月 29 日 15:08

车过阳泉，今日入晋。1982 年，有位老红军重返“敌后武工队”旧地，我随他从河北武安进入太行山东麓，似乎伸手就能叩响山西的窗棂，却止步了。余秋雨写《抱愧山西》，是听了“走西口”，以为山西贫穷，他通过研究考察，方知这里曾是历史上的金融重镇。借此，我也道一声抱愧：“山西，我迟到了！”

大同

2014 年 6 月 30 日 16:33

是谁为这片江山命名？“天下大同”，闻名天下！此地三面临边，处在内外长城之间。这里曾是北魏都城、辽金陪都、元明边关重镇，且有艺都、佛都、煤都等美誉，还是民族融合地带。雄关塞北，看上去缺少江南的清秀柔美，却显一派苍凉雄劲。来到大同，我从这种色调走进历史册页。

云冈

2014 年 7 月 2 日 08:23

沿着现代石艺打造的佛光大道，走近北魏神坛。步入石窟，听岩石讲神话。沿着崖壁一窟一窟地瞻仰、拍照，我充满孩子式的好奇，引发诗意的想象和慨叹。在释迦牟尼坐像前，我让晓清与其合影，题照：“人与神。”在云冈石窟陈列馆的入口，晓清为我留影：“穿越时空隧道。”

华严寺

2014 年 7 月 3 日 07:51

游览大同华严寺，赞叹这座贴近皇宫的梵宫：古、大、特。千年古刹，寺院幽深，四处梵音萦绕，一片庄严宁静的气氛。寺中殿宇恢宏，殿内有珍贵的壁画；更有木塔高耸，木雕精美。塔上有苏东坡所题“仰酬洪泽”，黄庭坚所题“慈被十方”。听晨钟暮鼓，是人生的奏鸣，千古的回响。

清水河

2014 年 7 月 14 日 00:47

两面青山耸翠，谷中河道迂回，枯季一滩石，汛期一川水。千百年来，艰难跋涉的僧人到五台，见证当初的原生态……如今，两岸砌好平整的河堤，河上建起一座座白石雕花栏杆的拱桥，样式各个不同。两岸的山坡，庙宇林立，宾馆、店铺应运而生。我在水边流连，沉思，忘不了五台山上清水河！

深远明静

2014 年 8 月 11 日 17:41

松游西藏，频频发回一路的风景照。枫点赞："美得深远明静。"这四个字，用得甚是确切：一条天路通远山，所以"深"；一直走到世界屋脊的跟前，所以"远"；阳光灿烂，所以"明"；地广人稀，所以"静"。不仅风景、环境，由此想到人们的胸怀、思想、诗文，我都乐于进入这样的境界。

湖山胜境

2015 年 4 月 5 日 18:24

上了太湖西山岛，无论朝哪个方向走去，都是湖水苍茫，波涛拍岸。放眼望去，平畴沃野中有山峦高耸，如石公山、缥缈峰、平屋洞各具景观。村前村后的山坡上，果木丰茂，茶园葱茏。正当采茶时节，"碧螺春"炒得喷喷香。最喜爱岛上四通八达的公路，是我徜徉湖山胜境的游廊。

与山有素

2015 年 4 月 15 日 19:03

以往游山，大都寻找海拔一两千米的高山攀登。今年春游江南，来镇江所游金山、焦山、北固山，海拔高度不过百十米。然而，山上却有三国、南朝以来的历史典故、帝王行踪、文人笔墨，更有名寺、高僧、古塔，以及典雅的园林。游人能不访诸山？正如梁启超在焦山所题："与山有素。"

长白山天池　　2015 年 7 月 8 日 06:52

多次游过新疆天池，此行直奔长白山天池。开吉普的司机，以“拐胳膊肘”形容山路险陡。登上天文峰，俯瞰眼下 500 米的天池。天之高旷，池之清冽，如此静穆幽深！我激动得说不出话。返回山谷，远眺长白山瀑布，旁边的积雪，好像玉雕的仙女。我到跟前接瓶水，说是“喝瀑布”，品尝了天池水。

镜泊湖边　　2015 年 7 月 9 日 20:46

此前，曾在南岳、庐山避暑。走出山岳，入住镜泊湖边，感觉更加开阔、新异。头天，乘船游览湖山胜境，在晴阳下、湖风里，体验北国之夏。吊水楼瀑布的悬崖跳水很精彩。瀑布村的民风也淳朴。最爱日暮人空时，走进“渤海国”雕塑园，漫步在古老民族群雕间，似觉回到先民的渔猎时空。

火山奇观　　2015 年 7 月 10 日 16:55

在长白山天池，步步踩着火山灰。在镜泊湖，处处见到火山岩。我去看了火山口，连汽车行驶的道路，也曾是岩浆奔泻的通道。想想那惊天骇地的壮烈，捧起这被烈火烧过的泥土，放眼这辽阔的湖山胜景！所谓地震与火山，对任性的地球而言，好比伸个懒腰，打个喷嚏，其后果是灾害，也是造景。

荒芜城府　　2015 年 7 月 11 日 06:17

从镜泊湖搭中巴，穿过一村，抵达一镇，前往探寻“渤海国”的“上京龙泉府”（遗址）。登上土城，放眼四望，并无任何建筑，但见荒草野树。沿中轴线穿过“一殿、二殿、三殿”的地基，见到柱石的基础，还有一眼干涸的古井。徘徊在这荒无人烟的城府，我只有张开想象的翅膀，飞往千古岁月。

峡谷清幽

2015 年 7 月 12 日 18:11

度假村外，一带青山，我们寻路探幽。谷中熔岩壁立，河水清洌，又是火山遗踪！听见前头水响，停步稍候，待两位中年汉子上岸更衣，才上前招呼、说话。年纪稍长者说：“你是南方人。”听出来了？他说：“南方人鼻孔大，你鼻孔也大。”何以见得？他说：“南方天气热，鼻孔小了透不过气来。”

伊之春

2015 年 8 月 3 日 17:33

在南方，“三伏”过后还有“秋老虎”，刚刚感觉几分秋意，就能听到北方初雪的消息，其中必有伊春。这里，每年十月间就下雪、结冰了，直至来年三四月份才冰消雪化。历经漫长的“苦冬”，当红松与白桦植根的大地，又见绿草红花，人们多么挚爱而珍惜。哦，美好的伊之春，春暖人间！

林都之夏

2015 年 8 月 5 日 20:16

夏日，走在伊春的晨光里，有如沐浴春晖，清新温润。白天，夏日当空，确有晒人的感觉，但只要走进树荫，便觉凉爽宜人，因为天虽晴而气温不高。黄昏，太阳落山，室内室外都是清凉世界。有天拂晓突下阵雨，有天下午落了一阵“太阳雨”，都像洒水车过马路，可谓“伊城新雨浥轻尘”。

山水林城

2015 年 8 月 5 日 21:43

入住伊春，先游南山，登上观光塔，将城中街市、城外山林尽收眼底。喜见翠峦河呈圆弧形流过小城，河上有拱桥，桥前设水上公园。更可爱的是“环伊皆山也”，是我国红松的故乡。住在城中，我俩先是打的，继而搭公交，随即熟悉到步行。喜爱街道宽阔，车少人稀，更喜街市为森林所簇拥。

红松白桦

2015 年 8 月 6 日 05:49

在伊春的站前广场，高耸一座金属雕塑，是红松和白桦的树干，以此作为她的城市标识，美丽，端庄。在林都伊春的公园、植物园里，这两种树木最多。在五营原始次生林里，我们见到红松与白桦共存共荣，相依为命。听说，红松的幼期，往往伴白桦生长，高过白桦后才独享阳光，擎天而立。

松花江畔

2015 年 8 月 7 日 16:04

望着这一江波澜，耳边似有“我的家在东北松花江上”的余音，而眼前的碧树繁花、轻歌曼舞，真的是换了人间！整个江滨公园，按地段，分群落，处处都是哈尔滨人的文体才艺大展示。看那边花帽长裙，俨然维吾尔族在歌舞？旅行，不必尽赶名山大川，其实无论城乡，处处都有胜景。

梅岭雄关

2016 年 3 月 30 日 22:28

清早，从广东南雄登山，且游且上。远远望见山脊有座月门，好像一轮月亮爬上山。登上“岭南第一关”，就是“一步跨两省”。我俩手扶“梅岭”石碑，分立于左右，合影。转身关北，眼前开阔空旷，正好远眺群山，俯瞰城乡，胸有天地情怀。晓清说，既然脚踏江西，就去大余吧？我说“好！”于是，从北坡下山。

陈毅诗魂

2016 年 3 月 29 日 23:16

在北京，在新疆，我曾多次见过陈毅元帅，读过他的《赣南游击词》和《梅岭三章》。斯人斯诗，在史册与诗坛，英名不朽。这次我来赣南，沿着梅岭北坡，循着一条小路，找到一个谷深林密的去处，瞻仰，凭吊，追思 1936 年的艰难困苦，令我景仰有加，感奋不已。

天目访树

2016 年 4 月 27 日 22:20

昨晚投宿西天目山下，卧听溪声鸟语。今天游走“大树王”景区，瞻仰万岁银杏，拜访千秋树王和他的柳杉部落：或独立擎天，或双株连理，或列队于古道一侧，迎送古今游客。走在林间树下，我满怀敬畏，感觉此山就像名师齐聚的学园，好想留下来做一名学子。

石与瀑

2016 年 4 月 28 日 22:13

一抹蓝天，两面青山，一川乱石，一条玉龙奔腾呼啸。这里是天目山峡谷。赏石，观瀑，领略石瀑风情，赞叹火山与冰川的杰作。以往，每临山溪河谷，老伴就像幼儿园的孩子，指认这像乌龟，那像海豚……今天却没了想象的意趣，因为象形石上都被刻上了眼睛。我质疑，这番“匠心”究竟好也未好？

游大明山

2016年4月30日 09:22

漫游浙西，听说有座“小黄山”。说上就上，游览车、索道送我们上了海拔千米的风景线，沿栈道、隧道，看湖，看瀑，看群峰，赞美大自然是位雕塑家，凌空造出如此峻峭的奇峰异石！回望号称“千亩田”的高山草甸，那是瀑布的源头。六个多小时，游走于山水长卷，傍瀑布而下，难忘此游大明山。

攻略

2016年5月8日 18:25

我和晓清“两个人的长征”，每次归来，做点研究性评估，有趣而且有用。今日重温《寻找梵净山》，记取：一、迂回战术。避开江口，绕道印江上山，把7980级台阶留在下山走。二、蘑菇战术。半路投宿棉絮岭，优游愉悦地保全了体力，囊括了风景，丰富了体验。三、急流勇退战术。那天，金顶上雨雾朦胧，游人踊跃，在铁链石磴间上得艰难，下更不易。何必凡事登峰造极？半途而返，落地放心。四、到达了，游过了，及时、安全地返回。当年，我俩已属“149部队”（两人年龄之和），不必那么英勇顽强，那么艰苦卓绝，须就天气、行程、食宿采取新的攻略。

二、漫游，读大地诗文

起步

2014 年 2 月 25 日 10:47

1974 年 4 月，我俩带着松，从新疆回长沙探亲。途中，我们在武汉下车，游过汉口，搭上江轮，夜航到九江。游过庐山、南昌，上了井冈山，再沿湘赣边界，游过安源，而后返湘。这次为期十日的旅行，一路游览了革命圣地、自然风光，算是我俩旅行的起步。

东西南北

2016 年 3 月 26 日 09:59

开车了！喜欢坐上火车去旅行。长沙是咱首末站：往东去赣闽江浙，往西去云贵川渝，往南去海南两广，往北过了长江黄河直奔华北东北。杜甫被高适称为“东西南北人”，他则自嘲“天下一腐儒”，以此寄寓“读万卷书，行万里路”的心志。如今资讯充盈，交通便捷，正好心知天下，足行东西南北。

行

2013 年 6 月 3 日 18:42

《古诗十九首》之第一首头句：“行行重行行。”一连四个“行”字，特别感人而且震撼。此诗的“行”字，是“天行健”的“行”，是“行路难”的“行”。行呀！激励我自强不息、不畏艰难。在我的意念中，人生就是一条路，我从天亮走到天黑，而今走到日薄西山，似乎还没有“向晚意不适”的感觉。以前，跟着队伍一路走来，也曾轰轰烈烈，也经风风雨雨，脚印都在身后的路上。老来也许跛足、驼背，独行踽踽，无所事事？所幸岔路少了，时局好了，尚能保持前行的姿态，可以行行重行行，还可以读读复读读，思思再思思，写写还写写……不急不慌，伴着夕阳走到自己的终点。

漫游

2013 年 7 月 28 日 05:57

柳宗元谪居永州，闲中“施施而行，漫漫而游。日与其徒上高山，入深林，穷回溪，幽泉怪石，无远不到”。若论钟情山水，皈依自然，我们与前辈可谓千古一脉！不同的是，我辈得享天年，无忧无虑；而宗师远贬异乡，蒙羞厄运，如此豁达不容易。柳子不幸永州幸，借文宗之彩笔，留风光于“八记”。

山水胸怀

2013 年 5 月 9 日 09:37

欣赏山水，可从诗书画上读山水。张潮说，山水有四种：有地上的，有画上的，有梦中的，有胸中的。四者各有其妙：“地上者妙在丘壑深邃，画上者妙在笔墨淋漓，梦中者妙在景象变幻，胸中者妙在位置自如。”我想，游山水，读诗文，胸中有山水，便可识得地上山水、画中山水，人生常怀山水梦。

与霞客同行

2013 年 5 月 6 日 22:56

现代旅游，途中有陆海空现代交通，多么便捷！跟李白、杜甫、苏轼、陆游们相比，当今的旅游，可能缺失些什么？发思古之幽情，我想和徐霞客做伴，跟他去远游。故此，我坚持“长征”式的风格，甘愿吃点苦、受点累，在想走路的地方走路，在该驻足的地方驻足，更多地体验旅游的滋味。

飞鸟之举

2014 年 3 月 27 日 20:27

读书与旅游，四季皆宜。春日风风雨雨又何妨？旅途中熟读《管子》所言：“有风雨之行，故能不远道里矣；有飞鸟之举，故能不险山河矣。”早在公元前六百多年，管子的警句多么豪迈！而今，人类既然长出了“翅膀”，咱们该飞则飞吧。跟管子作“飞鸟之举”，穿越风雨，遨游长空！

游学

2015 年 8 月 18 日 06:45

幼时，祖母见我一身邋遢，说我像“游学先生”一样。上私塾时，在学堂见过外地来的一位游学先生，感到很好奇。此次东北之旅，有位博士称我“北上游学”。查阅《辞源》《辞海》，探究“游学”之久远。我的旅行，游于山水，向自然学；游于市井，向社会学。且行且游，也似有所学？

自由行

2013 年 4 月 3 日 03:37

我俩的旅行，基本上算是自由行：第一，在国内适当的地方走走，食、住、行不成问题。其二，有漫游的时间，不急于赶回去做什么。其三，尚能行动自由，出得来，走得动，吃得消。就我目前的健康状况而言，睡够四五个小时，又坐起来写点什么，也算一种自由。听远处鸡叫头遍，我将这一则“发送”了，再自由地睡一觉吧?

游荡 2012年4月10日23:42

喜爱江南的，不只是乾隆爷，还有黄海阎公。前年我们相约嘉兴，他老两口提前游杭州，而后去嘉兴会合。今春我们相约潜山，他们又提前游常熟、苏州。今晚，我们第六次会合。他说：“我是游荡，时间和地点都无所谓。”多好！好在这样浓厚的兴致、这样随意的行程。

故乡他乡 2015年8月20日06:15

喜欢乘坐火车，去游东西南北，观赏铁路沿线的风物。尤喜午夜凭窗，静观同胞的家园或故乡。曾听人调侃，旅游，就是从自己住厌的地方，到别人住厌的地方去。其实，人的故乡情结，与生俱来，出于某些理性原因，才说“他乡当故乡”。如果条件容许，常到外面走走总是好，好从故乡他乡看祖国。

脚下有路 2016年4月4日17:28

二十多年前游黄山，下山才听说，跟前就有千岛湖的码头，游过诸岛住淳安，才知道有车去杭州。十年前写《寻找梵净山》，夜宿乌江之滨，日行“百里杜鹃”的山脊，还是“人到山前自有路”的闯荡。如今资讯充盈，交通便捷，做好功课才出门，虽说“心中有路”，却少了那份惊喜和野趣。

心中有路

2016 年 4 月 13 日 07:19

心中的路，缘自诗文图画，遍留前人足迹。久已神往浙西山水，那里有严子陵钓台。此公故实，见于《后汉书》。那里为南朝吴均见证：“自富阳至桐庐一百许里，奇山异水，天下独绝。”那里有元代黄公望故园，其《富春山居图》，乃传世名画。烟花三月，神游画境，喜作“富春江／天目山”之旅。

钓雪

2012 年 1 月 25 日 07:34

车行山野，我爱看风景。从衡山到永州，雪大雾浓。看着路边的丘陵、矮树、农舍，老伴说这风景好像都凝固了。我信口背诵柳宗元的诗：“千山鸟飞绝，万径人踪灭。”第三句，什么“翁”来着？叶子续上：“孤舟蓑笠翁。”对，就是此翁！“独钓寒江雪。”多么有趣的雪中垂钓，有禅意。

千里驰骋

2012 年 1 月 27 日 20:35

三代五口的广西之旅，千里驰骋，岂止驾者精神紧张，坐车也不轻松。昨天下午，驰近柳州的路段，由松驾车，车速 120 公里／时，我环视周边的山山岭岭，情愿换一匹驽马和柳宗元做伴。昨晚进入南宁，今日游游公园，看看博物馆，我还倚床写写“村语”。呵呵，南宁我亦“宁”。

火山口

2012 年 1 月 29 日 18:39

登上鳄鱼山，下到“火山口”。除了这块科考石碑，那“口”早已堙塞或淹没？不过，海湾一角确有种种岩浆与海浪联手制作的作品，如藏宝洞、百兽闹海、海枯石烂等等。在月亮湾，巧遇“汤翁”显祖。他于万历年间来游，有诗为证：“日射涠洲岛，风斜别岛洋。交池悬宝藏，长夜发殊光。”

早课

2012 年 1 月 30 日 18:26

以前去外地开会，每到一个城市，每天早晨跑一个方向。今晨被雄鸡叫醒，我整装出发，摸索登山的路。途中，见到一只黑山羊站在崖上，为羊拍照；见到榕树的景观，为树拍照。来到山顶，拜谒高大的纪念碑，恭读碑文，追思 1950 年 3 月 6 日划木船解放涠洲岛的先烈。这是今天的早课。

凌空飞越

2012 年 4 月 14 日 21:06

先前上黄山、登武当，都坚持背包步行。这次游览天柱山，乘缆车登顶，看脚下松杉青翠，山花烂漫，涧中飞瀑流泉。环顾左右，眼看一座座石峰变矮了，高耸的“龙吟虎啸崖”临近了。回头望去，远山上空云蒸霞蔚。缆车岂止可代步？变一变视角，凌空飞越壮情怀！

勺园诗香

2012 年 4 月 16 日 20:53

“文都”寻踪，在六尺巷西头，找到方家“勺园”。见小门半开，我向主人打声招呼，走进小小庭院，见到古井、石盆。主人请入室内，我与 85 岁的方玉琴老人交谈渐深。她取出祖父方守敦先生《凌寒吟稿》赠我。其时，我展读于兰花坛边，是兰香，是诗香？一时浑然莫辨。

高风清流

2012年4月16日21:02

桐城方守敦先生，早年致力维新，创立新式学校桐城中学。由他题写的六朝名句“高风入云，清流见底”，镌刻于一方石柱，立在校园东侧。我体会，这一铭文旨在教育学生：立志如高风入云，敦品若清流见底。我崇尚这种诗化的教育艺术，想必胜于干瘪乏味的说教。

水流魂在

2012年4月17日06:27

天柱山下，三祖故地，绵延三百余方石刻，嵌在幽谷鸣泉间。这是王安石、黄庭坚们的“签到”。水逝了，崖在；人去了，字在、诗在、魂在。“拂拭悬崖观古字”，是苏轼的行踪。此时，我站在围栏之外，望崖前一片模糊，苦煞我也！谁能背得走崖、移得动山！可怜我只好买几页印刷品收入囊中。

游安庆

2012年4月18日18:03

每到一个城市，爱去公园观光。今天上午，去游莲湖、菱湖，环湖漫步。这里湖面开阔，游路漫长，给人以水阔天空的舒畅。湖景平远，塔景高远。我们出了莲湖，直奔振风塔。今天，登上一座塔，读懂一首诗，是康熙年间的名臣张英写振风塔的诗：“遥落皖口东南出，半落长江日夜流。云外平分天柱影，望中收尽海门秋。”随之进入诗境画境。

矮寨大桥

2012年5月11日06:52

突兀的群峰，幽深的峡谷，白云飘在山腰。以前我在湘西矮寨惊叹“公路奇观”，这次来看世界最高最长的悬索桥。我们从吉首去茶峒，从里耶回吉首，往返桥上，平视山峰，俯瞰峡谷，而后游览德夯，又从苗寨仰望这当空的彩虹。从个人的立足点和视点看湘西，我见证历史的变迁。

茶峒 2012年5月9日21:16

沈从文先生的《边城》，让景以文名。湘、黔、渝边界的茶峒，现在改名叫边城；清水河中的沙洲，现在叫翠翠岛。游人站在江边，指点青山上的白塔，像是远眺翠翠从那里走来。河洲上立着翠翠的汉白玉雕像。活了！她在盼望心上人驾船归来。

乾州 2012年5月11日17:17

来湘西看城市与山水的联姻：这里四面环山，二水环洲，三陆横陈，脉络如乾卦，乾州即由此得名。乾州的码头、作坊和城池，留有秦汉至明清的历史印记，成了地域文化的展馆、特色工艺的商埠。寻找历史底蕴，应缓行细看，聆听远逝的足音和呼吸。可惜当天时已黄昏，黑云压城，被雷雨搅了一堂好课。

行色匆匆 2012年5月11日20:13

三天两晚，跑了五个景点，花在坐车的时间最多。学校和旅行社组织的这种“短促突击”式旅游，考验游客的体能和韧性。最后一站是德夯，我和老伴挤出两小时，穿过苗寨，走进峡谷，在奇峰与激流间疾行，直至流纱瀑布的水珠溅到身上。往返途中，跟织锦的八秩老妈打声招呼，向春耕的苗族夫妇道声辛苦。

回寨，餐后即返程。

俯仰

2013 年 3 月 30 日 21:51

奇峰高耸，峡谷幽深。今天上午游潭瀑峡，中午游猕猴谷，下午游红石峡。除午餐和访谈一个半小时，用六小时走了约十公里上上下下的游路。一路上，无数次抬头与低头。抬头望云中奇峰，低头探深渊峡谷。古人说，仰不愧于天，俯不愧于地。我则敬谢天地！让我做个仰天俯地的自由人。

猴世界

2013 年 3 月 30 日 22:38

午后走进猕猴谷，看山看石看猕猴。跃跃在林间石缝与人厮混的是本地猴群，关在铁笼里供人逗趣的是流窜猴群，免得不同群落间相互厮杀。离猕猴表演还有一个多钟头，我趁此与一位有三十多年驯猴、耍猴经历的师傅攀谈，请教种种问题，做了一次特别访谈，听他讲驯猴趣闻和耍猴经历，探秘猴世界。

夜行

2013 年 4 月 2 日 03:24

喜欢在火车上夜行的感觉。我在轻微震颤中一觉醒来，斜倚车窗，凝视寂黑的原野，遥望远方的灯火；或者驰过一座打烊的城市，停在一个冷清的站台。这时，头脑异常清醒，几十年前那些被车轮碾碎的岁月，以及那些人、那些事，纷纷浮现眼前，化为缕缕思绪、丝丝哲理，一一成了“反刍”的草料。

时空感

2013 年 4 月 6 日 06:26

居家的感觉，好比深山古寺。旅行时光，随着空间的频频变换，出门才几天，就觉得离家好久了似的。还有，每日信息的数量与形态不同，在家来自诗书、媒体，在外是山水、古迹。这些过目不忘的信息，增长见识，开阔心胸。但是，云游快意，却总不如我的“深山古寺”那么淡定、安逸。

河源

2013 年 6 月 13 日 07:10.

端午节，何处去？不在浏阳河岸看龙船，但去大围山里寻找载舟之水。从栗木桥至祷泉湖，在密林，在深谷，傍着弯弯曲曲、层层叠叠的源头之水，倾听奔雷似的涛声，呼吸高密度的负氧离子。近来重拾“山水话题”，从欣赏山水诗画，继而上溯浏河的源头，亲知：山岳孕育江河，江河源于山岳。

大境界

2013 年 6 月 14 日 16:16

山有顶，河有源。前天，登大围山之顶，溯浏阳河之源。此山此水，虽不是名山胜水，但也自成境界。大自然与人世间的大视野、真境界，即使难以诉诸文字，但我会久久地记在心里。同时珍藏着的，还有我和家人登顶溯源的艰险历程，以及由此提升的心境。

村聊

2013 年 6 月 20 日 07:04

探访岐山，沿着山路走进大山高处，见到坡地菜园里有人。我问：“老乡，有黄瓜卖吗？”老乡说：“你来家里吃就是了！”这里住着一对半百夫妻，原先在城里做小生意，去年“转产”回乡。我们来到他家门前，听他俩聊家常：养了十多头牲畜，已出售七头。买了八百只鸡崽，过几天就接回来饲养。妻子指着额头的汗水，说她原先是个胖子，现在瘦身 26 斤。老公撩起上衣，说他的皮带紧缩了四孔。谈笑中，透露出辛劳和痛快。

信天游

2012 年 7 月 13 日 16:23

避暑庐山信天游，今天从花径转入一条废弃的游路。这里森林茂密，溪水奔腾。走过生锈的铁笼，绕过荒凉的猴山，“动物园”里没动物，反倒叫人发怵。拨开野草前行，无意中走上一条刚刚铺上沥青的盘山公路，急行两公里，来到圆佛殿。在林间小路上遭遇猴群，双方观望猜疑。不如避让为安，我们绕道返回。

陶潜的云

2012 年 7 月 18 日 07:54

入住庐山村舍，遛到后山观景，望见山谷中有丝丝缕缕的白云，袅袅腾腾，默诵陶潜的诗：“云无心以出岫。”当时，我似乎忘却远逝的时间，沉潜于眼前的空间，和这位东晋诗人欣赏同样的云景，分享千古云趣。我想，云既无心，观云也可随意。云与我共赴无约之会，正是偶然中的必然。

夜访

2012 年 7 月 20 日 07:38

向晚何处去？怀古访“草堂”。昨日于暮色中穿过“花径”，再访白居易“草堂”。这里林木青翠，花草缤纷，一池睡莲开得正好。五年不见，我们景仰的诗人一如故态，仍在低眉凝神，捻须炼句。我轻轻走到他的膝下，POSE 两幅：一是“暮访白导”，二是“草堂夜话”。

草堂

2012 年 7 月 20 日 17:40

如琴湖畔的“草堂”，是一个摆设的模型。当年的草堂，须从白居易的《庐山草堂记》中找：草堂地处香炉峰下、遗爱寺旁；样式为三间两柱，二室四牖；室内陈设漆琴一张，儒、道、佛书各两三卷。从草堂环境、房屋的简朴，以及琴与书的齐备，可见诗人的境界与情怀。诗人远逝，英灵仍在草堂？我想。

探寻

2012 年 7 月 20 日 19:19

2006 年夏日，我读白居易的庐山诗文，想寻“草堂”旧址。沿着一条人迹罕至的古道下山，认准香庐峰，从峰顶望到峰脚，寻路密林，发现小片平地，新立了木桩，刚搭了屋架，又将复原“草堂”了。此处真是原址吗？再读朱熹对宋代某一“复原”处的质疑，恐怕“亦非正处”。谁能确证呢？

山路寻幽

2012 年 8 月 7 日 07:49

搭乘庐山观光车，途经花径、仙人洞、大天池，至电站大坝。当我驻足于清流绝壁之上，俯瞰石门涧；漫步于山重水复之间，探幽黄龙潭……呵呵，找到一条游路，拓开一方风景，舒坦之极！畅快之极！

游学庐山

2012年8月24日08:01

庐山，是一处雄奇俊秀的名胜，也是一部博大精深的史书。我读庐山，初识三个层面：一是山水，如琴湖、锦秀谷、含鄱口、石门涧、三叠泉……这些知名景点，到此一游，即可拍照而返。二是牯岭山城、老别墅，以及民国三大建筑等人文古迹，这些就不只是望一眼、拍张照就懂得了的。三是庐山人境。从司马迁、慧远、陶渊明、陆修静以降，历代千余位宗教、文化、教育方面的游访人士，庐山原住民，旁及近代如李德立、赛珍珠等“洋人”；尤其不能忘记那些底层劳动者，如石匠、轿工，共处一山，构成庐山人境。现在，我刚刚认识几位庐山老人及其后代，听他们讲述庐山人境的故事。

庐山真面目

2012年9月7日14:27

苏轼的《题西林壁》，是山水诗，更是哲理诗。意在比喻对人生、对社会，都不能囿于“山中”，而须跳出窠臼，才能看得通透。如果单就庐山而言，能说“身在此山中，不识真面目”？试问，跑到此山外，就必定识得真面目？其实，自古以来的僧人、道士、诗人、学者，无不深入山中揭示庐山真面目。

候鸟

2012年9月8日16:19

儿时，仰着脖子，对着雁阵喊：“一字！人字！”童心跟着大雁飞向远方……而今，我在岳麓山下，在春夜或秋夜，偶尔听到南来北往的雁鸣。可是，在白天，在城市，谁能见到空中那大写的“人”字，谁能拍到迁飞的大雁？今天，我俩从匡庐返旧巢，也跟候鸟学飞迁。

山凹残月

2013 年 7 月 2 日 18:47

读中学时，喜爱新诗，关注诗人的动态，羡慕他们车轮滚滚，汽笛声声，走向生活，奔赴城市和乡村。那时，我好想坐上火车去旅行。心想，火车呀，请你天黑就别走，别错过沿途的风景！如今，我从硬坐到硬卧，可火车依旧日夜兼程。于是，我常在夜行中独自倚窗。昨天拂晓前，清赏山凹一弯残月。

诗画长廊

2013 年 7 月 31 日 06:48

十里河滩，十里画廊。观赏百亩荷池，这映日荷花，漫天碧叶，能把人看醉！此景名曰“玉环摇碧”。沿游路迂回看去，游览：“葱茸彩地”“蛙鼓花田”“月坛天趣”“绣水浮径”……景名都是从景观提炼的诗。放眼这一带山水，青山起伏，碧水逶迤，好比指天铺地的波浪号，标记十里诗画。

花溪

2013 年 8 月 10 日 08:51

何年何月，何人给取了这个美名，简朴，优雅！ 12 年前，我曾游花溪，不忘花溪天成的个性：青山、碧水和花木的天然组合。今夏，我已三游“十里河滩”。昨日重游“花溪公园”，试作比较：历来幽居的“花溪”，不乏动感；而漫流出去的花溪水，依旧宁静。本人在书房、在旅途，仿佛亦如是？

观山湖

2013年7月18日07:22

从前西部闭塞，连山水都被贬为“穷山恶水”。昨游贵阳观山湖，欣赏临湖傍山，一派生态城市的园林景观。我分析，一是，这里山青水碧，如今成了自然优势。二是，人们有了现代理念，认识到这片山水的价值。三是，有了改革开放以来积累的财力物力，才有如此之大的投入、如此之快的发展。

凉都

2013年8月13日09:20

步出六盘水车站，迎面见到大幅标语：“在天然空调房举行的马拉松赛！”运动员刚走，我漫步在“凉都大道”，不必到树下躲太阳，衣着尽管绅士。向两位中学生问路，多位同学上前指点。走一走，看一看，又向清洁工问路，回答尤其耐心细致。十字路口有条横幅：“微笑是凉都最好的名片”。我看中学生、清洁工友善而认真的面容，胜过职业性的微笑。谢了！

装扮

2013年7月29日05:51

四年前，避暑贵阳西郊，时常探访周边的山水。昨游“小车河湿地公园”，似曾相识？却已不再闲山野水无态度。贵阳人巧用山水素材，做成一篇洋洋洒洒的美文：既保持自然风物的本色，又给以现代公园的装扮。伴着缭绕林间溪畔的轻音乐，漫步于游路和栈道，我亲近了原先躲躲藏藏的山水。

探路

2013年8月4日13:37

进城，下乡，四处问路。问路就是为走路，我们喜爱探路去寻景。今天上午，从五眼桥上问到“太慈桥”，追溯徐霞客的足迹，沿着“西谷来溪”，看它在哪儿注入南明河。又沿着南明河，穿过一处处桥涵、工地，找到河滨公园。在“向天歌”店吃鹅火锅，在火锅边写了“精神”“探路”两题。

水景

2013 年 9 月 1 日 07:28

大七孔峡谷的水很绿。“天生桥”很高。桥下的石库门很阔。小七孔景区，景点更多更精彩。倾泻的拉雅瀑布、奔腾的“六十八级瀑布”，壮观！沿石蹬涉水穿越“水上森林”，如探险。鸳鸯湖幽深、静谧，倘有时间，到湖上划划船，必定是极好的。

七孔

2013 年 9 月 1 日 06:23

七孔！我未曾在诗文中读到你，还没有从广告中听过你，只凭口口相传，偶有所闻，好在网上能搜寻你的信息。你藏在黔南州荔波县。你的名字，只是借用道光年间两座七孔石桥的造型，被叫作“大七孔”“小七孔”，怯生生的像乳名，而你已被确认为“世界自然遗产”。这次，我随家人来了，游了，乐了！

黔中

2013 年 8 月 29 日 17:20

人说“地球村”，我看咱中国就够大的了！从东北到西北，从沿海到内陆，自然环境以及人文、饮食、口音，各具特色。所有这些，我都有兴趣去体验一番。今夏，我在贵阳住满六十天，好比进了一期“短训班”，对黔中生活有了切身感受。这有什么用吗？也许什么用处也没有。可是，我乐意，我高兴。

镇远

2013年9月4日08:59

一条小河回旋，两岸高峰雄踞。刚一进入古城石板街道，我赶紧下车，抬眼四顾，赞叹山川形胜不凡！地处黔东南的镇远，建城于公元前277年。年深月久，战乱频仍，但凡人为之风物，既被人祸损毁，也皆由人力收拾。我欣然而至，静观默察，从历史风云感受时代变迁。登城垣，穿市井，探访古韵乡风。我喜爱崖前重重壁立的庙宇，喜爱河面悠悠荡过的小舟，喜爱民宅、商家的门联、匾额，喜爱店铺经营的传统与时尚，喜爱香甜酥脆的作坊糖果，喜爱简朴雅致的灯光夜景……想象再过两千年，将今人之赞叹，传为远古的回响。

纯溪

2013年9月9日16:59

"纯溪"：纯粹的一条溪，一溪纯净的水。我们溯溪流而上，时而靠左，时而偏右，时而低头，时而躬腰，但凭石岸宽窄高低而行。据规定，凡六十岁以上者不得入。我和老伴，经签字具结才得以放行。途经险要地段，我手攀铁链，脚踏吊桥，迎激流乱石而上。途经两小时走完全程。我说，自己两三分吃紧，七八分为老伴担心。她说："自己有把握，只为你担心。"

露营石牛寨

2013年9月8日22:10

曾在云麓宫下、白鹤泉边，扎一顶帆布帐篷……那是我的青春记忆。而今，现代人驾着越野车，驰入大自然，撑开折叠式"小屋"，潇洒时尚！昨天，我跟"帐篷族"，去到平江县，宿营石牛寨，通宵不知身在何方，头枕何处，一觉睡到凌晨，扯开拉链，钻出帐篷，在星空与曙光交替间，与山水亲切对话。

福州西湖

2013 年 11 月 18 日 22:26

午后抵福州，当晚游西湖。据说，全国有 36 个西湖，福州西湖排行第六。我的审美视点，在于“古而创新，新而存古”。据载，此湖开凿于公元 282 年，唐宋年间多有诗文佳话。如今既保留古建筑的元素，又借重新科技的装饰。畅游中，我不知是今人“穿越”到古代，还是古人“穿越”到现代？

三坊七巷

2013 年 11 月 19 日 20:21

游福州，首选“三坊七巷”。走进幽深的故里，追寻唐风宋韵，由远及近，有些历史课本上的人物，有些人所熟知的名字，从这些坊巷传出。走进他们的府第，一个个背影愈见清晰，仿佛他们刚刚离去……从人才学论，这里是沃土、是密林。从建筑学看，这里是古代民居、园林博物馆。我已见识，还将铭忆。

城中古木

2013 年 11 月 19 日 22:12

“街坊叫我老施，游客以为我是老师，其实我是裁缝。”施先生退休后，每天在坊巷转悠。今天，他主动、热情地为我导游、讲解。印象最深的是清代“二梅书屋”的两株古梅，还有庭院中的荔枝树、苹婆树，而芒果树是沈葆祯亲手所植。这些百年古木，依旧枝繁叶茂，开花结果。施先生说得欢喜、自豪。站在一株高大的白玉兰树下，他指着枝叶间一处断裂的枯干，说是 1964 年 7 月 9 日下午遭雷电所击……哪位职业导游说得这么真切！

寿星们

2013 年 11 月 26 日 21:47

走过海湾的沙滩，来到高大的峭壁前，喜见一组摩崖石刻，是当代著名书法家的墨宝。他们中最年轻的陆少俨先生，时年 86 岁。按年岁递增，钱君陶先生题“逐浪”，时年 88 岁。西泠石伽先生题“龟寿”，时年 90 岁。刘海粟先生题“天风海涛”，时年 98 岁。朱屺瞻先生题“天趣”，时年 102 岁。

惠安女

2013 年 11 月 26 日 20:31

这是一个美丽的群体形象。惠安女以服饰特色和劳动素养著称，给人留下美好的印象。今天乘车到惠安，亲眼见到了她们，又从雕塑园里欣赏她们的形象：彩色花头巾，从头顶、两鬓到脖颈包扎起来，外加遮阳斗笠。天气暖和时，着紧身短衣，穿宽松长裤。更为出名的是，她们勤劳、善良的美名。

泉州老街

2013 年 11 月 27 日 21:39

旅行到像泉州这样的城市，住宿、餐饮宜在新城；而参观、游览还得寻老街。坐在市内公交车上，随着一声声报站，我便一程程进入她的昨天和前天：在文庙，我在殿前、檐下好像遇见那些饱读诗书、追求功名的儒生。从开元寺到清净寺，我想象本土的僧人，遇着外籍的伊斯兰教徒。在人来人往的街市，我恍惚触摸到阿拉伯商人卸下的香料、药材，码头上正忙着将内地的丝绸、瓷器和茶叶装船……而今，泉州已由历史走进现代！

天侣树

2013年11月30日 10:19

《长恨歌》吟："在地愿为连理枝。"在泉州，我和晓清登清源山，在半山坡上，欣赏一对"连理树"，一为榕树，一为重阳木。她与他根相缠，干相抱，枝相连，叶相拥，经风雨，观潮汐，共生共荣三百载。林中"天侣"，引来多少游人艳羡！有位安徽姑娘，为我老两口傍着"天侣"拍合影。

东方门户

2013年12月2日 21:26

泉州，是古代东方名港，是"海上丝绸之路"的起点，是郑和、马可·波罗出入的门户。我游泉州涂门街，老远见到一座伊斯兰风格的古建筑。进到寺里，见到一方方石碑，镌刻着古阿拉伯文。同时，我从博物馆见证，伴随商贸往来，还有人文交流。这一历史现象，反映了我文明古国兼容、开放、大气。

旅途邂逅

2013年11月23日 20:23

初冬时节，在福建沿海旅行，沿途邂逅并交谈的：比如，在三坊七巷与S、与G的交谈；在太姥山上与L、与C的交谈；在游路上，与X边走边聊；还接触过未通姓名的司机、渔民、尼姑，颇有周游社会"采标本"的感觉。我与他们素昧平生，萍水相逢，彼此既无来由，又无预约，今日一见，谁也没准备再见。然而，他们给我留下了印象，并成为我认识社会的"标本"。

九曲妹

2013年1月5日 10:31

旅游武夷山，难忘"浪漫九曲"，我和晓清乘坐竹筏漂流九曲溪，沉浸在诗画般的风光里。溪中三三两两的竹筏，你追我赶，水花四溅。这时，有艘紧贴我们的竹筏，立在筏前的村姑，身穿白底蓝花布褂，一条长辫垂在背后，卷起衣袖，露出粗壮的胳膊，操着竹篙，左点右划，赶上前去。这个英姿飒爽的形象，质朴，健美！像是从九曲的碧波里涌现，从武夷的白云间降临。此刻，诗情画境聚于一身。如诗，她就是诗眼；如画，她就是画中人。我们久久欣赏着她的背影……想必，她的目光一直向前。

云雾山中

2015 年 5 月 3 日 12:30

昨晚投宿幕阜山。凌晨，被鸟们唤醒，卧听山林晨曲。掀开窗帘，发觉周边全被云封雾罩！云雾挡不住行者的脚步，我们在海拔 1500 多米的景区游走。“雄霸南天”的石头似觉张扬，而“顶天立地”的巨石堪称险峻。云雾遮拦了游人高瞻俯瞰的视线，没了高山与平原的对比，而身边的树木仿若剪影，山花则更显滋润光鲜。

密林深处

2015 年 5 月 3 日 07:41

游走幕阜山，时近黄昏，溯“老龙涧”而上，去寻风瀑、雨瀑。瀑布虽不惊人，但也是“高山流水”。林深天暗，折返途中下雨了。老伴指着对面山坡上一间矮小的独屋，到那屋去躲雨吧？我逗笑，守夜吧！小屋是林场工人留下的“史迹”。一句笑谈，叫我遐想守林人的年年岁岁，在那深山夜雨、电闪雷鸣时。

徐行　　2013 年 12 月 7 日 22:21

司马光出游，不爱坐轿，喜好骑马，路险则拄杖徐行。他说：“登山有道，徐行则不困；措足于实地，则不危。”本人自 1995 年以来，有些登山体验，口号是：“足踏实地，徐行不止！”所谓“不止”，一是每次不达目的，途中不歇；二是，至今未止，十余天前刚登福建太姥山、清源山，登上二山之巅。

竹筏与栈道　　2014 年 5 月 7 日 21:55

清早直奔上清宫。上午乘竹筏漂流泸溪河，观两岸山景，至仙水岩，看揭秘“悬棺之谜”的演示。下午找家客栈，稍事歇息。醒来，又乘观光车至象鼻山，登上栈道，远眺群山。眼看夕阳西下，空山幽寂。我放声吟诵叶帅的诗：“老夫喜作黄昏颂，满目青山夕照明。”

大视野　　2014 年 6 月 29 日 22:10

从地图上看，各省都有各自的门户，如湖南北有岳阳，南有郴州，东有株洲。今日午后，我从山西东大门阳泉入晋，天黑抵达晋北大同。印象最深的，一是太行山区，一是太原与大同之间的平原。目送平原日落，看广袤田野上空的绚丽晚霞。放眼所见，是晋东北铁路沿线的大视野。

松下　　2014 年 7 月 5 日 20:03

塞北高原，阳光耀眼，白天走在野外，感觉烈日灼人。但只要站在一棵树下，或是躲在一丛灌木后，就能求得一分阴凉。恒山岩体裸露，植被欠丰。昨登恒山主峰，蹬石级，上陡坡，顾不得烈日当头。下山时，发现路边有株少年松，我俩坐在松下野餐，是一顿“高海拔”美餐，既悦且乐。

见而后思

2014 年 7 月 8 日 05:07

云冈石窟、悬空寺，早先从照片、影视上见过，但总不如亲临其境的感觉。第一次走进石窟、踏上悬空寺，少不了惊异、慨叹，而转身之后的回味和思考，则进而加深了理解。比方说，为什么将寺庙造成“悬空”感？须从道家佛教的观念去理解。有人从建筑力学来研究，我更感佩前人的想象力与创造力。

客栈

2014 年 7 月 9 日 05:35

人已醒，天未明，想起古代的旅人与客栈：那些赶考或落第的书生，赴任或被贬的官宦，还有南来北往的商贾与僧人……他们各怀自己的心事。流传于文字者，应是眼中有景，心中有情，并愿意倾诉、善于表达的人士。徐霞客当属顶级旅行家。千百年后，在景区，在旅店，我所遇者为何人？

远方风景

2014 年 8 月 10 日 08:27

如今，住店先问 Wi-Fi。我在云冈、恒山、五台发过几组照片，标题如“晨钟暮鼓，千古奏鸣”“天地的纹理”“白云与白塔的对话”“登高望远，转身就登顶”……周末，读取松、枫两姐妹发自西藏、法罗的现场照片，没配文字，悉数看懂，且引发种种想象：倘若李杜拥有摄影、微信，或许也不苦苦做诗了？

永州行

2014 年 10 月 15 日 23:31

从长沙去永州，是柳宗元南下的诗文之路，是周敦颐北上的理学之途。今天午后上火车，深夜才投宿，远吗？秦时，没出长沙郡。此行，我想看潇水在哪儿与湘江汇合，想访濂溪先生在哪儿读书，想游千家峒、上甘棠，还想寻访长沙知青落户的回龙圩农场。

濂溪长流

2014 年 10 月 16 日 19:55

闻鸡初醒，是道州少年周敦颐的读书时光？出门一看，一尊塑像已作为理学鼻祖立于广场中央。搭车赶往楼田村的濂溪故里，见到数毁数兴今又翻修的故居，还有宅旁的老井。我相信，地基未改，活水犹存。周家少年读过的书籍找不着了，好在外婆家的月岩，以及山河的视野，仍是进入理学的门径。

涔天河畔

2014 年 10 月 19 日 20:52

青山夹岸，绿水长流，来到潇湘上游涔天河。从高岸望去，眼前的水闸，是早先的水利工程。下游在建的拦河大坝，将使许多山峦、村落沉于水下；有些高山将成为绿岛。江华瑶乡将成为郴州东江湖那样的库区。告别了昔日的风貌，这里将出现新的风景：高峡平湖，烟波浩渺！

两天半

2014 年 11 月 21 日 18:57

两天两晚又半天，能做什么？参加学校组织的旅游，游一趟桂林。“桂树成林”是桂林。午间穿城而过，去到离城百公里的龙胜，宿在山高水远人静处。昨日，清早徒步登“龙脊梯田”，从云霄欣赏“七星伴月”。下午返回桂林城里，乘船游览“一江四湖”。初冬晴日，桂有余香。晚霞清波，湖光峰影。美得喘不过气来！

夜宿荷叶塘

2015 年 2 月 7 日 22:21

日落黄昏，来到荷叶塘。“留得枯荷听雨声”？今日无雨，但闻曾国藩的同乡们的乡音。走上石板台阶水泥路，想到石板水泥之下那厚实的泥土，或有曾氏的足迹？在荷塘与山林之间，留着不散的气场，此地正是那一封封《家书》的收信地址。夜宿荷叶镇客栈，令我思绪纷纷。

西山岛

2015 年 4 月 5 日 07:24

苏州，城里有好些名园，周边有诸多古镇。此次来到苏州，可能因了“岛居情结”吧，径直来到太湖西山岛。虽说早已向往，却不知这里竟是我国内湖第一大岛！很高兴，开阔了视野，游览了湖山，于寻常中感觉新鲜，于熟悉中得到新知。好呀，岛居进入第三天，观光仍在进行中。

江南水乡

2015 年 4 月 9 日 21:30

苏南浙北的水乡，是一种涵泳而畅通的人居环境，宜耕、宜渔、宜商，而今更是热门景区，招来八方游客，引人欣赏，令人好奇。我曾游过南浔，此次又游了周庄、同里：喜爱门前流水、院后泊船的水道，喜爱来往如梭的乌篷船，喜爱古朴的石拱桥，喜爱傍水临流的窗户，喜爱夹岸的垂柳。

到常熟

2015 年 4 月 10 日 19:48

来到常熟，一为观赏江南牡丹，二想看看“沙家浜”的芦荡。今天先在城内走走，见到了千年古塔、古井，还有八百岁的古银杏。别说“前不见古人”，到了常熟，才知好些历史人物，或是常熟人，或是从外地来常熟为官，从其业绩和手书，可以见到他们为这座历史文化名城增添的底蕴。

西津渡

2015 年 4 月 18 日 09:48

江水北移，码头犹在。我在金山与北固山之间寻找西津渡，见到渡口古道，当街古塔，还用玻璃罩着一道坑口，从剖面能见到唐代以前的江岸原生态，其上便有唐宋至明清年间人工铺砌的层面。这些路面的层次，好比历史的册页，积存了千年古渡的历史信息，叫人“一眼看千华”。

贵在担当

2015 年 4 月 19 日 12:17

到常熟，登虞山，观山顶“剑阁”，锐气冲天；更喜“藏海寺”之名，原来海也可以藏呢！听说山后有奇石，忙不迭地沿石径探寻。找见“三生石”，连忙拍照，传给友人分享。您看，那三枚小石，托起摇摇欲坠行将崩塌的巨石，多么奇险！想到处世为人，有的“小人物”立身紧要处，也能如此担当。

车行东北

2015年7月7日07:18

据日记，2008年6月15日9时27分，N197次列车开出沈阳。车过抚顺见山脉，沿途山势平缓，林木茂密。山与山之间，坡上种玉米，平地种水稻。民居低矮，是为冬季取暖与保温吧？百十幢小屋集结成一个个村庄，为什么聚在铁路沿线？我想，住在松林附近多好！我一向爱坐火车，爱从车上看风景。眼前风物正新鲜。

驶入丛林

2015年7月8日06:43

当年的N197次列车，是旧式车厢，我正好临窗迎风。列车驶入吉林长白山腹地，眼看日落深山，月出丛林。一批批本地旅客，在一个个小站下车，车厢里渐渐地空了。凉风吹来，凉得我打冷噤。车抵二道白河，下车，出站，夜宿在什么境地？4:20醒来，喜见晨光中的“美人松”，好像明丽的油画。

晨跑九州

2015年7月17日07:01

我有晨跑的习惯。有年冬天去到乌鲁木齐，我不顾严寒，每天早晨跑一个方向，得以观光全城。20世纪80年代，我去过上海、南京、成都、海口等地，结识一位北京同行，也有同好。为此我曾写过《晨跑九州》。年逾七旬，来到绥芬河，清晨去到国境线我方一侧，不禁放开腿脚，沿山路跑步开了，难忘这豪迈一跑。

古今旅程

2015年7月21日07:53

出了湖南，进了湖北，过了河南，车行河北……我这一夜的行程，是令人的常事。想到唐宋迁客，以至清末民初的前辈，谁曾经历？一路的丘陵、平原，乡村、城市，都是同胞的家园或故乡；多少古老的地名，都有入史入志的故事。我爱坐车，车轮下是中华版图的山河，车窗外有日新月异的风物。

一马平川

2015 年 7 月 29 日 16:54

从长春来哈尔滨，车窗外，平展展的田野，望不见边。齐刷刷的林带，就像纵横交错的棋盘。行前，读了笃宋的《三江平原行》。此次行经东北平原，感觉连火车都不用拐弯似的。我自幼生长在湘江高岸的丘陵，见过一块“五十亩大田”，就看得出奇。幼时，何曾读过这样的课本。

体验遥远

2015 年 8 月 1 日 06:02

车出哈尔滨，更向东北行，依次检阅平原的玉米、水稻、大豆。车过铁力，驶入兴安岭一条狭长的山谷，喜见青松白桦扑面相迎。本地乘客探问我俩从哪儿来，听说来自湖南，觉得那么遥远。车窗外不见一星灯火，似乎驶入时空隧道。走出家乡，游览异乡，正为着体验遥远。列车到达终点站，初次踏上伊春的土地。

城市观光

2011 年 12 月 22 日 07:12

想要了解一个省及省城，最好去参观当地的博物馆。昨天上午，我们去到广东省博物馆，首先观光展馆的建筑艺术，进馆后直上四楼仔细参观广东历史文化的陈列，浏览本地的自然资源。

出了博物馆，我还环顾周边的图书馆、大剧院和广州塔等现代建筑，正好与博物馆里的历史文化相呼应、相承传。以前，我偏爱山水之旅，自从去年春天游扬州、杭州，加上这次的广州之行，我对城市观光也有了兴趣，兼及城里的公园和城郊的山水。

感觉与思维

2011 年 12 月 24 日 12:07

参观“科学中心”，各个展馆和各种演示，异彩纷呈！最有趣的是“感觉与思维”馆。通过各种图片、器械和陈设，体验视觉、听觉、嗅觉和触觉的奇异现象。有个“镜子迷宫”，我持两支塑料棒当“触角”，进入之后，看到四面八方都是自己，N 个！如何走出“自我”，可进可退？能感觉还须善思维。

珠江夜景

2011 年 12 月 28 日 08:06

“萤火虫，提灯笼”，是家乡的夜景。“明月出天山”，是塞外的夜景。昨晚，学兰陪我们游览珠江夜景，是老歌儿没有的，古诗人未见的，这是由两岸的高楼、跨江的桥梁、水上的游船构成的，是由电光与色彩炫亮的。今晚的主角是身高 600 米的“小蛮腰”，她穿上魔幻般的晚礼服，更显妖娆！

玩出新花样

2011 年 12 月 23 日 06:46

早年的民间玩具、儿童游戏，由成人玩到城市公共场所，成为一种时尚。我在贵阳的广场和公园，见过人们抽陀螺，用很大的气力，抽很重的陀螺。昨天早晨，我在广州越秀公园，又见人们踢毽子，多人相聚，各人以任意姿势踢毽子，相互传递。成人回到童年时代，玩出新花样。是玩耍？是健身？

放风筝

2013 年 7 月 4 日 17:15

初游贵阳药物公园，来到青山后，草坪上那三三两两的人们在忙啥？顺着他们的视线望天空，哦，放风筝！聊到风筝，他们真有好兴致：只要不下雨，每天放飞四小时，把带来的各式风筝，轮番放上晴空。据说，这玩意儿对眼睛、颈椎、肩周都锻炼了。我想，还能放飞心灵呀！望蓝天，那飘飘摇摇的风筝，不就是自由自在的你吗？

广场风韵

2015 年 7 月 24 日 22:22

来到长春，游过城里城外的公园，再去看看市中的“文化广场”。随意从一角进入，放眼全场，赞叹其场面宏大，绿地宽阔。广场中央高翔的“太阳鸟”，四边的“春夏秋冬”雕塑，营造出阳光明艳、生机勃发的氛围，还有风筝与白鸽齐飞，花卉共衣裙一色。好呀，广场是城市的名片，也是时代的缩影。

净月印象

2015 年 7 月 23 日 18:41

搭乘轻轨去游净月潭。我还来不及细想“净月”的意味，就被湖水浸润着，被森林陶醉着，不假思索便印象深深。这里空气清新，松香四溢，是可以深呼吸的地方。这里绿草如茵，是可以在草地打滚的地方。这山里没有蚊子，伸脚躺在林间的长椅上，便成月下神仙。湖山净了人，明月净了心。

长春雕塑园

2015 年 7 月 27 日 18:25

此园占地 92 万平方米，真能给艺术以地盘呀！园内有世界上 110 个国家的 270 位雕塑家的 315 件作品，还有艺术馆和博物馆。可惜我看得不全不细，有些还没看懂。倘能假以时日，邀请三两同好，畅游全园，细听雕塑怎么说，也跟雕塑说说话。共颂：“友谊、和平、春天。”

太阳岛上

2015 年 7 月 29 日 20:07

哈尔滨的“太阳岛”，因一首好听的歌而闻名全国。有些游客慕名前往。早先也曾听说，歌美，岛可不怎么样。二十多年过去，我和老伴今天来到了太阳岛上，在甜美的歌声中遍游全岛，感觉岛如其歌，情如其境。

神州行

2015 年 9 月 6 日 12:47

我和老伴，到过太行山南麓，却没去访郭亮村；游了晋北，却没去平遥。8 月，松和跃驾着四个轮子，由中南奔华北，走在郭亮村的“挂壁公路”；到了平遥，住老院，睡土炕。我称道他们足迹所至，补了我们的缺课。今读松发图文：“世界这么大，抽空去走走！”是呀，神州之大，处处见景；行得愈远，见识愈丰。

天下客都

2015 年 10 月 28 日 05:59

旅行与阅读，教我认识“客家人”。早在千年以前，自南北朝、唐末、南宋以降，为避战乱，这些中原地带的汉人，连同其文化、习俗，历经皖、赣，落户闽、粤，并从这里远赴海外，而梅州则成为“天下客都”。此行来梅州，见证古今巨变，领略客家风情，对这支极具活力的人脉，感佩至深！

海的怀抱

2015年10月27日11:31

走出丛林，心飞大海。祖国的南海、东海、北海，我都一一拜谒。今日我在南澳岛的青澳湾，沿海滩走到“自然之门”，看着白花花的海浪，一层层扑向沙滩，像是对我热情的召唤。于是，我又一次下海了。涛声呼啸而亲切，海浪雄劲而温柔，大海母亲给我的记忆，久久，久久！

优游山水

2015年11月4日06:37

上周的潮汕之旅，旅行社安排“双飞”，我从云端被空降，旅途都在云里雾里。昨日我乘高铁，从长沙来芷江，跨河，穿山，最喜湘中秋色，铺陈于远山近水，犹如快意的速读。旅游旅游，旅中有游。有时，我竟羡慕古人中原纵马，日夜行舟。倘能那样行走天下，优游山水，还怕没有吟山咏水的工夫？

洪江古商城

2015年11月5日06:00

湘西洪江，是源自唐代草市，盛于明末清初的古商城。早在三百多年前，业已形成“七冲八巷九条街”的格局。今天，我们踏着纵横曲折的石板街道，进入客栈、商号、钱庄、洋行、会馆、镖局、报馆……走进这一处处历史空间，触其轮廓，嗅其气息，见识了我国近代商贸市井的标本。

寄意黔阳

2015 年 11 月 8 日 23:00

此行，我从长沙乘高铁赴怀化，换乘汽车从芷江往洪江，中途在黔阳午餐。在唐代，黔阳名龙标，王昌龄因贬“龙标尉”至此。李白闻讯，遥寄七绝：“杨花落尽子规啼，闻道龙标过五溪。我寄愁心与明月，随君直到夜郎西。”时越千载，我从旅行到读诗，念古人漂泊之荒远，感诗友交谊之情深。

古道寻踪

2016 年 3 月 25 日 21:12

天下道路知多少！我偏惦着一条千年古道。此道翻越五岭之东，贯通南北。秦汉年间，这里便凿路通关。雄关古道，多少游子心肠，英雄血泪！千年以前，唐相张九龄从这里“少小离家老大回”。80 年前，陈毅伤病困于草莽，苦吟《梅岭三章》。哦！为着探寻，瞻仰，我“156 部”，明早出发！

烟雨春江

2016 年 4 月 30 日 23:01

平日，在家爱听《烟雨迷濛》。这回，来到桐庐县，游览富春江，经历实景体验。我想拍摄富春山居的画境，却见两岸的溪流和瀑布，注满盈盈一江春水。有趣的是，穿着雨披拍了一帧陪严子陵淋雨的照片。至于南朝王均所谓“奇山异水，天下独绝”一说，他是否走得不远，眼界太窄？

富春山居

2016 年 5 月 4 日 21:26

富阳城外的东洲，六百多年前，曾是黄公望的结庐隐居之地。我俩从江畔到山前，步步进入富春山居的画境：“丹青挥洒处，居然隐者风”。观画，读诗，我们步履轻了，心也静了。黄公望将自己的茅庐命名为“小洞天”。我们在门前坐坐，闻鸟，听溪，似有心中的“小洞天”。

登塔

2014年1月14日20:48

年嘉湖北岸，有座无名塔。我时常从书窗远望，往往想到塔里的“登高路”。古人建塔，留下一个个立地顶天的符号。我登过大雁塔、黄鹤楼，以及别处的古塔，顺着塔中的阶梯盘旋而上，每登上一层，从窗口往外看，或俯瞰，或远眺，攀登愈高，视野愈阔，所见愈多。从哲学上讲，每一层次都是一个“否定之否定”，也正如一代一代经历的人生之路、历史之途。后来居上者，视野愈远愈阔，前程愈加远大，也愈接近前人的境界。

周边

2013年8月3日06:13

在南岳、庐山避暑，每天上午沿着山径游景点。住在镜泊湖，去过火山口的“地下森林”“渤海国”的都城遗址。住在乳山海滨，跑过海岛、渔村……昨游天河潭，接黄海阎公短信，称“这是一种旅游方式”：住在某个地方避暑，有充裕的时间和体能，看看周边的风景，还有微博与人分享。

三、心游，观案头山水

读以当游

2013 年 12 月 3 日 07:14

在旅途，收到友人来信：“跟着你们在旅游！”很高兴，我白天游走早晚写，写给“与游”者。现在，我悄然转身，回到书房，读抄南宋文学家尤褒所言：“饥，读之以当肉；寒，读之以当裘；孤寂，读之以当友；幽忧，读之以当金石琴瑟也。”我且读以当游，游于天地，游于人间，游于古今中外诗书画。

山水 · 文章

2012 年 2 月 3 日 21:31

张潮的《幽梦影》，多处写到山水，写到文章。我尤为欣赏：“文章是案头之山水，山水是地上之文章。”走出书房，我读“地上之文章”；回到书房，我观“案头之山水”。有人说：“文章必明秀，方可作案头之山水；山水必曲折，乃可名地上之文章。”是的，曲折、明秀是山水和文章之奥妙。

书籍 · 山水

2012 年 2 月 3 日 21:57

按张潮的说法，善于读书的人，山水也是诗书；善于游山水的人，书籍也是山水。这话，我信！能够进入这两重境界的人，既是善于读书的人，又是善于游山水的人。但愿，我们能这样拥有诗书和山水，在眼前，在胸中。

山水四种

2012年2月4日 16:50

闲读诗文，常于字里行间识山水。张潮说，山水分四种，有地上的，有画上的，有梦中的，有胸中的："地上者妙在丘壑深邃；画上者妙在笔墨淋漓；梦中者妙在景象变幻；胸中者妙在位置自如。"有人问，诗文中之山水如何？我说，常读诗文，可识眼前的、画上的、梦中的山水。

且读且行

2013年5月7日 16:50

源于"读万卷书，行万里路"，衍生、阐发许多格言警句。今从清代金缨的《格言联璧》摘抄一联："眼界要阔，遍历名山大川；度量要宏，熟读五经诸史。"我想，"熟读"须坐得下来，"遍历"要走得出去。读与行，都是为着"眼界"与"度量"的阔远、宏大，这样才好为人做事。

视听

2012年2月7日 17:40

双目在看，两耳在听，怎样构成视觉美感，比较听觉效果？张潮颇有体验："楼上看山，城头看雪，灯前看月，舟中看霞。"若问，山上看雪、雪后看月如何？我想，并无固定模式，贵在畅意怡情而已。又如"松下听琴，月下听箫，涧边听瀑，山中听梵呗，觉耳中别有不同"，谁能辨别诸多不同，自有高人清听。

好入名山游

2012年5月18日05:50

李白有诗："五岳寻仙不辞远，一生好入名山游。"所谓山岳有"仙"，只是一种传说。李白寻来寻去，"神仙"安在？他自己倒是成了酒仙、诗仙。"一生好入名山游"，成了一个响亮的口号，鼓动多少人跋山涉水，不畏劳苦。至今，我们不是还在寻找诗仙的游踪吗！

畅意山水

2012年5月18日06:10

苏轼有诗："庐山烟雨浙江潮，未到千般恨不消。"题过庐山诗，又有观潮诗，苏轼的山水情结可谓深矣。念他平生蹉跎，屡遭贬谪，所幸总有山山水水乃至海潮相随。如果宦游途中没有风景，岂不更加愁煞人也！诗人不幸山水幸，苏轼唱响了山水，山水造就了诗人。幸与不幸，怎么说呢？

穿花点水

2012年4月26日20:04

"穿花蛱蝶深深见，点水蜻蜓款款飞。"（杜甫《曲江》）杜甫以辞藻状物，宛然如画。蛱蝶"穿花"而忽隐忽现，蜻蜓"点水"而缓缓低飞。这种细致入微的观察、栩栩如生的描绘，表现了作者沉浸于大自然的诗情画意。

春风

2012年3月27日20:07

烟雨蒙蒙，芳草萋萋，从山谷到江边，全都换上了春装。喜爱罗邺的《芳草》："芳草和烟暖更青，闲门要路一时生。年年点检人间事，唯有春风不世情。"古往今来说世态，道不尽多少烦恼在“世情”。天地良心，唯有春风“检点人间”而不分“闲门要路”。这是天道，是公理。呼唤春风，拥抱春风！

少年心

2012年5月6日 06:53

“旧游无处不堪寻。无寻处，唯有少年心。”（章良能《小重山》）本人青壮时期，立志“到边疆去，到祖国最需要的地方去”，而今犹记火热少年心。老来好在肢体尚健，余勇犹存，不负当初“少年心”，奔赴三山五岳、江河湖海，足迹到处，豪情挥洒，处处留下赤子心。

人与山

2013年5月4日 10:49

以山为师，与山为友，我赞佩辛弃疾对山的理解和亲近。辛词“我见青山多妩媚，料青山见我应如是”，表达对青山的欣赏，不乏体面的自信。“青山欲共高人语”，赏识青山的格调，与青山相呼应。“一丘一壑也风流”“剩水残山无态度，被疏梅料理成风月”，是对山的包容和修饰。

文字缘

2012年4月30日 07:51

“山水争留文字缘，脚跟犹带九州烟。”（蒋士铨《题壁》）与山水有缘者，当属山水知音，故能为之脚跟生烟。当年，谁能漫游九州，在官场、在文坛，应是多少有些名气的。故此，“山水争留”其诗文和手迹，这便多了一重“文字缘”。而今我在旅途读山水，又在书房游文字，两全其美！

景观

2012年5月1日06:52

“白云抱幽石，绿筱媚清涟。”（谢灵运《过史宁墅》）十个字，一幅景，此间的风景元素，有云有石，有竹有水。色彩为白与绿，环境为幽与清。景观的情趣，妙在“抱”与“媚”两个动词。从诗题看，这是对某人住处景观的写照。瞧瞧主人的生活空间，多么清幽古朴，令人神往！

画与琴

2012年4月25日20:26

“一折青山一扇屏，一湾碧水一条琴。”（刘嗣绾《自钱塘至桐庐舟中杂诗》）青山若画屏，流水似鸣琴。这样的风景从哪里找？我向往诗人的视角，“须在桐庐江上寻”。但不知，桐庐江上还有没有不带轮机轰鸣的老船？其实，这般好景岂止桐庐所独有？须有游兴，有慧眼，有观景的最佳视角。

同感

2012年4月25日19:29

“一丘一壑也风流”，摘自辛弃疾的《鹧鸪天》一词。其时，词人病后体弱，不能远游，面对眼前山水，有感而发。我向往远游，也珍爱身边的风景。十多年来，曾一一登临长沙周边的山山岭岭，为此写过《低山矮岭也风流》。

偈语

2012年4月26日16:26

“千江有水千江月，万里无云万里天。”（宋代《嘉泰普德录》）这是佛家偈语。读来很顺口，也很好理解。不是吗？哪里有水，就能映照月亮；哪里无云，就会显现青天。由此得到启示，光明在前，我们要澄清内心的混浊，好接受光明；青天在上，我们要拨开眼前的云雾，好仰望青天。

未然

2012 年 4 月 28 日 08:59

“雪含欲下未下意，花带将开未开色。”（曾几《探梅》）寒空欲雪，诗人探梅。其时，雪与梅都还处在蓄势待发的状态。作者找准了感觉，似能与天谈心会意，又对梅察颜观色，写出雪含“欲下不下”之意、梅带“将开未开”之色，对这种难以捉摸的未然状态，给以诗意的表达，耐人寻味。

春风春雨

2012 年 4 月 29 日 08:34

“沾衣欲湿杏花雨，吹面不寒杨柳风。”（志南《绝句》）春天来了，细雨纷纷，软风习习，自古以来的农夫，备有蓑衣斗笠，自然以此为常事。或许也有以风雨为烦恼的？然而，在诗人笔下，雨是“杏花雨”，风是“杨柳风”。还有谁不欢迎这催生杨柳、杏花的春风春雨呢？

阳和使

2015 年 5 月 9 日 08:22

钱起乃江南才子，赴长安为官，对北方的早春似有特别的期盼和敏感。抄读《春郊》：“水透冰渠渐有声，气融烟坞晚来明。东风好作阳和使，逢草逢花报发生。”前两句写出冰渠解冻，大地回春。最喜“东风好作阳和使”，逢草皆绿，逢花便放！此情此景，让人想起历史的东风，人间的春天。

谁为诗人

2012年4月30日07:35

“不到西湖看山色，定应未可为诗人。”（晁冲之《送人游江南》）古人的远行，或为赴任，或为贬谪，或为漂泊，而以“旅游”名义自由行走的，似不多见。当然，诗人总是跑过些地方，游过些山水的，我们从其诗词的题目和内容可见一斑。足不出户者，能为诗人乎？“定应未可”。

登楼

2012年5月3日19:41

“锦江春色来天地，玉垒浮云变古今。”（杜甫《登楼》）诗人客居成都，为国难家仇而悲情郁结。春日登楼，近看锦江两岸的春色，远望玉垒山上的浮云，拓展眼界观天地，敞开胸扉思古今。天高地迥，古往今来，诗人的精神境界提升了，读者的精神境界也随之提升。

梦压星河

2012年5月4日07:47

“醉后不知天在水，满船清梦压星河。”（唐温如《题龙阳县青草湖》）醉后不许驾车，何妨吟诗！看这位唐代诗人，醉卧船上，瞥见水面星云，不知天映水中，以为船行天上，于酣睡酒醒之后，写出惊人妙语：“满船清梦压星河。”好似他真的梦游星河呢！可惜未能追随前往。

山中人

2012年5月5日08:25

走近《楚辞》中的人物：“山中人兮芳杜若，饮石泉兮荫松柏。”（屈原《九歌》）“山中人”是传说中的女神，还是楚地山野的巫师？目睹博物馆的石器、陶器和饰物，我想象新石器时代的“山中人”，他们饮石泉，荫松柏，怎样在艰难的生存中繁衍和创造？我想从他们的文化中，追溯人类的天性。

旧游

2012年5月6日08:29

唐人柴夔的《望九华》，叹惜“惆怅旧游无复到”。其实，只要有时间，肯花销，旧地重游并不难。难在苏轼描绘的：“曲港跳鱼，圆荷泻露，寂寞无人见。”“夜茫茫，重寻无处，觉来小园行遍。”(《永遇乐》)重寻无处呀！所以，游览须用心，观察须仔细，体验须真切，留待卧游时，且向心灵深处寻。

无价有情

2012年5月16日09:54

苏州沧浪亭，有清代梁章钜撰联：“清风明月本无价，近山遥水皆有情。”大凡自然界所有，原本无价的，进入经济社会，土地、矿产、生物一一有价了，好在清风明月暂无定价。山山水水有情吗？因为人对山水的感情，山水也似乎有了感情。我们享有清风明月，珍爱近山遥水。

良宵

2012年5月29日09:28

风景，在天空，在地上，在图像和诗文里。在不看风景的时候，我爱读诗文中的风景。默写：“梨花院落溶溶月，柳絮池塘淡淡风。”（晏殊《寓意》）如此良宵，这般美景，一年能得几回见！诗人将身边的风景和对风景的感觉储存在文字里。我将文字还原成心中的风景，仿佛置身于梨花月色、柳絮轻风。

微云疏雨　　2012 年 6 月 21 日 16:40

唐代孟浩然于闲游中得句："微云淡河汉，疏雨滴梧桐。"此佳句流传近千载，传至明代吴从先，活用在《小窗自纪》中："存心有意无意之妙：微云淡河汉；应世不即不离之法：疏雨滴梧桐。"吴氏寓哲理于情境，讲存心应世之"妙法"。古人所谓"有意无意""不即不离"的心态，今人容得吗？

茂松清泉　　2012 年 7 月 1 日 07:27

唐代潘师正，居嵩山逍遥谷。唐高宗召见他时，问其所需，师正答："臣所需者，茂松清泉，山间不缺。"松与泉，是一种自然环境，这在千年以前，不为稀罕，简直过于清贫。当今却很难得，甚至是一种奢望。请看今日之潘师正们，失去了茂松清泉，若问其生活所需，怎么样？

盘谷　　2013 年 7 月 26 日 06:04

千多年前，太行之阳，韩愈笔下的盘谷生活："穷居而野处，升高而望远，坐茂林以终日，濯清泉以自洁。采于山，美可茹；钓于水，鲜可食；起居无时，惟适之安。"这等环境中的生活：没有空气污染，没有噪音搅扰，没有食品安全问题……想给韩愈发短信，没有信道？反正他也没有手机。

沙鸥　　2012 年 12 月 16 日 09:46

杜甫生于河南巩县，一生到过许多地方。高适称他"东西南北人"，他则自称"天地一沙鸥"。这是两个"美称"，曾激发我诗意的想象和向往。然而，追溯杜甫的生平和遭际，我为他深深叹息……可见，无论平淡的或浪漫的人生，一不要因流离而失去家园，二不要被战祸堵截回家的路。

清音

2013年5月14日09:37

南朝梁太子萧统，某日泛舟玄圃池。有人出招，此处宜奏“女乐”。太子未予回应，只吟诵左思的诗：“何必丝与竹，山水有清音。”试看当今的山间池畔，本不乏山水清音，却时有电声喧嚣，浊声聒噪，“时尚风”搅扰了山水情。我想另辟蹊径，去寻昭明太子，有幸邂逅左思，则更好。

山水画

2013年5月17日16:50

跋涉旅途，游览山水。回到书房，我还喜爱山水画，喜爱跟山水谐和的乐曲，无论丝竹类民乐，或是钢琴、提琴演奏的轻音乐，都好。我的目光集中在画上，看山川林木，飞瀑流泉，还会循着蜿蜒的山径，看溪上的小桥，崖前的栈道，从山回路转中，看曲径通幽，高路入云……这时，优雅的乐曲似乎从山水间飘来，山水好像从音乐中浮现。图画与音乐中的山水，美得难以言说。

游兴

2013年5月23日06:30

因读“清风明月”，识得山水诗人谢惠连。读其《泛南湖至石帆》，听他讲“跋涉苦身，观赏乐心”“玩有竭，兴无已”，真是古今一样的体验。又读其《泛湖归，出楼中望月》，从诗题可知他与同好的游兴。从末句可知其与挚友的谈兴："晤言不知罢，从夕至清朝。"呵呵，此人值得一交！

山水养心

2013年5月24日07:17

谢灵运的山水诗，诗题就是他的游踪，如《石壁精舍还湖中作》。跟随他的游踪，可以感受"昏旦变气候，山水含清晖"，一路观赏林壑、云霞、芰荷、蒲稗……领教他的感悟："虑澹物自轻，意惬理无违。"虑澹而意惬，身外之物自然看得轻了，便不违宇宙万物的常理，顺情适性，养生自立。

随园

2014年2月18日10:43

有年在南京开会，听说小仓山离住地不远。当晚，我独自去周边走走，寻思袁枚和他的随园，如临一个气场。回来细读其《随园记》："登小仓山，诸景隆然上浮，凡江湖之大，云烟之变，非山之所有者，皆山之所有也。"人生如山，诸多风物，不要占有，宜于享有，如清风明月，如碧水青山。

寻春

2014年4月14日08:00

春天在哪里？我在大自然里寻觅，也从古典诗词中欣赏："春风春雨花经眼，江北江南水拍天。"是黄庭坚的视野。"卖花担上，买得一枝春独放。"是李清照的情怀。春花如此金贵？城外踏青的李华见证："芳树无人花自落，春山一路鸟空啼。"还有闭门不出的书生，诗云："不须迎向东郊去，春在千门万户中。"此说似有深意，兴许万紫千红在胸中？

与春约会 2014年4月9日 09:05

春雨绵绵读春诗："寻春须是先春早，看花莫待花枝老。"（李煜）无论晴天雨天，都是赏春的日子，何不与春花春景来个约会？春游归来读春诗："花含春意无分别，物感人情有浅深。"（白居易）无论深知浅悟，总能感应春的消息。

读景 2014年4月26日 22:25

前人将自然景观、人间风物营造成"苏州园林"，是人们向往的"天堂"。游园读景，品味园中的对联，更觉余味绵长。默写沧浪亭联语："清风明月本无价，近山遥水皆有情。"再读拙政园两宜轩楹联："爽借清风明借月，动观流水静观山。"走出园林，可曾领略风月、山水的情韵？可以"借"而"观"之。

送春 2014年4月30日 18:27

春天何时离去？气象学上按温度算，历年各地不一样。我们时常把这道门槛疏忽了。在唐代，是以农历三月最末一天为界。抄贾岛的《三月晦日赠刘评事》："三月正当三十日，风光别我苦吟身。共君今夜不须睡，未到晓钟犹是春。"为诗人这深情的留恋而感动，前晚我也守到零点，悄悄送春。

渔舟悠然 2013年5月16日 06:26

喜读杨万里的《题曾无逸百帆图》："千山去未已，一江追之。余观百余舟出没于风涛缥缈，云烟有无之间，前者不徐，后者不居，何其劳也！而一二渔舟往来其间，独悠然若无见者，彼何人耶？”诗人观画，于江上百帆之大视野中，独赏“一二渔舟”，悠然其间。深意在于一问：“彼何人耶？”

天台华顶

2015年5月6日 10:10

李白名诗《梦游天姥吟留别》，把对面的天台山夸张为“天台四万八千丈”。唐代诗僧灵澈作《天姥岑望天台山》：“天台众峰外，华顶当寒空。有时半不见，崔嵬在云中。”我曾上过天台山的华顶，可惜无诗为证。我登华顶，时当仲春，高山杜鹃含苞待放，云雾茶园满目青葱。不是吗？登华顶者可证。

虚实之美

2015年5月7日 11:21

盛唐诗僧景云的《画松》很有趣：“画松一似真松树，且待寻思记得无？曾在天台山上见，石桥南畔第三株。”此诗好懂，而其中的奥妙在于，诗与画，从创作到鉴赏的虚实之美。我游天台山，便不去寻“石桥南畔”第几株。要说实景实情，我最记得山下国清寺里，那株古老而繁茂的隋梅。

诗心如月

2015年5月7日 09:59

诗僧寒山，生在贞观年间，住在天台山上，时常吟诗，而后刻在山石竹木上。抄读其绝句：“众星罗列夜明深，岩点孤灯月未沉。圆满光华不磨镜，挂在青天是我心。”遥想公元7世纪，那个寻常月夜，星罗夜幕，灯在岩前。一个多么高洁的境地，一片多么典雅的诗心，我辈也想唱一声：“月亮代表我的心。”

谁解闲游

2015年5月12日19:12

张籍以《与贾岛闲游》为题，先写“水北原南野草新，雪消风暖不生尘”，可知，地处长安郊外，时当初春天气。此诗的深意在：“城中车马应无数，能解闲行有几人？”作为当今资深闲行者，我想说，城乡车马中人，但凡忙在正道，好好忙着吧！倘能忙中偷得半日闲，不妨识得“闲行”滋味，如何？

小孤山

2015年5月13日18:37

抄读顾况的《小孤山》：“古庙枫林江水边，寒鸦接饭雁横天。大孤山远小孤出，月照洞庭归客船。”此山坐落在江西彭泽县的长江中游。我曾摆渡登临，见到山上的庙宇、树林，却不见“寒鸦接饭”的场景。想当年，客船泊岸，寒鸦绕船，诗人向空中抛撒饭粒，群鸦凌空接食，多有野趣，何况雁阵横天！

别意悠然

2015年5月16日06:29

唐诗多种选本，都有张说的《送梁六》：“巴陵一望洞庭秋，日见孤峰水上浮。闻道神仙不可接，心随湖水共悠悠。”张说，本盛唐名臣、朝廷巨笔，谪居岳州又得湖山之助，诗格高华精整。此诗先画出洞庭阔远、君山缥渺，而后巧用“湘君”神话，引出“神仙不可接”，吐出悠然心会的离愁别绪。

惜别

2015年5月18日06:30

常念人与自然的关系，如何与环境和谐相处？品读戎昱《移家别湖上亭》：“好是春风湖上亭，柳条藤蔓系离情。黄鹂久住浑相识，欲别频啼四五声。”诗人行将搬迁，盛赞湖景之好，连柳条藤蔓都情有所系，黄鹂似乎都熟了，临行还频频道别。诗人，欣赏你与自然的这深切情怀。

银盘青螺

2015 年 5 月 25 日 18:05

刘禹锡屡遭贬逐，26 年间，六过洞庭湖。唯有此行时值秋季，幸得千古绝唱《望洞庭》：“湖光秋月两相和，潭面无风镜未磨。遥望洞庭山水色，白银盘里一碧螺。”赞美意境之和谐、宁静、空灵、缥缈！宋代范仲淹作《岳阳楼记》，所谓巴陵胜状“前人之述备矣”，当然少不了前人刘禹锡。

逸人山居

2015 年 5 月 27 日 23:03

巉岩险峻，山路崎岖，深山可有人家？看涧水浮花，让人遐想桃花源里。读刘长卿六言绝句《寻张逸人山居》：“危石才通鸟道，空山更有人家。桃源定在深处，涧水浮来落花。”此诗以“寻”为题，逸人当在“桃源”深处。今人也有向往清寂者，谁能独处深山？

南湖秋水

2015 年 6 月 20 日 17:59

李白乘舟游洞庭，从日落游到月升，不知饮酒几许，一气成诗五首。抄其二：“南湖秋水夜无烟，耐可寻流直上天。且就洞庭赊月色，将船买酒白云边。”诗仙自有诗性，远眺水天一色，希冀乘流上天！好个天上人间，云边既能买酒，月色无钱就赊！畅怀一游，诗仙酒仙成了“月下神仙”。

笑而不答

2015 年 6 月 21 日 08:39

背诵李白的《山中问答》："问余何意栖碧山，笑而不答心自闲。桃花流水窅然去，别有天地非人间。"碧山，即湖北安陆县白兆山，山上有桃花岩李白读书处。诗中"笑而不答"的悠闲、神秘，最有佳趣与深意。其实，后两句写山中幽景，这般天然宁静，此即不答之答。读者咏而思之，即可悠然心会。

舟中情思

2015 年 6 月 29 日 07:06

日暮时分，船泊河洲，孟浩然夜宿于水雾朦胧中。赏析其《宿建德江》："移舟泊烟渚，日暮客愁新。野旷天低树，江清月近人。"诗眼在三四句：野旷、江清，感觉天也低了，月也近了，悄然引发诗人的客愁旅思，于宿而未眠时炼字吟诗……这种唐时情境，当今高铁途中，谁有？

独坐相看

2015 年 6 月 24 日 06:44

早想去安徽宣城，专访敬亭山。李白一生，曾七游宣城，并作《独坐敬亭山》："众鸟高飞尽，孤云独去闲。相看两不厌，只有敬亭山。"设想，"众鸟"飞了，"孤云"去了，身边何等空寂！李白独坐，长年漂泊的孤独与寂寞，一齐涌上心头，幸亏面前有座敬亭山。哦！人间的"敬亭山"何在?

浩气

2015 年 6 月 30 日 16:01

人的性情，诗的精魂，铸就了李白的千古名诗。记得"五岳寻仙不辞远，一生好入名山游"，是他对自然的向往和亲近。记得“仰天大笑出门去，我辈岂是蓬蒿人”，是他对人生的旷达和自信。记得“安能摧眉折腰事权贵，使我不得开心颜”，是他对尊严的珍重和护卫。诗仙浩气，千古长存！

青山有待

2013 年 5 月 7 日 09:35

在唐代，崔颢诗云：“青山行不尽，绿水去何长。”孟浩然诗云：“江山留胜迹，我辈复登临。”千年之后，林则徐题联：“一县好山留客位，五溪秋水为君清。”青山绿水，“留胜迹”“留客位”，而今留得住吗？1960 年，我从桃源坐木船，拉纤绳，逆沅水而上，还能见沈从文笔下的清流。如今呢？

华池荷叹

2015 年 6 月 18 日 17:08

人们对生命的珍惜，对死亡的恐惧，自古皆然。初唐卢照邻，既因染疾去官，又因服丹中毒，以致手足痉挛，与外间隔绝。读其《曲池荷》：“浮香绕曲岸，圆影覆华池。常恐秋风早，飘零人不知。”诗人以曲池之荷，喻本人之才，叹年华易逝，唯恐生命凋谢而不为人知。祈愿：体魄与精神同健旺！

云深衣湿

2015 年 5 月 30 日 16:37

张旭嗜酒，工诗，善草书。是哪位友人呢？眼见云来了，天阴了，便急于下山。于是，我们分享了张旭的《山中留客》诗：“山光物态弄春晖，莫为轻阴便拟归。纵使晴明无雨色，入云深处亦沾衣。”山间主人有这个经验，故借此留客。诗中“弄春晖”的“弄”字，我作逗弄、舞弄解。

莲池闻歌

2015年5月26日07:44

汉代乐府民歌，早有采莲诗："江南可采莲，莲叶何田田！"王昌龄的《采莲曲》，写得有色有声，可观可闻，亦庄亦美："荷叶罗裙一色裁，芙蓉向脸两边开。乱入池中看不见，闻歌始觉有人来。"借原诗戏改联语："荷叶与罗裙一色，芙蓉同笑靥并开。"横批即"闻歌"。

幽林长啸

2015年5月29日18:01

王维隐居终南山里辋川庄，作《辋川集》二十首。抄诵其一《竹里馆》："独坐幽篁里，弹琴复长啸。深林人不知，明月来相照。"场景为幽篁、深林、明月；动作是独坐、弹琴、长啸。所谓"长啸"，《诗经》即有"其啸以歌"，汉魏更有"啸叱""啸咏"，古时明月应听过。

秋日诗情

2015年5月26日17:15

诗人是春天的歌者？刘禹锡坦然宣称："我言秋日胜春朝。"他写秋日所见所感："晴空一鹤排云上，便引诗情到碧霄。"他作《秋词》二首，其一赞颂秋气，其二吟咏秋色。他以切身体验，道出春去秋来的对比："试上高楼清入骨，岂如春色嗾人狂。"我已走过人生的秋季，似有这种入骨的感受。

夕阳晚钟

2015年5月27日22:50

诗人刘长卿，或因贬谪流离，且交僧人隐士，故多送别寻访之诗。试读《送灵澈上人》："苍苍竹林寺，杳杳钟声晚。荷笠带斜阳，青山独归远。”此诗极写情境，前两句写作别的寺庙，向晚的钟声；后两句是行者的身影，远处的青山。目送诗僧的背影，斗笠斜阳，青山独步，多么洒脱飘逸！

琴心回响

2013年5月21日07:09

在古代山水画上，见过高山流水间，画有文士抚琴。据传，南朝宋人宗少文，酷爱山水，每游必图而画之，挂于家中四壁。此中有何讲究？他说：“抚琴动操，欲令众山皆响。”哦！画上之山，也有琴音回响！是琴有功力，或山为知音？

云水襟怀

2015年5月29日13:20

公元825年，白居易任苏州刺使，政务繁冗，心为形役。诗人借《白云泉》抒怀：“天平山上白云泉，云自无心水自闲。何必奔冲山下去，更添波浪向人间。”云的坦荡，水的淡泊，是人所称颂的云水襟怀。可是，古今思进取能担当的智识者，或有“入世”与“出世”的两难。可从何处找到“出入是门”？

淮水梅雨

2015年6月9日17:48

读诗，须懂点地理、气候知识，方能进入诗中画境。以武元衡的《渡淮》为例：“暮涛凝雪长淮水，细雨飞梅五月天。行子不须愁夜泊，绿杨多处有人烟。”淮河，发源于河南桐柏山，流经安徽至江苏北部入洪泽湖。五月乃梅雨时节，“绿杨多处有人烟”，正是淮水风情扑面而来。

愚溪安在

2015年6月2日 11:06

柳宗元谪永州，结草堂，植石榴，自谐尘外有“愚溪”。某僧游永州，闻柳子已殁三载。刘禹锡得知，悲从中来，作《伤愚溪》：“溪水悠悠春自来，草堂无主燕飞回。隔帘惟见中庭草，一树山榴依旧开。”又：“柳门竹巷依依在，野草青苔日日多。”今日我读而有叹，千年史迹从何觅？当时情境诗里寻。

山水·语文

2013年5月2日 18:56

这个讲座的题目，得于张潮所言：“文章是案头之山水，山水是地上之文章。”先讲“山水中的语文”：描摹山水的形象；欣赏山水的神韵；从山水感悟大自然中的哲理。再讲“语文中的山水”：语文让人如登其山，如临其水；做“山水知音”；从山水语文中陶冶性情，提升文化。

小学课文

2013年5月19日 17:03

案头，摆着一份小学语文课本（人教版）的山水类课文篇目：二年级的有《黄山奇石》《日月潭》《葡萄沟》等；三年级的有《爬天都峰》《望天门山》《富饶的西沙群岛》《美丽的小兴安岭》等；四年级的古今山水诗文多达11篇！好羡慕能读到这些诗文的孩子们。回想自己像他们这么大的时候，除了知道屋后的竹林、门前的水塘，还知道什么？祝福新一代，期望后来人！

游记

2013年5月7日 22:56

年轻时忌谈“游山玩水”。退休后喜爱旅游，但直到2005年在衡山避暑，才将“山居笔记”写成《皈依南岳》(15 千字)。次年在牯岭写了《魂隐庐山》(25 千字)。期间，还写过《文化徽州》《寻找梵净山》。近两年，我在旅途写微博，灵便、简约，不像长篇游记那么铺张。写游记有什么讲究吗？我想，出游前要做功课，但只是为着游，不是用于写，不能把游记写成导游词。游记不是录像，要写自己实实在在的感觉和体验。游记不仅写景物的形态，更要写景物的神韵，还要感悟大自然的哲理。写游记，构思像线条，词语像色彩，写得别致、亮丽，游记才会如风景，引人入胜。

做山水知音

2013 年 5 月 15 日 11:15

为讲《山水 · 文章》，今已贯通思路：“守望一座山，熟读两座山，向往远方的山，感悟山水中的哲理。”守望的是岳麓山。熟读的以《皈依南岳》和《魂隐庐山》为据。向往的以《寻找梵净山》为例。山水哲理讲：乐山乐水，做“山水知音”，识得山水真面目，借助山水育新人。

回放

2012 年 2 月 3 日 10:54

告别山村人家、渔家小屋，躺在岳麓山下的自家床上，回放广西之旅的精彩镜头：在兴坪，绵延起伏的奇山秀岭，凤尾竹下的鹅卵石滩，漓江的晨光夜色。在涠洲岛，史册似的岩层，壮锦似的石崖，还有珊瑚礁、贝壳湾。旅途中，收藏的不仅是视听，且沟通大自然的灵魂，与海对话，感悟大海的激情与活力。

回味

2012 年 12 月 12 日 13:44

在异乡，在他山，租住民宅避暑。平日，经常性的就是散步、读书、做饭、写日记。然而，当我回想在乳山，就想到生日那天的海泳，还有下乡去赶集……回想在庐山，就忆起登汉阳峰，走好汉坡，往返石门涧、十八盘……这说明，在庸常生活中，总有山水的回味。

旅游归来

2015 年 4 月 25 日 21:10

旅游是观光，也是学习。出游之前做“功课”，游罢归来，还须回味、消化、吸收。所谓回味，可以凭照片、文字或默神，回放旅途、景区的情状，为记忆保鲜。所谓消化，就是阅读带回的资料，追记游历的情景，整理体验和感悟。所谓吸收，还须通过思考、升华，才得以丰富阅历，增长知识。

四、寻常风物总关情

自然 2012年9月11日07:25

从山野回到书房，琢磨着“自然”这个词，涵盖无边，意味无穷。作为名词，指自然界，称大自然，除了无机界和有机界，有时也指包括社会在内的整个物质世界。作为形容词，它表示自由发展，听其自然，形容不勉强、不局促、不呆板。“自然”作为客观世界，是唯物主义的本源，更是为人做事的本色。

惜花爱月 2013年3月22日09:16

前年夏天在南岳避暑，友人发来诗抄：“掬水月在手，摘花香满襟。惜花春起早，爱月夜眠迟。”诗人通过月和花，反映人与自然的关系：前两行表现自然对人的亲近，后两行表现人对自然的眷顾。人类热爱自然，自然愈加可爱；自然恩赐人类，人类将更好地生活在诗情画意中。

自然风景 2012年6月29日05:50

布瑞南认为，风景是一面镜子，映照着我们的心境。人们幸福时便爱自然，沮丧时就对自然漠不关心。我感觉，自然风景不只是镜子，它好比一首诗，叫人动心；好比一幅画，叫人醒目。

自然风景具有教化作用，它是一部渊博的教科书，教人读懂“人与自然”这个关天关地关乎全人类的大主题。

自然的教化

2012 年 6 月 29 日 06:03

人给人带来的喜怒哀乐，大自然差不多样样都会，如风调雨顺、山清水秀、鸟语花香，给人带来喜乐；地震、洪水、泥石流，造成恐惧和悲哀。在那个爱说大话的年代，人们高喊“战天斗地”“无所畏惧”。现在，从小孩子起就该学习《人与自然》这门基础课，对天地存敬畏之心。

亲近自然

2012 年 2 月 11 日 08:45

从天文、气象到燕去燕归、花开花落，种种自然现象与人类关系密切，而人们往往疏于关注。关注，需要时间、气氛，更须关爱、呵护。春节去了涠山岛，松早就想看海上的日出日落，可惜天幕不开，太阳休假。前天我在林间听鸟鸣，昨天又在山巅观日落。我想，日后还要更多地关爱自然，亲近自然，并终将回归自然。

道法自然

2016 年 3 月 15 日 07:36

春从树梢过，人在花间行。校园栽有白玉兰，满树硕大的花苞，欣然欲开，开而未放。老伴说，好像那种灯泡似的。我说，还记得长安街上的路灯吗？就是仿照白玉兰的花苞，每天华灯初上，夹道的“白玉兰”，多美！所以，不能说花像灯，而是灯像花。但凡人工所为，工艺之道，“道法自然”，自古以来都这样。

走进风景

2014年5月9日 06:01

风景在那里，人们去不去它都在那里。谁去看过，心中就多一处风景；若是看出几分意味，心中就多了几分哲学的、美学的情愫。昨天，我和晓清出了龙虎山，又去弋阳龟峰，归来又添一二新话题。

与风景对话

2013年6月1日 20:52

日本风景画家东山魁夷，著有《与风景的对话》。这是一个“人与自然”的话题。我爱风景，想和风景对话，先得看出风景有话跟我说。驻足，我会掏出衷肠对风景，激发诉诸表达的冲动。这时，我跟风景面对面、心连心，似觉顿悟，有所会意，终于和风景“对话”了，成为风景的知音。

好地方

2013年6月17日 09:40

向往好地方，寻找好地方，我所到过的好地方：抬头能见到蓝天、白云；出门能走进山林、田园；窗外有溪声、鸟鸣。最要紧的是水好、空气好，好地方是可以深呼吸的地方。所谓“诗意地栖居”，要有良好的心态，还须优美的环境。我以为，能“净化”人们心态的去处，就是好地方。昨天来到岐山，这里的山村，就是可心的好地方。

诗意楼居

2013年6月19日 06:46

拂晓，雄鸡领唱，百鸟和鸣，奏起黎明序曲。我沿着盘旋的山路登高。森林之美，美在竹木葱茏，遍山皆绿。来到山谷的豁口，忽见一座笔架山，沐浴在晨光之中。半山坡上，有幢白墙青瓦的小屋，犹如碧玉镶嵌一颗明珠，令我惊异之极！谁能长年住在这阳光小屋，即使不写诗，不思考哲学，也定然会欣赏诗，懂得哲学。顿时，我似乎成了这林海中一尾快活的游鱼，悠然朝那边游去。

美不惊艳

2013 年 7 月 8 日 11:11

去年夏日在庐山，面对可心的风景，我用手机拍照配文发微博，得心应手。昨日在贵阳森林公园，如法制作：之一，林中公路。之二，林间小路。之三，山地草坡。之四，幽篁深处幽人影。之五，幽林觅幽香。之六，山外青山林外林。老伴审稿时，感觉风景平常。我拟题“森林公园：平常心赏平常景”。

风物悦人

2015 年 9 月 21 日 17:04

默诵杜甫在成都草堂的写景绝句：“两个黄鹂鸣翠柳，一行白鹭上青天。窗含西岭千秋雪，门泊东吴万里船。”全诗两联四景。上联描绘黄、翠、白、青四种色彩，在翠柳与青天之间，还有鸟语啁啾。下联展现的“窗含”与“门泊”之风物，更显时空的久远、阔远，眼前天高地广，心旷神怡。

寻常山水

2016 年 1 月 10 日 10:46

刚退休的那些年，直奔名山胜水。最近几年，我对某些寻常山水也很有兴致。上周寻路去了桃花源附近的花岩溪。那一带，山林密布，溪水迂回，自古应是樵夫猎手出没之地。后来，山林划为林场，溪水汇成水库。如今，山间盖起客栈，水上荡着游船，是个回归自然的去处。

天性

2012年7月23日08:12

76岁的老奶奶带着18个月的曾孙在庐山避暑。夜幕已降，老奶奶还抱着小曾孙在村前转悠。小曾孙以手指天，嘴里咿咿呀呀。老奶奶给我“翻译”:“他要看月亮。”顺着小胖手的指向，我看见，山前一弯娥眉月。看过了月亮，他为什么还不肯回屋？老奶奶说:“他还要看星星。”哦！“诗人哲学家”，天性！

天地人和

2012年10月6日17:31

教小学生识字，我想先教“天、地、人、和”四个字。人，在天之下，地之上，人之中。天地是人的自然环境，人是人的社会环境。人，要与天、与地、与人和谐相处。人生天地间，这是基本常识，也是普遍真理。关于天时、地利、人和的事理，每个人都得学习一辈子，践行一辈子。

云中

2012年8月26日21:15

一座山峰就是一个观景台。登上庐山小天池山顶，晴朗时，俯瞰长江天堑，回望牯岭天街，似觉天地小。今天，遇着剪刀峡中的云雾，升腾聚合，把实景化成虚境，叫人仿佛置身九霄。也好，就在天上坐一会儿吧！抖开平日的见闻与印象，什么人间善恶、万物生灭，反倒更显清晰。随即走出云雾，记得回家的路。

坐看云起

2012 年 7 月 18 日 09:21

临窗读写，偶尔抬头，忽见从大月山那边过来一团云，从石门涧那边升起一团云，好像两幅灰色的幕布，在窗前徐徐闭幕。窗外一片混沌，绿树红瓦全都“雾失”。云是不请自来的，无声无息地进来了。古云“清风不识字”，云可“湿”字，把纸上的文字连同我本人，都湿成“云雾茶”，温润、清新。

云性

2012 年 7 月 18 日 08:29

平日在城中、在平地看云，视野不宽，动感不足。在庐山看云，看得久了，便知云的本来面目真性情。云，原是这样活泼，活泼得无拘无束，自由自在；原是这样随意，随意得或疾或徐，或聚或散，或厚或薄，或浮或沉。我想，如果文友们来庐山举行散文、随笔的“笔会”，有云先生助兴，定会写得更精彩。

庐山云

2012 年 7 月 30 日 16:19

庐山的云，是一种“软风景”。窗前放眼，岭上抬头，每日每时都看到变幻无穷的云景。绚丽的朝霞，是少年的欢乐。灿烂的晚霞，是长者的欣慰。蓝天白云，意味着如日中天的壮年与中年，“纵览云飞”“豁然贯通”恰如仙人洞侧的摩崖石刻：有时掠过灰色的云，或随风吹散，或被骤雨澄清！

庐山风

2012 年 7 月 29 日 21:45

风，是云的车马。所谓“风云际会”“风起云涌”，就是风与云演绎的成语。惠远在《庐山记》中描述：“大风振岩，逸响动谷，群籁竞奏，其声骇人。”这是庐山上的“大风歌”。不过，我更喜爱夏日庐山，时有谷中的凉风、林间的和风、窗前的清风。

风入松

2012 年 8 月 14 日 06:30

儿时住在湘潭老家，门外有片小松林。在《秋林拾叶》一书中，我借二胡名曲《听松》之题，追忆家乡的松涛。这些年来的夏日，山居南岳或庐山，在风晨、在雨夜，甚或炎炎烈日下，我听熟了松涛的演奏。但凡不同的风力风向吹来，松涛的响度和节奏变换无穷，如吟、如啸、如吼、如哼……不同“曲目”有不同的感觉。

庐山雨

2012 年 9 月 3 日 08:57

庐山今夏雨水多！台风苏拉、达维、海葵、天秤、布拉万，接二连三地从东边送来雨水，跟着北边又有两股冷空气相继送来雨水。庐山是大自然中的瑰宝，可它跟大自然是天相连、地相接呀！庐山雨有自己的特色，它有云布阵、风鼓劲、雷助威，因而更加威猛！它叫我添勇气、壮豪情，多一份风云雷电的体验。

雨雾庐山

2012 年 8 月 10 日 20:07

傍晚，从手机上浏览游客的留言：有的说，雾锁庐山，5 米不见人，10 米不见车，看得最清楚的是云雾，连吃饭都云缠雾绕。有的说，不是来游山，是来看云雾。下车就是暴雨，落汤鸡样的，凉透，爽透！还有的说，暴雨挡不住脚步，带回特别的体验。也有缩在酒店吃饭、睡觉的，临走，道一声："庐山，我还会来的！"

古今风雨

2012 年 8 月 4 日 09:02

2006 年，初来庐山避暑，读惠远所记："天将雨，则有白气先摴。"不久，我就亲历惠远所述的惊骇情状。据我 7 月 14 日的日记记载："拂晓之前，月光皎洁，顷刻大雾弥漫，天地一片混沌，跟着下了两天两夜暴雨。"这就是当年"碧丽斯"台风在庐山的巡演。1600 年前，没有"台风"这名字，却是庐山风雨古今同。

雷电

2012 年 4 月 1 日 19:38

曾有道人说，从天目山上俯视雷雨，如听云中婴儿声。苏轼就此赋诗："已外浮名更外身，区区雷电若为神。山头只作婴儿看，无限人间失箸人。"王阳明在庐山，也有峰顶月明、山麓雷雨的题刻。我们或有同样的体验，可曾悟得苏诗的理趣？抛却浮名，置身云外，就不被雷霆吓得掉筷子。

毛毛雨

2013 年 2 月 11 日 12:02

烟雨朦胧，在竹木花草间散步，"毛毛细雨湿衣裳"。记得有首歌曲唱道："幸福不是毛毛雨。"看此刻毛毛雨中，腊梅、山茶更光鲜，连落叶的碧桃、海棠也滋润了。它们不幸福？看似寻常的好光景，有时让人不觉得。不过，淡淡的忧愁，也可能在不经意间湿了心情。

庐山月

2012 年 8 月 31 日 21:22

前些天的那个黄昏，一弯娥眉月，害羞似的藏在林梢，躲进云雾。风雨数日后，再见已是半个月亮爬上坡。今天是农历七月十五,一轮满月从大月山上升起，看夜空如碧海，皓月似银盘，庐山的群峰、峡谷一片月色。此生难忘故乡月、燕山月、大漠月、黄海月。今晚，我朝月亮眨眨眼，心中又添庐山月。

赏月

2012 年 9 月 30 日 22:31

中秋节是月亮节。汉魏以前，古人怀着敬畏之心拜月、祭月。隋唐之后，人们更添赏月的雅兴。月亮是人类的芳邻，在松林、在池塘、在江畔，默默地陪伴我长大。月亮又是人类的旅友，在山间、在海滨、在塞外，处处为人点灯。今晚，我跟月亮有约，感激她朗照九州，守护良宵，让人们心静神安入梦乡。

忆月

2013 年 8 月 8 日 07:16

爽爽的贵阳，白天总叫人饱读蓝天白云。月亮呢？昨晚睡到半夜，忽然想起月亮。自从星空从我头顶消失，月亮就是我从夜空能够找到的唯一，因而倍加珍爱。我闭目回放历年在避暑住地赏月：南岳磨镜台的月，庐山如琴湖的月，镜泊湖边“渤海国”的月，还有黄海之滨海上生明月……忍不住，爬起床来，从北边窗口找到南边阳台，两边都被楼房遮挡。

仰望星空

2013 年 8 月 8 日 07:11

星星，是我最先认识的“文字”。在家乡的池塘边，我仰着脖子数星星，数来数去数不清。在湘江的堤岸上，我从星空读出诗词的韵律。在塞外的戈壁，我从星空读懂哲学的奥义。在灵魂飞向天国的半道，星空从我眼前消失！我忽生惶恐，书刊上的文字，何时也会跟着星星从我面前消失？

繁星

2014年2月1日5:20

铁马盘山而上，入住武功山农家客栈。晚饭后，祖孙五口在村路上散步。我由松挽着，摸黑夜行。忽听叶子喊道："今晚好多星星呀！"我抬头一看，又环顾四周，惊喜："只有在这样的山上，才见得到这样的繁星。"这时，跃用一连串天文数字，讲解宇宙的神奇、奥秘……说话间，山下，升起一束束无声的光柱，可知彼此两处的距离。哦！"人间"在放过年的花炮，我有人在"天上"的感觉。

启明星

2012年9月8日05:57

少有的失眠，少见的天象！才睡着一个多小时就醒了。悄悄起床，望望东窗，小半边月亮从大月山升起。这是避暑庐山的最后一宿，回到床上，时睡时醒，挨到将近四点，再也不愿这般辗转，不如起床。隔窗东望，发现一颗星星亮晶晶。这就太稀罕了，因为眼疾，失去星空将近二十年。呵呵，今晨喜见启明星！闻岭上松涛，心潮涌动，速记。

一朝一夕

2011年12月31日06:41

早晨，在珠江之畔，轻柔的凉风吹落满地的紫荆花，逗引着花瓣随风起舞。晚间，回到岳麓山下，在料峭的寒风中闻到腊梅的清香，时当岁末，我喜欢这一朝一夕两种不同的感觉。叹古人没有这么便捷的交通，怨自己没有诗意的表达。

初冬

2012 年 11 月 14 日 22:40

村后有条山路，是我走向街市的通道。一路上，晓清时而拾几片刚落的枫叶，时而摘几朵没谢的野油茶花，又到百果树下捡些扇面形的叶儿。来到相聚的老友面前，她捧出绯红的、银白的、杏黄的叶呀花呀，瞧，冬日的山林并不枯索，色彩还挺丰富，更有越冬的青松和香樟。

小阳春

2011 年 11 月 19 日 19:57

从深秋至初冬，正值芙蓉国里“小阳春”。校园里的四季桂，又吐淡淡的桂香。今日风停雨过，我得抓紧将《村语》打印稿通读一遍。上午，阳光访问书案，我应它邀约，携书稿穿过秋林，坐在向阳坡上，负暄读稿。静谧中，一片殷红的枫叶，悄然飘落在稿本上。

关注立春

2012 年 2 月 5 日 08:36

千百年来，从朝廷到地方，向来看重“立春”这个节气。立春之日，城东之野的庄严仪式，紧扣“天”与农业的主题。昨日在寒风冷雨中立春，今天又大幅降温。友人从春城发来“春的祝福”。我复：春光温暖，但我们还得忍受严寒。鼓掌吧，春天正款款前行，她将如约而至。诗人说过的，大家都知道。

春消息

2012年2月6日 10:52

睡梦中，似闻淅沥淅沥的雨声……不知过了多久，忽觉窗前电光一闪，传来轰隆轰隆的雷声。醒了，不再闭目塞听。今天是正月十五，春雷春雨送来春消息！人类的祖先，在没有历法的漫长岁月里，不正是凭着这类动静感知大自然的么？拂晓之前，林间的溪涧淌水了，我的思绪可像春水般活泼、流畅？但愿如此。

早春

2013年2月28日 22:27

“诗家清景在新春”，感激这早春的提醒。近日，我从河东到河西，一路探寻春的消息：青草先接地气，换了一身春装。植物园的向阳坡上，几树早开的樱花，唱响了春的序曲。年嘉湖畔的柳条，露出了新绿的芽苞。岳麓山的幽谷，连野花也不误春时。丛林深处，鸟儿们的啼鸣，唱出早春的清音。

春天来了

2012年3月3日 21:53

连绵冷雨，延续着冬季的阴冷。立春一个月了，春天可有些动静儿？傍晚，潇潇雨歇，我和晓清上山打探春的消息。哦！归宿亭边的灌木，长出米粒般大小的嫩芽，春天从枝头悄悄地来了。呵呵，赫石坡前的石涧，溪水潺潺淙淙，春天活蹦乱跳着来了。他们知时知节，纷纷传递春的消息。

听春

2014年3月7日 14:03

早春时节，细品王安石的名句：“春风又绿江南岸。”怎样感知春天？春风拂面，温软和煦，是皮肤的触觉。看江岸绿了，是眼睛的视觉。此外，还有耳朵的听觉。近日，我听到的鸟鸣明显地多了，叫声更觉清亮而欢畅。昨日“惊蛰”。刚才，我听到了今年第一声春雷，还有春雨淅沥在伴奏……听春啊！

蛙声

2014 年 3 月 26 日 23:40

刚才，坐在书房听客厅的电视播报晚间新闻。电视关了，忽听湖边传来另一种声音，那么熟悉，又特别新鲜。想起傍晚好一阵雷雨，这春雷春雨唤醒了什么？我连忙走到窗前，推开窗户。哦，果真是青蛙叫了！青蛙不懂人世间的麻烦，依旧传递着大自然的信息，唱响春天的曲目。

山色

2012 年 4 月 3 日 16:48

山是什么颜色？那得分地域，看季节。江南三月，人们脱去冬装换春装。人换装，树也换装。寒秋时节，枫树穿过红装又卸装。近日枝头生发嫩叶，枫林一片葱绿。樟树的绿装穿旧了，悄悄换成新装。树换装，山也换装。岳麓山上，苍松黛绿配上枫、樟的嫩绿，色彩斑斓，好俏！

换景

2012 年 5 月 24 日 09:17

一年四季，大自然频频换景。迎春花完成了迎春的仪式。桃花、樱花在花雨中谢幕。杜鹃花随着杜鹃的离去收敛了笑容。时下，人在换装天换景。绿树丛中，广玉兰把“白莲”插上枝头，石榴花燃起火红的炽焰。碧池中的睡莲开了，兴奋得毫无睡意。长亭檐下的青藤，正在对着雨帘吟诗。

季节

2013年11月8日20:45

古人以“春秋”代四季，又指光阴、岁月、年龄。一年之中，有人喜爱春天，有人喜爱秋天。湖南夏天热，冬天冷，我更喜爱春季、秋季的“延时”，就是暮春初夏、深秋初冬时节。江南的人们，有此同感者不少。善于观察物候变换、敏于体验生存状态的人们，对于这两两更替的时节，会有微妙的感受。

涧流

2012年5月24日09:18

连日连夜的大雨，落得山谷水响。天色向晚，我换了胶靴，趟水上山，来到赫石坡下、无名涧前，见激流汹涌，窜石跳崖，演成震撼的水景，何止“三叠”“五泄”！我站在跨涧石桥上，从此涧想到别涧，由山里想到山外，心中暗生愁云。这天呀怎么管？水呀怎么治？我们要水景，更要庄稼。

听水

2012年6月12日10:43

静水无声，从茶壶往茶杯里倒水，就听到了水响。记得故乡的春日，我站在哗哗淌水的圳口捞鱼。昨晚躺在床上听山溪，回放一处处水响：在天山北麓，沿着渠道听“跌水”；在葛洲坝、三峡大坝听泄洪；在黄果树、三叠泉听瀑；睡在海滨听涛声，听海洋的律动……听水，能听出水的活力和心跳。

珍惜春光

2015年3月14日09:35

秋风起了，一场秋雨一场寒；春风来时，一场场春雨迎来春暖花开。这是自然趋势，年年如此。物极必反，否极泰来。现在七八十岁以上的老人，不会忘记往年的“冷暖人生”。那是社会变革的大趋势。路遥在《平凡的世界》里所写，1975 年的冬雪，正逼近一场社会变革的拐点。“冬天”过来的人，珍惜春光。

城市春景

2014 年 4 月 16 日 09:18

古人想“和春同住”。当下春天如期而至，城市留春住哪儿？昨天我在植物园里，给春发信息：您喜爱山岭、森林，请上岳麓山，山后还有桃花岭。您喜爱丘陵、湖水，请游年嘉湖、梅溪湖。我是塞外归来的游子，看到日益拓展的城市，开辟了南郊公园、王陵公园、月湖公园、洋湖湿地公园……湘江两岸，绣出了沿江风光带；江中的长岛，成了橘子洲公园。长沙的城市园林，美化了山水洲城，蕴含着古城的历史文化。住下吧，我陪你！

山鸟报晓

2012 年 7 月 3 日 06:20

在城市，如今少有雄鸡司晨，但只要有树林，就有鸟儿报晓。或许，并非“处处闻啼鸟”的喧呼，人们想赖床的还赖床。据明代陈眉公所记：“山鸟，每夜五更，喧起五次，谓之报更。”我住岳麓山下，当山林还在静谧中沉睡，常听山鸟报晓。一鸟领唱，像司仪，唤起众鸟齐鸣，为黎明欢歌！

闻啼鸟

2012 年 2 月 24 日 10:28

每天早晨，医院一片繁忙。穿白大褂和不穿白大褂的人们，都在忙忙碌碌，患者忙着求医问诊，医生忙着看病开药。我在高压氧舱室外徘徊静候，偶闻画眉、百舌清亮的啼鸣，还有斑鸠浑厚的“咕咕”。楼后的山林是百鸟的天堂。我想，听听这天堂的天籁，病人可否开开愁容，医护人员得以慰藉心灵？不知他们可曾听见？

杜鹃

2012 年 5 月 14 日 08:00

插秧时节，杜鹃叫了。我们家乡叫它阳雀，把它的叫声译成“换工插禾”，那是四声杜鹃。两声杜鹃叫唤“布谷”，人们称它布谷鸟。杜鹃是咱田野的鸟，农家的鸟，叫人不误农时，播种插秧。我自幼熟悉这欢快的旋律，至今听来仍旧很亲切，尤其是每年的头一次，总会侧耳细听，感受它飞来的喜悦。

子规啼血

2012 年 5 月 14 日 08:08

古人因了“杜鹃啼血”的典故，往往生起凄惘悲壮的情怀。旅人在路途，将它的曲谱填词：“行不得也哥哥！”杜鹃以“杜宇”“子规”为别称，频频飞进诗文，诗人闻声兴叹：“子规夜半犹啼血，不信东风唤不回。”（王令《送春》）我住山下，老来夜半闻鹃，也对人间的东风满怀着期盼。

百舌

2012 年 5 月 14 日 10:37

到了有闲听鸟的年纪，才发现我家窗外早有天才的“歌鸟”，时常是一只站在水杉的树梢，一只站在景德楼屋脊，像对歌似的，此呼彼应，或短促，或悠长，转舌音叫得婉转、清亮，好像美声、民歌都唱得。听说它的名字叫“百舌”。查资料，学名乌鸫，益鸟，全身黑色，唯嘴黄，善鸣，其声多变化，故名百舌。

诗人对百舌多有美誉。王维《听百舌鸟》赞赏:“入春解作千般语，拂曙能先百鸟啼。”杜甫曾写《百舌》:“百舌来何处？重重祇报春。”乃至秋日还有:“赤叶枫林百舌鸣。”

鸟窝

2013 年 3 月 29 日 21:44

安坐车上，游目原野，看麦田返青了，林带长叶了，还被树梢上一个个鸟窝吸引了。入住山村，我在树下仰起脖子望鸟窝，仔细观察鸟窝的结构。我想，假设给咱一堆树枝，叫我在丫杈间搭个“鸟窝”，看能不能经得住小鸟扑腾、风摇雨打？鸟类的营生鸟做主。这是他们鸟鸟相传的本能。

平湖鸟语

2015 年 10 月 7 日 10:52

窗外细雨纷纷，听到有小鸟叽叽喳喳，知道候鸟们又来过冬了。我赶紧叫来晓清，她高兴地现场解说:“有一只站在柳杉的顶尖瞭望，有一群在樟树的枝叶间捉迷藏，呵呵，它们飞到湖面上绕了几圈，又聚到岛上的树林里去了……可惜听不懂，这些叽叽喳喳的小鸟，在说着或唱着什么呢？”

山鸟山花

2012 年 4 月 7 日 20:35

自幼，在乡间听鸟叫，闻花香。小学作文把“鸟语花香”用滥了。而今的城市人，在噪音和废气的污染下，鸟语花香成了一种奢望。我是“山人”，和岳麓山的山鸟山花 30 年来“一家亲”。刚才，我在林中听鸟语，闻花香，想看看鸟在哪儿，找找花在哪儿，全然不见，只觉山林更清幽。

人与梅

2013 年 1 月 15 日 22:42

隆冬时节，暂别校园。临行在山前水畔向校园梅花作别。来到河东。这边的公园和大院都有腊梅，开得金珠满树，清香四溢。近日黄昏，我去亭前赏梅，或徘徊，或伫立，遐思漫想，萦绕于心，试撰一联：“人去人归一往情深，花开花落两可由之。”

赏梅

2012 年 6 月 10 日 07:06

赏花，人们喜爱红花配绿叶。梅花开时没长叶，如何欣赏？陈从周先生赏梅，先看梅枝，细品枝干映衬在粉墙前，如赏名家翰墨，而后才枝头寻花。想起宋代林逋的佳句：“疏影横斜水清浅，暗香浮动月黄昏。”横斜的是枝干，暗香的是梅花，多么清丽的画境，多么高洁的诗魂。

品梅

2012 年 3 月 24 日 21:24

连日从印刷品上赏画读诗，纸上墨梅，有枝有花，其“根”在壁上。幼时，我家屋后有一株白梅，而今重寻无处。冬日冰天雪地，最堪慰藉数腊梅，立春过后，惜已香消玉殒。今日春光正好，我去橘子洲赏红梅。她比白梅华丽，比腊梅繁茂，却少了那刻骨铭心的馨香。梅品也与人相似？我思念白梅的素洁，亲近腊梅的馨香，欣赏红梅花枝俏。

一朵

2013 年 2 月 20 日 08:04

春节过后，又一股寒流袭来。夜已深了，我站在北窗，听窗外朔风呼啸，冷雨淅沥，想起昨天在冬岛赏红梅，在西坡看茶花，还在海棠坞里，发现一株贴梗海棠，枝头开起一朵海棠花！红梅、山茶不足惧，却担心那一朵海棠花，为什么不畏时令花先发，挺得住吗？你既敢开，就得挺住！

读海棠

2013 年 2 月 26 日 08:22

友人来访，同去冬岛赏红梅，满树迎春气象，红红火火！又去海棠坞，寻找那报春的“一朵”。呵呵，晴阳下，“一朵”唤醒众姐妹，每树都有三三两两。友人拍照，带回芳容倩影。回去后发来一段赞语：“初识海棠，似红梅亦似桃花，或许她原本既有桃花的容颜，又有红梅的风骨，于是，在乍暖还寒的季节，自由自在地绽放！”

含笑迎春

2012 年 3 月 29 日 13:08

迎春花开了！比她更早迎春的，有腊梅，有山茶；和她一道迎春的，有玉兰，有海棠。但凡花木都不误花季，正如人们都期盼春天。“迎春花”的名儿好，好比有些人取个动听易记的名字，当然还得名副其实。不久，在有的园子可以闻到类似“香蕉苹果”的奇香，她叫“含笑”，在美好的季节笑得那么甜美！

阅春

2012 年 3 月 31 日 17:10

三月最后一天是周末。我步行在长沙西二环的人行道上，检阅春天的仪仗：杜鹃花枝繁叶茂，含苞欲放；剪成球状的杞木，新叶泛红；山茶的叶面光似波，花正旺；高出一头的紫叶李，枝头繁花似锦；作为行道树的香樟，芳林新叶催陈叶，正在换装……公路上来往如织的乘客，可有心欣赏沿途的春光？

赏花

2012年4月6日07:16

时近黄昏，我和老伴来到植物园，漫步在花径、花溪、花广场，看杜鹃花、郁金香、风信子、欧洲水仙在夕阳下异彩纷呈。绕过翠竹清溪，放眼湖畔的樱花地带，恍若暮色中的一抹红云。苏轼曾在梨花下兴叹："惆怅东栏一株雪，人生看得几清明！"我俩赏花不惆怅，看一清明是一年。

与花有约

2013年8月28日08:54

花有花期。人与花相约，花儿从不失信。如果何人晚来一步，花儿早开几天呢？前天与家人游贵阳花溪，放眼百亩荷田，碧叶红花在苦等，碧绿的依旧碧绿，嫣红的依旧嫣红，不失生命的亮丽。漫步于回廊栈道，松惊呼："桂花香了！"叶子跟上："我也闻到了！"夏日荷花秋日桂。我们在荷的守望与桂的先行中惊喜。

红与绿

2013年3月11日19:53

"绿肥红瘦"，是李清照的妙笔。说到春天的绿叶与红花，有先叶后花的，有先花后叶的，也有花叶同步的。今日，我和老伴站在一株贴梗海棠跟前，我看叶盛于花，她说"花多叶少"。我说："在一般人看来，红花总是比较抢眼吧？"她说："你好像在说人间的事。"

常绿

2014 年 11 月 27 日 09:11

樟树是常绿乔木，常绿并非不落叶。每当暮春时节，樟树枝头萌发嫩绿的新叶，陈叶便纷纷飘零。短暂的“新老交替”过后，校园里，麓山上，香樟满树新绿。“芳林新叶催陈叶”，世上后人超前人。好呀，樟树常绿，生活之树常青。

樟树花香

2012 年 5 月 4 日 09:24

没有起眼的花朵，没有鲜艳的色彩，却散发着芳香。这是樟树开花的季节。淡黄色的樟花，约莫鱼子般细小，藏在新绿的樟叶间，小得叫人视而不见，香得不知香从何来。我们白天去山林做了“课间操”，晚上还在校园深呼吸，享受着大自然的恩赐。闻着樟树的花香，我感激那些默默地甘为人间播芬芳的人们。

莲荷

2014 年 7 月 29 日 08:54

旭日照背，我经自家窗下跑向荷池边。昨晚，有爱莲者问，年嘉湖的荷花怎样了？我想，街头巷尾卖莲蓬，还有荷花？今早临池一看，哦，荷池是个大家族，有的莲蓬成熟了，却还有荷花绽放，不挤不藏，在晨光中姿色鲜明，亭亭玉立！博得摄影者、观赏者的赞美。莲荷枝叶间，还有小莲蓬、荷花苞呢！

桂花香了

2014 年 8 月 19 日 23:46

长沙，昨天冷雨洗长空，今日蓝天晾白云。走过庭院，闻到桂花香了！来到公园，林间也飘桂花香。为什么今年桂花提前开？凤凰台的天气节目主持人说得好，人们提前享受了秋凉，桂花却被这凉爽天气弄懵了！每年，我都特别珍惜桂花飘香的时光。

冷香 2012年11月10日16:47

闻桂花，数“八月桂”最香，“四季桂”可就没有那么香了。我曾问：“喜欢浓香数日的八月桂呢？还是喜欢花香数度的四季桂？”近日寒潮不退，冷雨方休，薄暮中上山汲泉。下山，来到石涧拱桥，淙淙溪水声中，忽闻淡淡桂花香。呵呵，浓香虽好，冷香难得。

水仙 2014年1月4日09:51

清理老照片，找出两帧我为水仙拍的照。端详她的仙姿丽影，好像香魂犹在。记得漳州老农说，这蒜头似的鳞茎，在泥土里培植了三年。三年的雨露阳光，为她聚集多少能量，才得以在清水中一吐清香。水仙有十多个名字，我最欣赏的，还是“凌波仙子”！

知冷暖 2013年1月9日20:00

新年伊始，与点赠我几头水仙。我用瓷盆摆好，用清水泡着，安放在书房暖气跟前。中午天气转晴，连忙把水仙搬到南窗外，让她感受阳光的眷顾。刚才见湖面暗了，北风凉了，又赶紧将水仙从窗外接回书房。哦，心存一份牵挂，人与花儿同冷暖，期待她的葱绿和清芬！

四季花香

2013 年 1 月 4 日 09:42

我们校园一年四季都有花，后面山上还有映山红、栀子花。我害眼疾，看花如在雾里，但嗅觉相当灵敏。我揣想，如果将花比人，把花的形态、色彩比作人的容貌、肤色，那么花香是什么呢？是气质，是神韵，是精神？一年四季的花香，我最珍爱春天的兰香、夏天的荷香、秋天的桂香、冬天的梅香。

花香满径

2014 年 4 月 30 日 22:16

记得插秧时节、上学途中，见过一丛丛带刺的小花，红得映红了池畔的春水，香气从水边飘来……今天游洋湖湿地，走过水上栈道，漫步湖边小路，最喜爱蔷薇夹道，色彩纷呈，花香满径。发送“蔷薇”送读友？可以呈现亮丽的色彩，却送不去满襟满袖的花香，就像我幼时闻过的，那甜滋滋的香味！

花俏江南

2015 年 4 月 13 日 20:04

白居易曾三唱《江南好》。今人以现代美学、现代园艺，提升了江南的现代版。其中，花木是珍贵的美丽元素。花枝俏！凡有花枝的地方，环境也俏了。此次江南之旅，从太湖西山岛，到苏州穹窿山；从常熟尚湖，到镇江街市，处处花俏江南。

落花

2014 年 4 月 15 日 06:53

花开花落寻常事，童叟皆诵浩然诗：“夜来风雨声，花落知多少。”但也有人“无可奈何”地惆怅。自从李煜千古一叹“流水落花春去也”，留下哀怨和忧伤。我倒欣赏“瘦雪一痕墙角，青子已妆残萼”“芳菲歇去何须恨，夏木阴阴正可人”，看“青子”与“夏木”的前景，正是落花之后的前景。

花落无声

2015年3月12日09:02

从春节到元宵，连日寒风呼呼，冷雨霏霏。身边的山茶红艳艳，头顶的玉兰白花花，给人以温暖明朗的感觉。惊蛰一过，山茶、玉兰的花朵，悄无声息地散落一地，真叫落英缤纷呀！几天过去，草地上的红花瓣白花瓣黯然失色，遍地的新绿给以无声的慰藉。落英不是无情物。大地知道，草木感恩。

葬花

2013年1月13日19:50

南国，瑶乡，桐子花开得云彩似的，落得锦绣般的。山坡是孩子们放牛、玩耍的开心天地。听老人说，花儿有“魂”，踩了遭报应。于是，孩子们把路上的落花扫积成堆，挖坑掩埋。有位瑶族放牛娃，长大成了作家，把这桩趣事写进书中，给我读了，笑谈当年，不知《红楼梦》里早有《葬花词》。

忍冬

2014年2月23日10:28

见过“忍冬”吗？据《本草纲目》：“初开者蕊瓣俱色白，二三日则色变黄，故呼金银花。”金银花属忍冬科多年生半常绿灌木，长于田野榛莽间，凌冬而不凋，故名“忍冬。”假如我是此物，我取“金银花”作网名，大号则名“忍冬”。眼看立春三周了，而寒冬忽退忽返，我宁与“忍冬”为伴。

冰雪玫瑰

2015 年 8 月 17 日 08:49

天下玫瑰知多少！寒冬时节，见过温室的玫瑰。刚才，从电视上听讲西藏故事，方知在海拔四千多米的冰天雪地里，生长着冰雪玫瑰。普布卓玛采集提炼的藏香水，香气多日不散。我相信，在艰难环境、艰苦岁月里锻炼，养成的气质和品性，更坚强、坚韧、坚贞，叫人终生不忘不弃。

青枫

2012 年 5 月 31 日 05:35

阳台前面的一株枫树，是我家的“女儿”，家人四季牵念。今年的枫叶比往年繁茂。山林的枫树都这样，绿叶密密匝匝，铺天盖地。往年这个时节，走在枫林深处，听得到虫子啃噬嫩叶的“沙沙”声，叫人心疼。今年暴雨轮番冲涮，抑制了虫害，枫叶安然无恙。待到秋霜染枫林，请来麓山赏红叶！

树梢

2012 年 12 月 9 日 19:55

走进森林，抬头仰望高耸云天的树梢，有种景仰而神往的感觉。宿舍楼前这株挺拔的枫树，我站在六楼阳台上，好像成了“树梢上的人”。跟树梢面对面，见过它在疾风中摇晃，见过它的新叶屡遭虫咬，同时也感受它生长的力量。二十多年来，见证它年年长高！

乡村古树

2013 年 3 月 29 日 19:40

沿着山道信天游，见到乱石、灌木丛中，挂着好些大红灯笼，有崭新的，也有褪色的。我驻足张望，涉足探看，发现一座砖砌小庙，庙前石槽里盛满香火的灰烬。是山神、土地爷？没有神灵塑像。这时，我才注意小庙倚傍的古树，苍老遒劲，枝繁叶新。哦！古树亦为神，长在本地山民的心中。

古木参天

2014年5月17日07:04

日落时分，上清古镇。我久久徘徊在那个静穆的庭院，流连于那片神圣的丛林。那里有八百岁的古樟，还有年逾千载的罗汉松。它们是哪位道人亲手所植？有多少代道人清苦一生在树下修炼？古木是丛林的长者，历史的见证。它们有着鲜活的生命，可惜沉默无语，唯有年轮存于心。

红树林

2012年1月31日15:44

走过银沙滩，来游红树林。放眼看去，明明是绿油油的灌木，为什么以“红”字命名？据说，红树的枝干含有单宁素，能使枝干发红。根部长出气根，退潮时吸收并贮存氧气，为涨潮被淹时供氧。最稀奇的是结籽以后，籽在树上发芽，树芽落下，随潮水漂移，遇着泥沼，便扎根繁衍，这叫“木本胎生”。

胡杨三千岁

2014年1月22日09:59

新疆，是终我一生的话题。曾写红柳、沙枣、梭梭柴，今又想起胡杨。这是一亿三千万年前孑遗的物种。世界仅存三处，我国两处，在新疆塔里木河流域、内蒙古额济纳旗。胡杨的根系扎进地下一二十米，伸向方园百米。胡杨树叶可作饲料，可沤肥料，木材可以建房舍、制家具，乃至世界顶级小提琴。胡杨树上分泌的汁液，叫“胡杨泪”，可以解渴，风干成胡杨碱，可以蒸面食。胡杨具有顽强的生命力，生而千年不死，死而千年不倒，倒而千年不朽。我那年回新疆，路过戈壁滩上的一片坟地，想起当年的拓荒者，他们把胡杨的生命力，提升为一种精神：生于艰难，活得刚毅，死而不朽。

灵药

2013 年 7 月 11 日 15:40

途经各地，听说哪儿有植物园，总爱进去看看。植物是环境最好的装饰。走进贵阳药用植物园，呼吸的空气莫不都有药性？参观园中“药物资源博物馆”，读懂：“黔中无闲草，俯拾皆灵药。”走出博物馆，随处看到健身的人们，在盘山道上练气功，在红豆杉下打太极……我羡慕不药而健，或许更是强身的灵药。

根与翅

2014 年 8 月 1 日 11:27

古木参天，飞鸟归林。在幽静的山谷里，鸟儿问树：“您一生一世株守山中，凭什么呀？”树答：“凭着根，我的根扎进大地深处。”树问鸟儿：“你为什么成天往外飞呢？”鸟答：“为了四处觅食。”我想，人类应该像树木有“根”，像鸟类有“翅”。家庭和学校，要教给青少年这两样本领。

绿色

2014 年 11 月 26 日 18:23

眼见有些绿色地带被“开发”了，而广告上的“绿色”似显夸张。有感于此，重抄我在上世纪所写的小语：在大自然中，绿色最耐看。庄稼是绿色的，草原是绿色的，森林是绿色的，我们何曾看厌？有了绿色，就会有红色、黄色、蓝色……有了绿色，就会有芬芳，就会有甜蜜。让我们的心灵永驻绿色。

绿枕

2012年4月9日 18:14

难得悠闲，独坐阳台喝茶。读熟了山前的苍绿新绿，目光落在阳台的花槽。我家没栽花，长满一槽春草，面积比枕头还窄。想起江畔有人踏青，菜地有人锄草，我轻抚自家的“绿枕”，细看三片心形的叶，柔如发丝的茎，米粒大小的黄色花苞。看它们这般沉着而恬静，独怜幽草闲处生。

黔中天气

2013年7月10日 07:20

写了六十年日记，有时分不清某日算什么天气。此次入黔，已住十天，天天分不清“晴、阴、雨”，却每天都有点儿晴，有点儿阴，间或有点儿雨。近来气温在21度至28度之间，当地人称“晴热天气”，凉得好奢侈！7月5日的《黔中早报》通栏大字：“说好的降雨明天就要来了。”其实也不过当晚泼水洒街。

蛙鼓声声

2015年5月11日 22:41

“我最爱听蛙声！”他说：“我也是。”难忘二十多年前，我和这位作家山塘听蛙的同好。住在年嘉湖畔，蛙声是夏夜的背景音乐，曾写“鸟唱民歌，蛙演摇滚。”今晚雨后初晴，我和老伴又去荷塘边上，赏析群蛙的对唱、轮唱和高低音声部。这时，恰好有一只杜鹃，带着几声清唱，掠过荷塘的夜空。

蟋蟀吟

2015 年 9 月 5 日 16:10

春天听鸟，夏日闻蛙，秋季有秋虫唧唧。鸟唱高枝，蛙鸣水畔，蟋蟀在萋萋草丛里发声，并非清寂卑微。秋风萧瑟夜，我爱听蟋蟀的声声奏鸣，那是以秋兴为题的小夜曲。穿越两三千年前的田园庭院，读《诗经》里的“蟋蟀在堂”“十月蟋蟀入我床下”。哦！祖先们更加亲近自然。

20 元的风光

2012 年 1 月 25 日 17:41

您问我们住哪儿？今晚我就住在人民币 20 元的背面。这不是炫富。不就是 20 元吗？一个标间的房价，过年翻番才 7 张半。我想炫的是风景。人称“阳朔风景甲桂林”，本地人说“兴坪风景甲阳朔”！可不是吗，我刚才坐在床上还拍了“20 元”的风光：漓江水和阳朔山的最佳组合。

傍水

2012 年 1 月 27 日 06:22

漓江瘦了！腾空大片河床。我走过铺满鹅卵石的江滩，跟江水贴得更近些。住在滨海的日子，常去海边散步，好想亲近海水，又怕扑岸的海浪浸湿鞋袜。于是，跟大海玩起“逗浪”的游戏，活泼得像个孩子。昨日清晨，我陪漓江漫步，静静地、缓缓地，这才不失老者的沉稳。

与海对话

2012 年 1 月 31 日 08:39

“大海！你从哪里来？”“我的老家在高山，远自长河来。”“哦！难怪你有如此的活力，这样的情怀！”“我的朋友遍五洲，我的血脉通四海。”“哦！难怪你有这样的胸怀，如此的气概！”

原野 2014年3月18日09:50

百年以前，玛纳斯河改道，莫索湾的苇湖干涸了。20世纪五十年代，军垦莫索湾，晓清种植粮棉的大田，正好是肥沃的湖心地，在小麦棉花间，还钻出芦苇的后裔。我在石河子也曾种瓜菜，午饭后就地一倒，顺手拔出两株叶子相似的野草问农工，听说一是黄连，一是甘草。我咬咬草根，果然一株苦，一株甜。

大地织锦 2012年4月20日08:20

春姑娘是绣花的高手。春日乘车，坐看她织锦的杰作：油菜地里绣成金黄；小麦地里绣出葱绿；水稻田里先绣紫云英的紫红；农舍的院落绣上梨花的雪白，桃花的粉红；菜园里、山坡上铺排些生机蓬勃的花花绿绿……呵呵，万紫千红总是春！春天为人类带来希望和幸福。

远近都亲 2012年4月23日21:15

西窗朝山，我爱站在窗前读山林。春日，山青林茂，感觉山“近”了；冬日，疏林空山，感觉山“远”了。或许是视觉的误读？我对西山说：“你近我当近；你远我亦近。只要腿脚还听使唤，我必走近你！即使哪天走不动了，看不见了，请你住到我的心里来，我就用心贴着你。”

土坝岭 2012年9月7日06:05

下楼，上坡，一分钟即上土坝岭。两山松林间的一个豁口，布满茶园和菜地。站在这里，早观朝霞，晚送夕阳。云开雾散时，可以远眺小天池，俯瞰九江城，眼力好的，可以看见长江的轮船，江北的农田、房舍。这里不是景点，却自成景象。庐山土坝岭！我来时向你报到，走时向你告别。

月亮岛 2012年12月7日17:24

江风，晨雾，沿西岸北行。记得月亮岛的原生态：东南筑起一弯堤垸，垸内有稻田菜地，住几户岛上人家；垸外是沙滩、草岸、白杨林，林间草地牧牛羊。还记得和学生来江畔野炊，有年夏日黄昏，曾领着到访的首都师大同行来岛上小憩……今天隔水相望，岛上寂寥，唯闻喜鹊栖枝鸣，报告来日景象？

浏河风光 2013年1月10日16:24

出东门，北行20分钟就到浏阳河。登上堤岸一看，呵呵，小浏拐个急弯绕过来跟我会合！一首《浏阳河》，唱得“世界把名扬”。而今一路辛苦到湘江，跟着“城市化”了。岸边的步道，铺砌得平整宽敞，栏杆、花木妆成水景情调。我在此岸望彼岸，也向往对岸的田园诗情。

山市晴岚 2014年6月5日12:23

湘潭至长沙，这几十里水路，我曾搭过小火轮，也曾坐过挂帆划桨的木船。记得东岸的昭山，还有青草河滩上的水牛，这是我幼年记忆中最美的风景，也是我人生之路起步的行程。昨天沿湘江风光带南行，乘车驶入米芾的《山市晴岚》。哦，故乡原在“潇湘八景”中。

田园秀

2015年9月9日06:36

假日，黄博士回乡，将家园秀色发在朋友圈：欣赏紫色的扁豆花，金黄的丝瓜花，看桂树葱茏，雄鸡矫健！在蓝天碧树间，博士好像被家乡的米酒微醺：“不知身在梦里穹庐，还是在歌里天涯？”我读后留言：“人与自然的关系，随着对自然的感觉、理解而日益亲近，这是一条通往人间天堂的田园之路。”

秋花秋实

2015年10月6日18:50

假日，太原知秋回到五台山下，回到母亲身边，将家园所见，拍发“秋花”与“秋实”两组照片。乡情如歌，秋景如画，我乐得看图写话作回复。其一秋花，堪与春花比美，美在风骨。其二秋实，是上苍对生灵的赐予，是大地对劳动者的奖赏。

园丁乐

2012年6月27日20:27

素芬老师退休后，“园丁”情怀依旧。她曾在瓦砾堆上开垦出菜地，数度出国探亲，又把蔬菜栽培到大洋彼岸。如今回到大院，人稠车密，无处下锄，她就在窗台上摆花盆，莳弄出“花架上的菜园”，营造出阳台、窗口的风景。看，园丁既勤且乐，蔬菜既素且芬。我赞：“小景观，大自然！”

素朴芬芳　　2015年2月22日23:36

结识素芬老师，已逾五十五载，一向景仰其人，欣赏其名。适逢素芬八十大寿，我与晓清拟联：“素朴即自然本真，芬芳乃人间美誉。”

瞰春　　2016年2月7日09:21

科技创新，让新闻更精彩！央视报导神州春节，采用无人机，领着我们俯瞰东西南北中的节日景象。昨日，麓山之“驼”晒航拍，让我们俯瞰桃子湖、天马山，还有湘江上的橘子洲……我点赞：“心在飞翔！”

第二章

窗里窗外

一、从视野到心境

窗户

2012 年 3 月 1 日 17:02

早先，在新疆奎屯，我家那间小平房，朝北有个小窗户。入冬了，我学着邻居的样子，把窗户用土坯砌着，毡子蒙着，直到来年冰消雪化才拆开。当年，窗户的封闭是为着保温，而室内的空气就不流通了。20 年后，我已住在岳麓山下的教工宿舍，西窗正对山林。早春，清晨，我喜欢推开窗户，放进满室的清气，放入山谷的溪声和鸟鸣。

窗景

2013 年 4 月 15 日 17:17

窗户是房屋的眼睛。无论居室宽窄，贵在满目“窗景”。我住校园教工宿舍，是那种老式的“四室一厅”，其中有两间用作书房。除了东书房，西南角里还有一间不足五平方米的“小书房”。此间摆放一小床、一书架、一课桌和靠椅。我最爱眼前的一窗风景：近景是山坡的松树、枫树；中景是桃子湖和凤凰山；远景是湘江和橘子洲头。小空间，大风景，退休以来，我临窗读写十余年，置身其间，有种如在“天宫”的感觉。

书窗旭日

2012 年 3 月 26 日 16:22

观日出，岂止在沧海、在高山？我家书窗朝东，窗前有树林。须晴日，朝阳从林梢探头，和我准时会面。清晨，我面东而立，肃然，欣然，身心俱奋，有如一个仪式。顷间，太阳由红而金，直至光芒耀眼。当我回望书架，历代诗人和思想家的经典，全然一片曙色。

一窗湖景

2013 年 12 月 10 日 10:51

我住岳麓山下，一住 30 年。女儿本住年嘉湖边，随着工作变动搬家了，让我们“出山”住湖边。我本喜爱山居，岳麓山是我的灵魂栖息之地。如今，我也喜爱书窗临湖，嵌一窗湖景。湖岸的树木花草，四季色彩时新。湖水与河水相通，无论春汛秋枯，总是盈盈一湖清水。晨光中，夕阳下，湖面呈现泼金洒银的亮色。清早和夜晚，湖上静悄悄。若在夜色茫茫中，毛毛细雨里，偶尔有一只游船荡过湖面，漂在湖心，别有一番情趣。

窗外

2014 年 6 月 8 日 17:27

盖房屋，留窗户，是人类祖先的发明。有了窗户，不出门就能看到窗外的事物。从小喜爱看窗外，又经寒窗苦读，渐渐有了自己的向往。阅世如同读书，苦读还须善思。我触摸自己的心跳，感觉离窗外的世界渐行渐近了。好呀，壮起胆子，迈开脚步，走出家门闯世界！

人境

2015 年 2 月 2 日 09:29

湖边小路，是公园的一角。书窗临湖，正好是我观赏“人境”的窗口。在不同季节，不同时日，人们的服饰、动态、话语，男女老幼各个不同。健身者跑，养生者走。恋情甜蜜蜜，亲情乐呵呵。最好是游人稀少时，霜晨的行吟，雨中的独步，还有拂晓的呼啸，深夜的细语……逗引我的目送与遐思。

只眼观山

2016 年 2 月 23 日 18:42

窗户是楼房的“眼睛”。长我三岁的唐老师，住进老年公寓，无论阴晴雨雪，最爱站在窗前看风景。今天我来看望她，从她的视角望出去：眼下是一片园林，郁郁葱葱。林梢之上，八百米开外，横亘一道青山，历历在目。极目两三千米以远，更有远山莽莽苍苍，令人神往！人说，眼睛是心灵的窗户。我问重重山岭，透过高楼的窗户，可懂观景人的兴致？

心灵阳台

2015 年 12 月 19 日 07:27

在湘潭，住过百年老屋。在长沙，住过板壁屋。到新疆，住的是土坯平房。落叶归根，住进了岳麓山下的楼房，最喜爱楼上的阳台。在自家阳台上，可以远望，可以晾晒，可以栽花，让心胸得以舒展，温暖而敞亮，畅快而开朗！我觉得，内心也有一个阳台，让心眼极目远眺，纵览人世沧桑。

远大

2012 年 10 月 7 日 17:44

从书架上取出一本旧书，翻出一页手稿。自己的文字自己收藏："我不知道什么叫远／远离地球一百五十亿光年的去处／仍然不算天边／我不知道什么叫大／大于地球一百三十万倍的恒星／才是茫茫宇宙的一点／但我明明白白地知道／多远的路程都从脚下起步／多大的事业都成于手上、眼前！"

飞天

2013 年 6 月 22 日 06:14

从电视上看，我中华儿女搭"神舟"，入"天宫"，令人遐想联翩。地球人早有航天梦。近日，我又细看汉画《嫦娥奔月图》，回想敦煌壁画上那些衣带飘逸的"飞天"，还有欧洲古典名画上那些长着翅膀的"天使"，似乎一个个全都"活"了！千百年前，中外画家们或许不懂人在太空的失重吧？而他们创作的艺术形象，与现代宇航员的"飘"姿多么相像！如果不曾出神入化，怎能"飞"得这么逼真！惊叹艺术的想象与科学的现实如此契合。

天地之境

2016 年 3 月 11 日 18:19

走在清华校园，想起梁启超曾在这里讲《周易》，从天地之论到君子之风。我站在题刻清华校训的日晷面前，确信这种浩然正气，自当弦歌不绝。想起张岱年，作为 20 世纪 30 年代的清华学子，在 95 岁时给青年手书："天行健，君子以自强不息；地势坤，君子以厚德载物。"这段题字中的"八字箴言"，是最好的校训，也是中华人文精神的圭臬。

天高海阔

2014 年 12 月 9 日 09:47

一只蜜蜂，在天地间何其渺小；一只虾子，在海洋里何其卑微。然而，蜜蜂飞在天地间，虾子游在海洋里，多么自由自在！试看，天高海阔，不弃蜂虾之小；蜂虾虽小，不惧天地海洋之大。其实，个人与社会，不也应当如此吗？

世事世路

2014 年 12 月 3 日 09:17

1924 年，梁启超为冰心题联："世事沧桑心事定，胸中海岳梦中飞。"冰心将这副对联挂在书房长达 73 年。我在小本上抄录这则联语时，还默写了宋代张孝祥的词句："世路如今已惯，此心到处悠然。"试将梁联与张词同读，对于"世事"与"世路"，"胸中"与"此心"，嚼出何种意趣？人生一世，何谓不惑？此中意趣深长。

人生境界

2013 年 6 月 21 日 06:19

王国维论词，倡"境界"之说："言气质，言神韵，不如言境界。有境界，本也。气质、神韵，末也。有境界而二者随之矣。"若借此说看人，人有气质之美、神韵之美，二者皆与境界相随。为人之"本"，在于提升精神境界。灵魂有境界，便有气质之美、神韵之美。

活出气概

2015 年 11 月 28 日 10:17

人要活得有气概，就是"养吾浩然之气"的气概，才有适宜的举止和态度。比如，生活清贫，不气馁；工作艰难，不退缩；

名利诱惑，不变节；邪恶欺压，不低头；取得成功，不自满；处于低潮，不消沉。具有这样气概的人，才算生活的强者，才能担当社会的重任。

三重境界　　2012 年 10 月 30 日 17:06

退休以来，我的生活空间，时常“在书房，在旅途”；精神则徘徊于“书里书外”。在书房，钻进书里；在旅途，跳到书外，是第一重境界。在书房，由书里想到书外；在旅途，由书外想到书里，是第二重境界。还有第三重境界，不读、不游，在宁静中回味诗文，卧游山水，踏着前两重境界，进入冥想境界。

大度从容　　2013 年 9 月 22 日 12:03

南怀瑾先生于去年辞世。默诵他的两则联语：“佛为心，道为骨，儒为表，大度看世界；技在手，能在身，思在脑，从容过生活。”“三千年读史，不外功名利禄；九万里悟道，终归诗酒田园。”儒道佛，虽各树一帜，却互有流变。我从书柜取出《儒道佛名言辞典》，看三者如何交融涵化，殊途同归。

优游任运　　2013 年 10 月 28 日 09:28

语词蕴涵常识学理，常识学理浸润生活。郑石岩先生集心理学、教育学和禅学于一身，关注现代人的紧张、焦虑、浮躁和彷徨，著有《优游任运过生活》。优游，是一种心情、一种态度，你能从快节奏的生活中拨冗去繁，抽时间悠闲游乐吗？任运，是一种智慧、一种胆识，你能自解羁绊，安身立命吗？

天地人和　2013年12月27日10:20

幼时，我在湘潭上私塾，叩拜“天地君亲师”牌位。其实，在我出生前26年，中国历史上的最后一个“君”已被推翻。幼时，我什么也不懂。后来才渐渐懂得：天地，是人类赖以生存的自然环境，应当心怀敬畏。亲与师，是最要孝敬、尊敬的人。我从双亲的身边、教师的门下，走向社会，追求天地人和。

人文气象　2016年1月22日10:54

说到气象，便想到天气与气候。其实，自古以来，“气象”还泛指景况、情态及学者的道德文章。治学，有学问的气象。为文，有文章的气象。学风文风，体现民族素质，关乎社会风气，这方面的风气弄坏了，也可能造成“气象灾害”。这个问题千万不可小看。人文气象谁预报？请从笔下口头做起。

宏约深美　2012年11月1日11:25

1917年，刘海粟在上海美专学画，蔡元培赠他“宏、约、深、美”四个字。有一年，我和学生进入黄桑自然保护区。走出丛林后，我借名师高论讲游山，漫游林海，耳闻目见，谓之“宏”；只游铁杉与瀑布，谓之“约”；对两处景物仔细观赏，谓之“深”；纵观黄桑全景，总的印象和感悟，谓之“美”。

澄明之境　2014年3月5日17:02

观景，读诗，阅人，总爱欣赏某种境界。昨晚，麓山学人发来“子午书简”：“活在澄明之境的人，意志坚定，却心很温软；

对大千世界持理性态度，却又不失柔情；看透红尘繁杂，却能坦然面对；知晓众多道理，却简单纯净；积极生活，但从不强求。”我想，这是一种憧憬，一种历练？抑或人生体验？

澄池

2012 年 10 月 7 日 16:18

我的母校长郡中学，地处闹市，蓄一池静水，雅号“澄池”。这“澄”字有何讲究？求教《淮南子》，学者须“澄心清意”。《文选》又有“澄心以凝思”之论。回到“澄池”，思之再三，深感我们的校园、当今的教育，多么需要澄一澄啊！

虚而静

2012 年 3 月 2 日 11:19

印象中，科学家必定很“实”。詹克明先生的《空钓寒江》，却氤氲着虚而静的散文情境。先读其代序：《“问号”如钩钓寒江》：“半生静守寒江，心远地偏，志在问虚。”他所追求的境界是：“一处远离尘寰的大静之乡，再加上一份心如止水的内在宁静，这正是素心问学的最理想境界。”更令人好奇而神往的是，上文客记于“千山郡、桃源乡、寒江村，不系舟上”。您想去拜访吗？从《空钓寒江》的书中寻找，从典雅的文字和深邃的情境中悠然心会。

我是谁

2015 年 12 月 21 日 09:47

从石门涧上庐山，读涧壁石刻“我是谁”。联想古希腊警语：“认识你自己！”这个问题，值得深思。“我”由自己的姓名、性别、体貌、性格、文化、思想，以及经历等多元素构成。对自己，不能高估自傲，也不要低估自卑。随着年龄的增长，我对自己的认识还在不断深化。

我自己

2013 年 1 月 12 日 11:31

丹麦哲学家克尔凯戈尔，爱写思想日记。他说："我知道，我很喜欢自言自语。我发现，在我的相识者中间，最有意思的就是我自己。"这话不难懂。但是，在那个被压抑、被扭曲的年代，我可能因其真实而不敢自问，我也是这样吗？"我"是不是有尊严而且有意思？要看有没有自己的思想和话语。

都是来者

2014 年 1 月 25 日 18:40

独行旷野，静坐寒窗，有时似闻幽州台上飘来的歌："前不见古人，后不见来者。念天地之悠悠，独怆然而涕下。"我想告诉歌者，您所追思的"古人"，仍旧活在今人的思念里。自您转身，时越千载，又有多少"来者"往事，我们读不胜读。感天地，思人寰，我亦心忧，但不怆然泣下。看我中华子孙，代代都是来者，已经汇成并将延续历史文化的长河。

入内出外

2015 年 11 月 28 日 10:27

对于宇宙、人生，既要"入乎其内"，又要"出乎其外"（王国维语）。体验"入内出外"的辩证法，首先要投入生活，埋头事业，这样才有根基、有归宿；同时也要采取比较超然的态度，跳出自我，放宽胸怀，才会有思量、有见地。一般说来，"入"是前提、是归宿，"出"是为了更好地"入"。

从容应对 2012年10月13日21:13

翻阅戴逸如的《左思右想》，读到两幅漫画。一幅是，有人摸到真理的门铃，赶紧翻书，苦于找不到理论根据，不敢揿门铃。另一幅是，有人来到某个门口，手中钥匙太多，试来试去，费时误事。作者的意思一目了然。拓展思路，让我想想，叩开真理之门和人生之门，还可能遇到什么问题，究竟怎样应对？

应答 2014年5月11日08:50

多年以来，多次收看“神舟”发射升空的实况转播，听过宇航员对指挥中心的应答：“明白”“正常”。这样两声应答，如此简明、清晰、准确，给我印象极深。联想到日常生活，我感觉，在头脑里，或在头脑之外，似乎也能听到对我的发问：头脑是否明白？状态是否正常？我该及时、如实地应答。

能悟有得 2013年8月25日09:58

注意：观朱霞，观白云，观山岳，观河海，能悟其什么？对绿竹，对黄华，对松柏，对芝兰，能得其什么？能悟，则俯仰间皆成文章；能得，则游览处皆为师友。（这是我从《围炉夜话》第50则改写的一则思考题）思而可知，佩服作者这种认真的态度，于俯仰间，在游览处，皆能悟有得。

自身和谐 2014年5月30日10:10

汤一介先生提出“普遍和谐”说，包括自然的和谐、人与自然的和谐、人与人的和谐以及自身的和谐。我想，就社会而言，要关注人与自然、人与人的和谐。就个人而言，则保持自身的和谐，如肌体的和谐、内心的和谐、心理与生理的和谐，争取做到身体健康、精神饱满、心情舒畅。

真率

2013 年 8 月 21 日 06:02

曾经熟读刘禹锡的《陋室铭》。昨晚初读赵孟頫的《真率斋铭》："吾室之中，勿尚虚礼。""率真为约，简素为具。"朋友皆道义之交，无须迎来送往。待客有清茶一杯，幽香一炷。朋友间真率之言，话题无非"闲谈古今，静玩山水。不言是非，不论官府"。何处可觅此斋，何时得见斯人？在书卷里，在山水间。

日月

2014 年 11 月 13 日 7：34

人生天地间，白天见太阳，晚上望月亮，并以"日""月"作为时间的计量。太阳是圆的，人们望见的月亮由缺而圆。兴许受着天象的启示，人们都希冀人生圆满。可是，谁的一生能够那么圆满无缺？如果说，日记反映生平，我在整理日记时，悔悟多少缺失，留下多少遗憾！真是的，人生没有草稿。

门与路

2014 年 6 月 14 日 07:49

假如我是本届考生，刚走过 18 年成人之路，其中 12 年是求学之路。今天，我庄严地走进考场，清醒地意识到，面临一场选择与被选择。我觉得来到了心仪已久的大学门前，看见进进出出的身影，踩着深深浅浅的脚印。于是，我亮出自己的通行证，上面印着："学习，探索，创造！"

嘉言

2014 年 2 月 23 日 07:26

有位熟谙公文的友人，节后北返途中发来私信。我已细读多遍，感觉删之可惜，何不与人分享：“少年轻狂，求名、求利、求盛、求全，只盼春风得意马蹄轻；今时惑在，去繁、去作、去嗔、去有，但求花未全开月未圆。新年伊始，不疾不徐，祝您随缘圆满。”此信所云“四求四去”，读者或可思量，斟酌？

自我感觉

2012 年 2 月 27 日 18:43

俯首灯前，潜心校阅。老伴从背后轻轻走来。夫子自道：“还可以吧？”她问什么“可以”，我指指《村语》的清样。刚才校阅第三章，重温西双版纳、湘赣边界之旅和南岳山居生活，回味游走的快乐。她说：“本该有点自信的。”我却为这点“感觉”不好意思了。待到《村语》面世，不知是否真的还可以？

看自己

2013 年 9 月 6 日 09:20

在学校，在职场，在社交场合，在公共空间，处处都有人看人。我们可曾看自己？不是站在穿衣镜前看自己的衣着形象，而是对自己作深度观察，全面评估。怎样“看”自己呢？王永彬在《围炉夜话》中说：“把自己太看高了，便不能长进；把自己太看低了，便不能振兴。”这个“高低问题”，至关重要。

个性

2012 年 5 月 13 日 08:14

小两口闹离婚，有一说叫“个性不合”。同事间生嫌隙，“个性冲突”也是一说。个性难改，但须掌控。各人的个性好比“私家车”，太急太慢都有问题，谁也不要发飙，谨防刮擦！人是一本书，前几页披露的是个性，阅人先阅个性。个性的美丑甚于容貌。有种美德叫容人，随和自有人缘。祝福善者一路平安！

自信有度

2015年12月10日23:14

有的人不够自信，乃至自轻自贱，自暴自弃。这种自卑心理，影响工作和社交。相反，有的人自高自大，自吹自擂，这不叫自信，而是盲目自傲。对于这种人，要给他一面镜子照照自己，学会自非和自讼。对于缺乏自信的人，要为他们鼓劲壮胆，看到自己的长处和优势，体验良好的自我感觉。

自信不自负

2015年12月10日23:12

为人要自信，但不可太自负。谁若将自己的优长、业绩、荣誉全都堆在脸上、挂在嘴上，或藏在内心暗自膨胀，那就太自负了。想要炫耀于人吗？其实别人不买账。殊不知，自己的包袱背得太重，就很难攀登、跋涉了。倘若还想进步，那就放下包袱，轻装前进！

情感不老

2012年1月18日22:12

人是有感情的。感情需要培养，还要善于表达。狄德罗在1746年的《哲学思想录》中写道：“情感淡薄使人平庸。”“只有深厚的情感，才能使灵魂达到伟大的成就。如果没有情感，什么文章都不足观了。”“情感衰退使杰出的人失色。”说到文章，我激赏“笔下常带感情”的写作。人总是要老的，但要防止感情衰老！我时常反省自己，叮咛自己，遏止这种可能出现的趋势。

心态

2013 年 5 月 29 日 09:49

古代哲人，善于观察日常事物，提炼人生哲理。比如，人不能从流淌的水上，而只能从静止的水面照出自己的影子，于是说“鉴于止水”。又如，笙管箫笛之类的乐器，从空虚中发出乐音，于是说“乐出虚”。可见，静与虚，是我们观照自己面目、发出和谐声音的良好心态。如今，我乐于静而虚。

意境

2012 年 5 月 19 日 08:22

暮春时节，大自然舞台频频换景。李后主曾哀叹“流水落花春去也”，并被流传为一个负面意味的成语。我欣赏洪自诚的描述：“水流任急境常静，花落虽频意自闲。”近日我在山间漫步，感觉情境幽静，心态安闲。春去夏来，好呀，迎接蓬蓬勃勃的生机！

不动心

2013 年 9 月 6 日 08:19

人这一辈子，活到 40 岁，好比登山至半山亭，行路到中途驿站。按孔子的人生规划，40 岁是“不惑”之年。昨晚翻阅，孟子则说：“我四十不动心。”这话是对“不惑”之论的回应，而且说得更直白，更能引起现代人的思考：我心如何，我心如之何？现在，40 岁仍被叫作“年轻人”。其实，自己应该承认，人到中年了！清夜扪心，不妨想想，我的心性成熟吗？我还心旌摇动吗？

心安

2012 年 12 月 24 日 06:45

慧开禅师有一偈诗:“春有百花秋有月，夏有凉风冬有雪；若无闲事挂心头，便是人间好时节。”凡人不是高僧，谁能将“闲事”一一挂起？不过，为保持内心的安宁，最好时常检点心事，排遣杂念，抵挡诱惑，为心头减负、降压，才有心情欣赏四季的“风花雪月”，不致错过人间好时节。

心

2013 年 9 月 30 日 08:53

15 年前，畅游海天佛国普陀山。在丛林中，见到一面光洁的石板，刻着一个大大的“心”字。我和晓清蹲在“心”字中间的一点，请人拍照。刚才，细品这幅照片，我想到“思想”“意志”，还有“慧”字、“恋”字，这“心”上承载着多大的容量、多重的分量！我们就全心全意做好“心”字上堂堂正正的一点吧。

是心在动

2013 年 9 月 18 日 08:59

有一天，印宗法师正在讲经，忽然刮起狂风，寺中旗幡在狂风中摇曳。法师问：是风动还是幡动？有人说风动，有人说幡动。行者惠能说:“不是风动，也不是幡动，是心在动。”我心有所动而有所不动。时下的股市涨跌、楼价起落，以及流行时尚种种，乃世情人心所动，我心纹丝不动，无所谓好与不好。

造心

2013 年 12 月 17 日 10:35

儒家讲“心学”，佛教有《心经》。毕淑敏，以作家的文笔、心理医师的眼光写《造心》：造心的材料，是钢铁，是玻璃？是冰雪，是丝绸？造心的工艺，是精致、古朴？是机巧，潦草？文章开头有一问：谁是“心”的建造者？我想，有基因，有家风，还有社会环境，但主要是自己，终身养心、护心，功夫在自己。

读心

2014年6月7日07:34

今晨醒得早，寻思“忘”字、“忙”字，为何都以“心”为偏旁，这样意味着什么？刚听“朝闻天下”，得知软银公司推出“读心”机器人。与其对话者，觉得“读心”机器人很有趣、很聪明，通常有七成准确率。我看，这样正好，更精就可怕了。我们人与人之间呢，能读懂几成？以读懂几成为宜？我的态度是：顺其自然。

养心

2014年1月7日10:15

为人处世，立身行事在于心。如何养心？明代吕坤按“心”的状态与功能立论：“大其心，容天下之物；虚其心，受天下之善；平其心，论天下之事；潜其心，观天下之理；定其心，应天下之变。”读之思之，我补充一个“正”字：正其心，方能平之定之，若论心大、心虚、心潜，也须正心为本。

养心殿

2014年6月26日9:55

人从何处老？头发白了，脸上起皱纹了，人说“显老”。其实，人从心上老。心老没有整容术。记得头次游故宫，我惊异，皇宫竟有“养心殿”。哲学家把人的生命分为身生命和心生命。

所以，我们注重养生，更要善于养心。给自己打造一个“养心殿”吧！从自家书房到神州大地，都是我的养心宝殿。

觉醒

2015年1月15日07:23

被闹钟闹醒，不如被音乐叫醒，被鸟声唤醒，被早行人的跑步声惊醒……种种“被”醒都不如自己心静神安睡好了，自然而然地醒来，开启枕边的音乐，或闻远处的鸡叫，或听窗外的风声雨声，最好还有读书声……在自然与人间的和声中愉悦起床。因有种种体验，今晨畅想觉醒的诗意。

早起

2012年9月22日07:20

“生活在一个新旧交替、中外杂陈的时代”，“什么是我们所要接受的？什么是不必急于追赶的？”这是罗兰于1981年春为《早起看世界》所写的前言。她用“早起”时较冷静清醒的头脑，思考日常接触的问题。罗兰在当年所写的时代与问题，我们也相继遇到。诸君！早起了吗？看到了吗？思考过吗？

浸润

2012年3月7日16:33

读许辉的《和自己的心情单独在一起》，我邀“自己的心情”陪读，在书上留下很多眉批。作者在某时某地的心情，引发我联想彼时彼地的心情，有如一滴墨水渗在稿纸上，一滴泪水落在衣襟上。我想搜罗种种浸润与漉漫，记下自幼至老的种种印象和心情，哪怕是一团乱麻、满地落叶。

适意

2012年6月8日 06:37

过年、过节、过生日，人们一律以“快乐”相祝。快乐意味着什么？苏辙说：“天下之乐无穷，而以适意为悦。”凡事能适合心愿，恰好。他又说：“乐莫善于如意，而忧莫惨于不如意。”在他看来，如意不如意，简直就是人间忧乐的分水岭。是呀，但愿人生路上多一些适意、如意，自然就快乐了。

不断成长

2012年9月25日 20:57

世纪之初，“70后”的郑艳做了母亲。她说，要和孩子一同成长。这话听来很新鲜。后来又读到：“用你的一生去成长！”这口号，像春风吹遍原野。我想，一个健康的人，要有健康的身体和精神。身体的健康取决于新陈代谢；同样，健康的精神也该吐故纳新，这就必须不断吸收新思想，扬弃旧观念。

流浪流浪

2016年4月2日 00:06

早就知道《橄榄树》，往常爱听乐曲，昨晚细听三毛的填词，觉得这“流浪”并非“生活没有着落”。为什么流浪？听吧：“为了天空飞翔的小鸟／为了山间轻流的小溪／为了宽阔的草原／还有，为了我梦中的橄榄树……”试看多少人为求学、为创业、为爱情，就为那“心中的橄榄树”，流浪漂泊又如何？

燃烧

2012年6月27日 07:18

自幼就爱看燃烧／看一根火柴燃烧／看一支蜡烛燃烧／诗样年华，欣赏燃烧／欣赏木柴燃烧／欣赏煤炭燃烧／／低眉沉思的岁月／发觉许多事物在燃烧／将我紧紧缠绕／把我的生命燃烧／／如今，风景和书籍／那远方篝火，眼前灯火／将桑榆点着／把心路照耀。

喻意志 2012 年 11 月 27 日 16:28

“我，只被月光照过，风儿吹过。”我看过她在校园演的话剧，记住了这句台词，认识了这位清纯的女生。她叫喻意志，从平江师范保送来的，在文学院毕业后，抱着琵琶考上了本校音乐学院研究生，继而在瘦西湖畔读音乐史博士，又在杭州做过博士后，回校评上教授，全身心地投入音乐教育事业。可是，意志不敌病魔，躺进了重症抢救室。前天，我到病房去探视，叫她，她不应，把鲜花举到她面前，医生说，她已失去光感。唯有急促的喘息……今天，这位老老实实、认认真真的好人，停止了呼吸！她的丈夫告诉我，日前，她在昏迷中喃喃自语：“天空中好多星星……还有彩虹……”意志！这是你最后的意念，或是临终的憧憬？

二、年轮，长在树心里

年轮 2012年10月28日09:21

人，像树一样自小长大。每棵树都有年轮，写日记的人，用文字刻下“年轮”，老来摩挲细数，就是对人生的回望与检视。今年4月1日，我的日记刚满花甲。革命军人而后身为厂长的黎树祥老人，日记写满70年了！有次我对长郡的学生讲，谁想打破我们的记录？从今晚开始，你们都还来得及。

一路走来 2012年10月28日12:00

浏览日记，回首人生。一个懵懂的乡下孩子，在翻天覆地的岁月，长成阳光少年，经历风雨壮年，慨而慷之忙中年，一路走来，像是经历原野上的风雨，风雨中的泥泞，留下泥泞中的脚迹；也有奔走中的发现，发现时的欢悦，留下欢悦后的沉思。老来翻阅自己的日记，好比老树细数自己的“年轮”。

叶子日记 2012年12月2日11:18

2001年9月，叶子上小学三年级。我为她的日记题写：“你还弱小，可是自己不明白；你还幼稚，可是自己不承认。日记将会告诉你。你很可爱，可是自己不晓得；你很幸福，可是自己不觉得。日记将会提醒你。你一年年长大，可是自己不稀罕；你一天天懂事，可是自己没在意。你想把当下的心情，收藏到日后吗？你想把现在的光景，贮存到将来吗？请写日记！你想在妈妈这么大的时候，触摸儿时的字迹吗？你想在爸爸这么大的时候，回味幼时的天真吗？请写日记！你想在80岁时，重提八岁时的趣事吗？你想在健忘时，重温青春的美梦吗？请珍藏日记！”

故里

2012年5月20日07:57

据《明史》和谱牒记载，我家“开山祖”秉彝公，寻唐代祖先之根，于1402年从南京迁徙长沙鹤岭，数代耕读为生。明末清初，其第八代孙移居湘江东岸。本人为第二十代孙，在故里长到12岁。印象中的易家山湾，一丛乡间老屋，屋前是水田，屋后有树山，而今已伏处湘潭市西二环的路面和绿化带之下。

乡土

2014年8月13日06:57

在省内省外碰见湘潭人，常被问及家在湘潭什么地方？我答：临江是滴水埠，靠山叫荷塘。我最早知道的故地，方圆不出千米。我家住在“易家山湾”，七八户人家全姓戴。我祖母姓易，娘家那边却叫“萧家塘坡”，挨着古驿道。从我家过田垅翻个岭，叫“八亩垅”，是我外婆家。

山湾人家

2014年8月24日18:33

江岸，丘陵，一个叫“山湾”的屋场，门前有两口池塘，房后有一片竹木林子。这组泥墙青瓦的农舍，住着七八户人家。各家自有堂屋、卧室、灶屋、猪栏、茅厕，互有过道相通。屋场周边是稻田和菜园。至今，我能画出“山湾人家”平面图。祖先们历经辛勤劳作，才创造出我幼时的生长环境。

老家的树

2014 年 8 月 24 日 22:41

村口，长着一株桑树。早春的桑叶，初夏的桑葚，都是咱孩子们的心爱之物。夏天的晚上，我们扛着竹床到桑树下乘凉。路边，有两株樟树，干粗，叶茂，树阴覆盖池塘的水面。逢年过节，乡亲们前来烧香，磕头，尊称“樟树老爷”。我从树下走过时蹑手蹑脚……家乡的树木，教我体验对自然的亲近与敬畏。

生于夏日

2014 年 7 月 8 日 06:58

远山避暑，已连续十载。生于夏日，年年生日在旅途。2005年的生日，赶在巳时登上南岳衡山之巅，写了《石径进行曲》。2010 年，住在乳山海滨，投身碧波银浪，以《海浴》为题写了几则散文诗。日前直奔浑源，顶烈日，蹬石阶，正午登上北岳恒山之巅，自勉：读书行路，贵在有恒。

牙牙学语

2014 年 8 月 12 日 16:49

母亲是我的第一位语文老师。最早学会的语词，是伴着奶汁一同消化吸收的。记得星空下、竹床上，母亲教我对家人、亲戚的称谓，是我牙牙学语的记忆。还记得，母亲带我拜菩萨，禀报我的生辰八字，什么“丁丑”、“巳时”、家住“三都八甲”……追溯最早的记忆，始于母亲温暖的怀抱。

自己的生日 2013年7月17日05:19

2002年，整理五十年日记，鲜有生日故事。一直以为，生日很“自我”，惯于率性随心，安神醒脑。退休以来，生日被旅行与避暑带到野外，或登山，或浴海，俨然一种仪式，让心灵得以回归和超脱：感念父母的养育之恩，追思既往的艰难岁月，珍惜当下的幸福时光。一年又一年，实现自我完成。

年龄 2013年7月17日04：41

树有年轮，人有年龄，一年长一岁，人人如此，年年如此。有些人，年龄也属隐私，不便问。常被问及的是，问小孩：“几岁？”问老人：“高寿？”童叟无忌。幼者快乐成长，老者安度余年。时间是人生最宝贵的财富。中青年最该把握年龄，不误季节。青年人直奔前程！中年人不乱方寸！

童趣 2014年8月26日17:26

《诗经》中有很多带“采”字的诗题，如采藻、采葛、采苓、采薇、采芑、采菽……这“采”字也曾给我带来童年的乐趣。记得春天采蕨，纤嫩的蕨子，握着拳头似的，从枯草里伸出。大雁南飞时，树林里就能采到雁鹅菌。连日雨后，草地上的地皮菌，比木耳更鲜嫩。在树上，在水边，还有许多可采之物。

乡土教材 2014年8月25日21:24

我是乡村长大的孩子，自有不忘的“乡土教材”。记得对门屋场叫“鲫鱼塘”，塘边有一池莲藕；山中有株皂角树。秋风起时，我到树下拾皂角，带回交给母亲，她说洗衣、绣花都有用。记得岭后屋场叫“长冲”，场院有两株桂花树。有次我去了，人家给我折枝银桂，又折一枝金桂，带回挂在帐子里。

乡村匠人

2014 年 8 月 27 日 17:51

小时候，我在乡下看热闹，爱看过程和细节。篾匠来了，看他剖竹、削篾，织成箩筐和菜篮。木匠来了，看他用墨斗画线，看刨子里冒出的刨花。铁匠来了更热闹，看炉火通红，听小锤大锤叮叮当当。纸扎匠扎“灵屋”最有趣，看他扎好“屋”架，再粘“墙”贴“瓦”。年年看宰猪，我从捉猪、杀猪、刮毛到开膛，看整本。

发蒙

2014 年 9 月 2 日 18:13

七岁了，我被送到大华岭上一户陌生人家，是上学？叫“发蒙”。先生发给我一本书，纸很白，有字有图画。先生教我读课文。第一课：“来来来，来上学。”第二课：“去去去，去游戏。”刚刚读了两课书，认了六个字，就上不成学了。辍学的原因是，日本鬼子来了！

见证国难

2013 年 8 月 15 日 13:28

生于国难当头，经历苦难岁月。“我在七岁那年，两次险些儿倒在日本侵略军的枪下……”这话，是我在接待日本青年友好访华团时讲的，在场的有我校学生和日本访华团成员。我说：“经历过那段历史，我应该讲给年轻人听，不讲是不对的；当然，讲了，知道了，后代还是应该友好，不友好也是不对的。”

上私塾

2014 年 9 月 2 日 20:30

鬼子投降后，隔壁搬来一位姓冯的先生，收拾一间柴屋，办私塾，教老书。拜过孔夫子牌位，我从《三字经》读起。教学方法是，带着书本站在先生跟前，他用笔点着字句读，我就跟着念，重复三四遍，回到座位上高声朗读，读到能背了，到先生跟前去背诵。认可了，依次往下进行，直至全书能读会背。后来，我还读过《五字鉴》《昔时贤文》《幼学琼林》。此外，就是学写毛笔字。

明理小学

2014 年 9 月 6 日 10:53

长潭路东，荷塘岭南，有个“团山铺”。早先，那里是我历代祖宗的坟地，建有“戴氏宗祠”。后来办了“戴氏明理小学”。按乡下的说法，我在私塾是读“汉书”；1947 年秋，进了小学就是读“洋书”。我在明理小学就读两年，从三年一期读到四年二期。

远足

2014 年 9 月 13 日 17:25

远足去！老师领我们走过田野，来到荷塘，沿着“之”字小路，攀登“荷塘仙岭”。第一次登上这么高的山峰，第一次看到这么远的地方，是算“远足”的启蒙：迈开自己的双脚，去看远方的风景！

七节紫竹棍

2014 年 9 月 7 日 16:59

油菜花开的时节，野外有疯狗。听说，疯狗最怕“七节紫竹棍”。家里不知从哪儿给我找来一根，我又磨利一块铁片，绑在紫竹棍的一端，俨然一柄长矛。出门时，我左肩挂着书包，右肩扛着紫竹棍，棍上挑个饭篓，感觉挺威武的。其实，一次也没遇见“夹着尾巴直蹿”的疯狗。我还放眼四望呢！

地球在哪里

2014 年 9 月 10 日 11:37

明理小学盖了两间新教室，从湘潭城里请来两位女老师。教我们的是冯树纯老师。按湘潭方言，“冯”与“红”同音，别人叫她“红军”，她也只是笑笑。有天课后，我问冯老师：“地球在哪里？”她用脚尖点点地面。我望着地面，傻乎乎的。时隔 42 年，我再拜访冯老师，重话“地球”之问，师生同笑。

半月刊

2014 年 9 月 15 日 17:20

喜爱语文课，喜爱用词语造句、作文。这是一种什么爱好？小学四年级，有了周记和作文。我喜爱那种有格格的本子。于是，誊抄几篇，整整齐齐贴在母亲房里的白墙上。为了做个刊头，我把饭碗扣在白纸上，画出半圆的弧线，写上“半月刊”。我心目中的“半月”，不是十五天，而是天边的半个月亮。

名字

2014 年 9 月 17 日 11:42

幼年往事，知道的或许想起，不知的无从回忆。比如我出生时谁给取名“海初”，有什么说法？记得，亲昵的称“海子”，随俗的叫“海妹子”。进私塾，谁给取名“子青”，是从《诗经》“青青子衿”得名？上小学，谁又按辈分命名“朝湘”？ 1956 年读高二时，我在省报头版就“英法侵略埃及”发表抗议，第一次自己用笔名“戴海”。1966年秋，社会上出现一股更名潮，我也将“朝湘”正式更名为“戴海”。

解放军来了 2014年9月19日10:15

我站在公路边，看个个挎着“小米加步枪”的队伍南下。有位首长住在我家，屋檐下的蚊帐里是电台。首长穿着白衬衣，傍晚坐在田边看书。跟随他的警卫员，肩背卡宾枪，身后挎着驳壳枪，腰间还别着小手枪。我最喜爱这位有三支枪的叔叔。

东方红 2014年9月19日10:30

1949年秋收之后，稻田空旷。解放军的大炮架在田里，操练也在田里。我喜欢亲近他们。有位叔叔跟我讲，以后会有拖拉机。我问，那“鸡”好吃吗？有天晚上，警卫员叔叔带我去看文工团的演出，先让我骑在他的肩膀上，后来让我坐在台边。那晚，我第一次听到《东方红》《没有共产党就没有新中国》。

五星红旗 2014年9月22日10:05

1949年10月的一天，老师铺开红纸、黄纸，按图做五星红旗。这五星怎么剪呢？他比画着，剪裁着，把大星小星贴在一张红纸上。他砍来一根小竹子，把五星红旗粘在竹竿上。我们几十个小学生，排成单行，跟着国旗，在田间小路上走了一大圈。这是我第一次参加游行，珍藏一段新中国成立时的乡村记忆。

自由发言

2014 年 9 月 29 日 16:43

长沙豫章小学的“周会”，按程序进行到“自由发言”，校长问：“还有人发言吗？”扫视全场后，便说：“没人发言了，散会！”下周，我认真听了老师、同学的讲话，觉得有话想讲，于是举手。校长带头拍手：“到前头来！”我在全场注目下起身上前，讲完想讲的话，在掌声中从容回到自己的座位。

红领巾

2014 年 5 月 29 日 09:32

新中国的头一个儿童节，我加入少先队，戴上红领巾。敬礼！五指并拢，表示爱祖国、爱人民、爱劳动、爱科学、爱护公共财物。手掌举过头顶，表示人民利益高于一切。“星星火炬”的旗帜，给我们以光明的引导。我至今珍藏着当年的红领巾，不忘可贵的红领巾精神。

宣讲

2014 年 10 月 15 日 07:23

1951 年，夏天的晚上，居民组在我们院子里开学习会。趁着会前的时间，我向街坊长辈讲中国共产党的历史。我从井冈山、长征、抗日，讲到解放全中国。我这个刚刚小学毕业的“小大人”，仅仅十分钟讲了党的 30 年。我的母亲也坐在一旁专注地听着。半年后，母亲让我代她写了入党申请书。十年后，我进了中国人民大学的党史研究班。

青春岁月

2012 年 12 月 12 日 13:55

人们的一生一世，总有些难忘的经历。回想青少年时候，记得头次壮着胆子闯夜路，“开晚车”写诗；记得暑假回乡在农业社参加“双抢”，冬天在京广复线工地日夜苦战；记得饥荒岁月在桃源山村访贫问苦，还曾远去阿勒泰走马雪原，夜战冰河……因为记得，留待老来回味“青春故事”。

写日记 2014 年 11 月 10 日 06:14

1952 年 4 月 1 日，在省立一中的教室里。我，14 岁的初一学生，正式开始写日记。当天的晚自习时间，我磨墨、提笔，用 16 开作文本，毛笔直行，记了当天下午的红领巾小队活动。我担心自己不能坚持，在封面题写：“一定要坚持下去！”至今已逾 62 年，昨晚还写了。不知能坚持到何年何月哪一天？

日记里的故事 2013 年 2 月 8 日 09:44

为什么不写小说？不会编故事。其实，人人都有故事，一代人有一代人的故事。我年轻时爱听老人讲往事，听老红军、老八路讲故事。如今我也老了，应邀在文学院讲过一回“青春故事”。昨天与几位中年朋友相聚，借着酒兴讲“日记里的故事”。有位博士诗人说，看来，作诗不如写日记。

筑路 2013 年 11 月 13 日 12:00

1958 年冬，学校停课，组织我们奔赴京广复线工地，筑路五十多个日日夜夜。据收工当天（12 月 24 日）的日记：天不亮，我捆起背包，修好车轮，推着板车冒雨进城。“敲开家门，爸爸从上到下地打量我，只是苦笑着。这时我才注意自己这一身：棉衣上沾满黄土和油污，破缝露出棉花”，“罩裤磨破了，里裤也破了，里外两层的窟窿重叠，露出两个脏得发黑的膝盖。脚上的鞋子，一只是破球鞋，一只是烂棉鞋，浸透了泥水。头发乱蓬蓬的，滴着水珠……”本人的这副模样，现在，我自己读来也惊讶。那是“大跃进”岁月的写照，反映了当时筑路的紧张和艰苦。

“十一”记忆

2012 年 10 月 1 日 11:00

今天是第 63 个国庆节。我默忆：1949 年 10 月，在湘潭明理小学，老师琢磨着剪五角星。我们跟着五星红旗，游行在田间。20 世纪 50 年代在长沙，年年“十一”都有游行。1961 年国庆，我走在“三面红旗”的仪仗方阵中通过天安门广场。1966 年的“十一”，我在石河子结婚，从此国庆家庆一同过。1967 年的“十一”，石河子一派集会，另一派游行，见到带钩的长矛，听到两派的口号，我吓得躲进果园，藏在葡萄架下，摘食了几颗残剩葡萄。1979 年的“十一”在北京，感受“文化大革命”后的祥和气氛。2001 年，国庆恰逢中秋，我家三代去苗乡探亲。此刻，我在电视机前收看天安门广场的直播，凝视人民英雄纪念碑前的花篮。

美好时光

2015 年 10 月 2 日 21:44

若问我的美好时光，例一，1960 年暑假，我受命一项考察任务，独自从洞庭湖到武陵山，于跋山涉水中体验人生之路。例二，1965 年冬，我在新疆阿勒泰，放羊、骑马，经历暴风雪和冰洪，见了世面，得到锻炼。还有退休后，我回到书房，读读写写，出版五本小书；间或漫游神州，亲近自然，长我桑榆浩气。

陈年旧照

2014年6月10日09:21

2002年，我在出版五十年日记选编时，选印了1951年戴红领巾的照片；“我和她”于1962年在北京的第一次合影；还有1965年我们俩在新疆麦地的风姿。人到中年的留影有题照：如在天涯海角，“向往海阔天空”；在赤壁，“看大江东去”；在武陵山，“登高心自宽”；在沙漠，“骆驼，意味一种性格”；在雪景中，“冬日亦欣然”。在一堆树根干柴前的照片，题写：“静穆中，我想到凤凰涅槃。”几帧陈年旧照，留下岁月一瞬，浓缩人生记忆，看一个少年如何变老。

头像

2013年12月17日16:58

三年前，注册新浪微博，首页没有自我介绍，过后才配发一幅海边留影。历时三载，微博三千，换张越活越老的近影：为何要昂起头颅？我在仰观高山飞瀑。为何不正面向人？好在有瀑布的水光衬出侧面的轮廓。看我耳鬓和脑后的几缕银丝，莫不是瀑布溅落的水花？

题记

2013年2月18日07:46

去年春节，游涠洲岛，有一帧海滩留影，以海岸的岩层为背景，衬托我的侧面头像。今日，重温那一瞬间心中的诗意，作一题记：身后的岩层，好比文化的积淀；眼前的海水，好比时代的波澜。我，徘徊在海岸与海水之间。我的脑海，也应有岸，也会涨潮。

见证五代

2012 年 7 月 3 日 07:52

人生在世，按正常年龄，除了同代人，一般能见证自己的上两代和下两代。我的祖辈生于晚清。我的父母生于清末民初，经历内战和外侮，他们见证 20 世纪的中国，我则见证“见证者”。见证五代，最直接的还是“上有父母，下有儿女”。祖辈和孙辈，是人生的晨钟暮鼓，是消逝的和前行者的背影。

寻思五代

2015 年 3 月 1 日 09:42

每个人都在一定的境况下生活。“关于社会进程与人生经历的记忆与思考”，是一个很有意义的话题。以中年人为例，眼见祖辈过世，父母衰老，自己又养育子女成长，目送儿女前程……一个家庭，大都在“上下五代”的交替结构中，经历大约一个世纪。将这些进程与经历代代相传，就是国史的民间版。

出生年代

2014 年 12 月 26 日 13:10

我的父亲出生时，中国还有皇帝。那是 1909 年，三岁的溥仪登基。母亲比父亲小三岁，出生已是民国元年。晓清出生前一百年，鸦片战争爆发。我出生时，抗日战争爆发。日前我与几位中年朋友辞旧迎新。我说，《新青年》于 1915 年 9 月创刊。哦！历史刚刚转过背去。

三十年代

2015 年 1 月 6 日 10:39

本人是 20 世纪的“30 后”，想到出生前后那十年，黑暗与光明，革命与反动，侵略与抗战，多少事变、危机！多少鏖战、厮杀！多少曲折、变迁！近来忽发奇想，倘若倒回中年，我想对那段历史作专题研究。相信当今的学者、作家，将为后人留下完整、真实的“中国三十年代”。

外公

2013 年 3 月 15 日 09:18

黄昏，外公牵着水牛回家。牛蹄跨过门槛，进栏了。外公勤劳朴实，所需甚少而劳碌终年，且极少言语。这些，是在外公去世之后，我才综合幼时的记忆和母亲的讲述而理解，而感动，而追思。年深月久，久而久之，我于长夜幻象中，竟将外公的品质和水牛的形象浑然一体。

舅舅

2014 年 5 月 22 日 09:09

以前，城里人瞧不起“乡巴佬”。我就特别佩服乡下的舅舅：下水田，从犁、耙到插秧、扮禾；进碓屋，从舂米到过筛；在舞龙的鼓乐班子中，他锣、鼓、钹和唢呐……样样皆能。每逢红白喜事，他能掌厨办席。倘有邻里纠葛，他能评理息事。能不服吗？这样的能人，在乡间是权威，这不也算“全面发展”吗？

民国女孩

2015 年 11 月 12 日 21:30

我到安化一中，从学生名录中找到了“龙善元”的名字。那是九十年前，她怎样水陆兼程来到长沙，进入稻田师范？她对徐特立不称校长、老师，却亲切地叫“徐外婆”。正当大革命高潮，她奔走呼号到吐血。晚年，她能将《留法老学生之自述》背诵如流，还将徐外婆轶事讲得津津有味。

师恩 2014年3月16日17:19

乘坐公交到星沙，见到广场上立着徐特立塑像。想起善元妈妈时常向我讲述师从徐老的往事，她不称校长、老师，总是一口一声“徐外婆”。今天，我们登上“师恩台”，瞻仰“师圣阁”，而后为晓清在徐老塑像前拍照。我心中念道：“老外婆！您的学生龙善元的女儿，看您来啦！”

乖 2011年12月9日12:12

昨夜，捧着晓清童年照片仔细端详：留童发，头稍偏，十指柔曲，双手下垂，两脚并拢。穿着棉衣棉鞋，神情不嬉不惧。时年八岁，上四年级。给人印象就是一个字：乖。收好照片，我跟老伴说笑：“我要像你的外祖父一样疼爱你。”

美誉 2012年5月15日18:23

“母亲节”的最后一小时，我的手机收到新信息，是一位麓山学人发来的节日祝词，称赞晓清老师：“是一位温婉、大气、良善、智慧的母亲。”我将祝词转发到老伴的手机上。她读后回复：“我会按照你提的标准努力的。”晓清从“健美儿童”到“五好干部”“优秀教师”，享有多种美誉，这次是个新提法。

松和枫　　2011年12月28日23:11

我和晓清的新疆岁月，给孩子造成颠簸童年。松由爷爷接回老家，在西域长安道上满两岁。两年后，枫也被送回老家。而后，松和枫先后返疆，在石河子上学，又转学乌鲁木齐。1981年，我们举家迁回长沙，姐妹俩随着升学与就业，相距越来越远，会面越来越少。今天，松和枫漫步越秀山下，并肩交谈。我从背后望着她俩的身影，疼爱与欣慰之情涌于肺腑，为她们姐妹俩从背后拍照。其时，正好接友人短信："珍惜团聚时日，一刻胜过千金。"

新版　　2013年10月2日18:50

1974年初夏，我和晓清带着松从石河子回长沙探亲，途经武汉、庐山、南昌、井冈山、安源，这是我们旅游的"首航"。游至庐山仙人洞，我们俩与松在月门留影。2006年盛夏，我们俩在庐山避暑，松带着叶子前来探望。我们又在仙人洞原址，由叶子拍摄"新版"；而原版的"我们仨"各长32岁。

一晃三十年　　2012年1月12日08:54

三十多年前的一个夏日黄昏，在新疆石河子空旷的大路上，松和妈妈赛跑。松第一次跑到了妈妈的前头。作为裁判，我只顾着为孩子高兴，没有为妻子遗憾。30年后的那个春节，我们全家去游大熊山、紫鹊界，在返程高速公路上，松从容沉着地驾车，她妈妈靠在车里安然睡着了。那一刻，我为女儿和老伴同感欣慰。

家族

2013 年 2 月 6 日 16:08

刘家，兄弟姐妹六人，都是外婆带大的。早先，他们生活在外婆、父母身边，是家中第三代。外婆去世后，他们先后走入社会，各自成家，生儿育女。父母在世的那些年，他们作为第二代，带回第三代，陪伴在老人身边，一大家子同吃团年饭。父母过世以后，他们成了第一代，有了第三代。于是，有了如今六个小家组成的“独联体”。一年一度团年饭，大团圆，全家福！

我家老亲

2016 年 3 月 19 日 11:09

早有“儿女亲家”一说，养育了孩子，自有亲家。我的亲家母是位苗族大妈。20 年前，我写《发现线江冲》，写到她有五个堂堂的儿子、一个憨厚喜乐的女儿，真叫“五指山／万泉河”，全了。老亲 87 岁，上月来长沙做了个不小的手术，完胜！回到家乡，思路大开，向儿女讲述平生故事，口述历史呢！

火种

2012 年 12 月 18 日 10:08

搬家为什么叫“乔迁”？语出《诗经》：“出自幽谷，迁于乔木。”进跃生于幽谷，今日乔迁高楼。他的母亲叮嘱，一定要从旧屋把“火种”带到新居。这是一种诗意的民俗，让我想起燧人氏时的先民们，将“火种”看得多么神圣而宝贵！祝愿他们一家：将线江冲里朴实、勤劳、和顺的火种代代相传！

何以为凭

2013 年 8 月 4 日 12:09

“今生今世的证据”，我按刘亮程方式，回忆幼时的老宅、

“雪泥鸿爪”似的宿舍，叹惜物证寥寥。其实，我更看重自己的精神历程。精神，是附丽于物质而生的，是从物质提炼而成的，并多少依托于物质保存信息，帮助记忆，例如，六十年来的日记本、二十年前演讲的录音、录像。还有家人、学生的记忆。

母校长郡

2012 年 1 月 13 日 20:26

1949 年 10 月，父亲将我随祖母和母亲从湘潭乡下迁到长沙，择邻而居，我家住在“长郡中学”隔壁。三年后，我就成了“长郡”学子。今天，我又回到母校长郡。学校会议室的墙上，挂满几代校友的照片，一边是任弼时、郭亮、李立三、李富春、陈赓、萧劲光等人，他们是载之史册的党国元勋；一边是几位院士，他们是当今科技界的领军人物。从早年“天井边，梧桐下”的校舍，到如今的现代建筑，除了三国人物“汉忠臣韩玄之墓”，全都面貌一新了，而“雄杰古潭州”的校歌还在弦歌相续，“朴实沉毅”的校风还将代代相传！

灯下

2014 年 3 月 8 日 09:54

同一张书桌，共一盏灯，她坐一边，我伏一角，各自读读写写。追忆 1956 年，我们在长郡中学读高二。我的数学基础差，却还在校团委任职。后来改由晓清同学担任少先委员。交接工作时，她邀我去她家晚自习。当年，安安静静做功课的气氛，现在还那样。“老同学”，已然同学到老。

麓山弟子

2014年7月31日05:38

湘江之滨的岳麓山，是南岳七十二峰之末，并由此而得名。我于20世纪50年代来山下求学，80年代又回校工作。可以说，我的“根”在这里，“魂”在这里。景仰岳麓，留恋校园。曾经称我为“老师”的同学们，咱们早有世纪之约：同为“麓山弟子”。

半山亭

2014年6月6日09:28

20世纪80年代初，多年失去联系的老同学重逢了，时已人到中年。我想为聚会写首朗诵诗，拟题《半山亭》，意象尚可，但因笔力难以表达诗思，放弃了，仅存两页草稿，算是半山亭上的回眸与展望吧。

三伏天

2014年7月30日13:40

当年听不到天气预报，不知闯过多少高温天气。1956年，高二暑假，我为体验生活，回乡参加农业社“双抢”：跟上乡亲们抢收早稻，抢插晚稻，汗水、泥水湿透全身。1958年，大一暑假，先去望城支援人民公社的“双抢”；继而去部队参加军训，顶着烈日趴在操场上练射击；接着，再去坪塘，从窑上运砖到码头装船，推着独轮车爬土坡，过田垅。有天下午热得发晕，滚落在路边的稻田里，爬起来，推上车，又往前赶！1981年夏天，刚从新疆回长沙，成天伏在一张方凳上备课，汗水浸湿稿纸。当时家里连一台电风扇都没有。

兵团第一楼

2013 年 10 月 3 日 09:22

友人游访石河子，赠我“在兵团陈列馆前”的留影。那是“兵团第一楼”。我的书桌，曾在四楼当中的窗口。坐在那里，近看新城的白杨，远望天山的积雪。1965 年初夏，我在楼前拍过“入疆第一照”：上穿黑色条绒夹克衫，下着橄榄绿军裤，有点亦文亦武“兵团人”的气概。时年 27 岁，担任政干校教员。

风雪兼程

2012 年 11 月 22 日 18:20.

昨夜寒风冷雨，凌晨在卧游中漫忆：1965 年冬日，我们乘坐一辆帆布篷卡车，顶风冒雪从石河子上路，西行至奎屯，往北过克拉玛依，夜宿乌尔禾。次日黑早又上路，在冰天雪地中，沿福海继续往北，傍晚抵达北屯。当年从风雪中起步，日后何惧严寒……起床！

爱劳动

2014 年 5 月 1 日 07:29

劳动节，忆劳动。我于 1950 年挂上红领巾，受到“五爱”教育，爱祖国、爱人民，跟着就是爱劳动。1956 年暑假，回乡参加农业社劳动，从田里挑起稻谷上禾场过秤，每担一百五六十斤。1959 年抗洪，扛起粗重的木桩在风雨中奔走。1965 年，在兵团农八师的团场卸车，扛过每包一百公斤的盐。1970 年，有天晚上，机关干部到工地突击，我手推铁制独轮车运料上跳板。那些年，走到哪里劳动到哪里。有次在奎屯河三连，从山上取土，用车运到河滩“造地”，冲下山坡又拐弯……事后才想到危险。40 岁以后，才被“承认”教学、写作也是劳动。我们那代知识分子，大都有点“负重前行”的棒棒精神。

抗冰洪

2013 年 11 月 5 日 08:51

新疆阿勒泰的克木齐河，流经巴里巴盖。1966 年 4 月上、中旬出现冰洪，从上游倾泻下来的融冰，大的如门板，小的如桌凳。为防止融水堵塞河道，造成洪灾，我和当地军垦战士投入破冰抗洪。据 4 月 2 日日记：“在四孔闸上游一公里处，为打碎河上的浮冰，我几次滑落下去，双脚陷入冰水中……溅到衣服上的水珠当即结冰，像穿一身铠甲。”

破冰引水

2013 年 11 月 5 日 09:19

天山北麓的这条干渠，引雪水注入柳沟水库，灌溉当地垦区。严冬季节，为防止冰封渠道，要组织人力天天破冰。我于 1970 年 1 月 18 日，留下两行工地日记：“上午写《破冰》，放下笔又上渠打冰。夜间写到早晨六点，睡两小时又起床写。”这两行字，记下了白天黑夜连轴转，又挥镐，又执笔。

接地气

2012 年 1 月 15 日 09:45

“地气”是个很古老的词，近年常听“接地气”，引起种种回想。我是赤脚踩泥土长大的，高二暑假回家乡农业社“双抢”，大学期间的体力劳动真不少！后来，无论在“工作组”，还是在师团机关，都时常下基层，和军垦战士在地里同劳动。我在 40 岁以前，“接地气”实在充分得很。20 世纪 80 年代之后，我脱离农田、工地，少了地气，得了书气。好在退休之后，每年多次走进山山水水，成了紧贴大地的老“安泰”。

在海上

2014 年 11 月 11 日 21:20

搭乘海轮，从广州去海口。午夜在船上写日记：过黄埔，过虎门，沉思历史风云。过零丁洋，风浪大了，有些人晕船，我的感觉还好。我站在左舷，远望海天相接处的晚霞。暮色苍茫中，又去船尾看一群海鸥，追逐翻腾的浪花。它们家在何方，夜宿何处？船在海上颠簸，我的思绪如潮。

在空中

2014 年 11 月 12 日 07:25

年过半百，头次坐飞机。体验前轮离地的刹那，高楼成了积木，人便成了“飞天”！打开日记本，把别人的习以为常，记下自己的感受：俯视，遥望，看平铺的云层如雪野，立起的云朵像雪山。从云端看大地，放胆长空飞越，当然，此飞平安着陆。

某一时空

2014 年 11 月 11 日 20:52

人们都在一定的时空里生活。我写日记的时间，无非在一年 365 天的某天，每天 24 小时的某时，而空间则变换多多：在教室，在书房；在乡村的禾场，在都市的公园；在田野、戈壁，在山林、海滨；在车船，在旅舍；乃至在海上，在空中……如果将写日记的时间和空间绘成坐标，可以探寻我人生的轨迹。

宅

2013 年 8 月 4 日 08:55

搜寻赖以为“家”的物证：我在湘江高岸的“山湾”，长到 12 岁，那片宅基地已被碾压在湘潭西二环的路面下。在新疆，成家后，搬迁五次。回到湖南，住过浏阳河边、岳麓山下，种种旧居，仅剩一处。那座仅存的小平房，目前还躲在湖南师大“红楼”西头的山坡上。我于20世纪80年代在那里住过四年，此前，是老院长刘寿祺的旧居。这幢红砖小平房，原本疗养院的洗衣房。师院成立之初，老院长便住在那里。因此，它不仅见证寿老的生平，也见证本校一段艰难发展的历史。

饮水

2012年6月24日18:35

打小知道口渴的时候，母亲递给我半杯凉白开，喝着家乡池塘的水。走出家门，从学校的龙头，到工地的水桶，我喝着湘江的河水、天山的雪水，在大汗淋漓中喝个痛快。后来，有过匆匆忙忙地饮水，也曾斯斯文文地喝茶。此刻，我对着林梢的余晖，细品麓山泉泡宁乡茶，余味绵长。

食堂

2013年12月21日10:47

追忆此生与食堂：1951年进初中，新鲜着省立一中的食堂。大学读师范，国家管饭“吃食堂”。难忘饥荒岁月，在桃源县的生产队食堂……从长沙到北京，吃惯了北方的馒头、窝窝头，还有糊糊、咸菜。从北京到新疆，我长年吃着师、团、连队以及党校、工厂的食堂。最难忘阿勒泰的严冬，饭菜刚一端出伙房就凝冻了。所幸我有结实的肠胃，还有多方面的适应力。现在，来不及做饭了，好在大院里有食堂。食堂养育了我，也锻炼了我。

挖空睡觉法

2013年4月3日17:21

学生时代就有“开晚车”的爱好，但也知道睡眠不足的害处。在石河子那些年，白天时间不够用，就向夜晚借：晚饭之后，闭门睡觉。睡到家人就寝时，我起床了。工作四个多小时，又熄灯，睡觉。清早照常起床。近日白天游览，傍晚就睡，睡到零点过后又“摸黑”写《村语》，就是仿照那个做法。

板凳春秋

2014 年 2 月 19 日 12:11

1960 年秋，刚进教研室，听说“板凳须坐十年冷，文章不写一句空”。领会学者的心得，我准备扎扎实实练“坐功”，好一个“冷”字，尤觉意味深长。谁知，板凳还没坐稳，周遭愈来愈热，连年卷入“历次政治运动”。十多年过去，冤了书生，荒了学业，回到板凳已中年！

钻石

2013 年 10 月 30 日 12:03

钻石婚还远，今晨忽然摸到一颗“钻石”！从 1953 年算起，结识晓清同学 60 年：从初中到高中，我俩同班，同在一个团支部。大学期间，我俩有长沙—北京两地书。我赶到北京，她去了新疆，又有北京—新疆两地书。我跟到新疆，那边天高地广，又续写两年“战天斗地”篇。我们是“同学”，早先，同在一盏灯下做功课；成家以后，有了孩子，我们学会为她洗澡、穿衣、热牛奶，还得学会熬玉米糊糊、腌咸菜……二人同心活到老。老来的课程，提升了文化含量，拓展了“第二课堂”，学习电脑、电子琴，读山、读水、读诗文。

精神历程　　2014 年 6 月 25 日 08:52

孔子的人生规划，设计了人的精神成长阶段。反省自己三十未“立”，四十有“惑”，好在中年比较通达、涵容，五十能知“天命”——不怨天；六十而“耳顺”——不尤人。退休之后，退到书房和旅途，在法律和道德的前提下，活得“从心所欲，不逾矩”。在孔夫子与马克思门下，活得自由自在。

无字书　　2014 年 3 月 12 日 18:35

人生是一部无字书，一年积一卷。前五六卷，蒙昧，懵懂，由母亲收藏带走了。当我听懂“沦陷”“光复”，已有清晰的记忆。从第十五卷起，有日记佐证。但我更珍惜无影无形的记忆。我的无字书，可以随身携带，随时随地翻阅，重温，并日渐读懂，辨明。人生各自一部书。我想在默读中活个明白，清醒。

学诗　　2015 年 3 月 16 日 10:10

忘不了 18 岁学诗，忘不了当初的感动、兴奋，午夜的用功。现在，书架上的古典诗词、现代诗和译诗还很多。案头就有吴昕孺的《原野》、刘羊的《爱的长短句》。近日从网上抄诗：喜爱“被阳光洗过的云”“被春潮洗过的原野”，喜爱天地人间的干净：“被圣洁洗过的坚定／那信仰叫干净”。

我与诗　　2013 年 12 月 12 日 15:58

18 岁，我读诗写诗，好想做一名诗人。30 岁，我幸亏不是诗人。50 岁，我眼里有诗，心中有诗，漫话人在秋林：“我／挂在斜阳中的／一枚半红半青的果子……”向往诗意人生。刚才，口中念念有词：“诗歌，是我心中的女神／圣洁，聪慧，美丽／我愈是珍爱，亲近／就愈是不敢碰她！”

大地

2014年3月18日08:58

老家附近，只有小块的水田旱土。有次去到十里开外，见了“三十亩大田”，惊异地痴望。大学期间，走过湘江之滨、洞庭湖畔，似乎开了眼界。后来，坐火车往返华北平原，但也不过望望而已。全身心扑在原野，扎根大地，还是在准噶尔的18年。一个人的眼界是怎样扩大的？回首走过大地的岁月。

三、飘零的思绪

我在

2015 年 10 月 2 日 09:05

有一天，我跟新疆一位老友通电话，问及我所熟悉的一些老红军、老同志。他说，某某、某某都不在了。“不在”是一个婉词，斯人不在，却以无言的事实提醒活着的人。忽觉“我在”是个好题目。下次出书，就以“我在”为书名：我在行走，我在阅读，我在思考……此刻，我在灯下写“村语”。不是吗？我思，故我在。

思想者

2014 年 1 月 11 日 10:05

致罗丹雕塑的《思想者》：不问你的年纪、姓名，你是思想者的前世今生。你为何沉吟不语？别打扰，你正为疑难聚精会神。看来你不发愁也不亢奋，一向保持清醒和冷静。想问你正思考什么，寻找理想与现实间的合适途径？为什么久坐还不起身？哦！你正为撬动地球的杠杆和支点出神。

思

2012 年 11 月 1 日 09:16

“读万卷书，行万里路。”响应司马迁的号召，人们忙着“读”，忙着“行”。今日与昕笔谈，感觉忙碌的人们似乎缺点什么。听说，读与行，出入自如，“思”是深度进入。有些人能读，能行，可惜少思。我想起法国物理学家卢瑟福，见到一位勤奋的学生，成天待在实验室里，便问：“你用什么时间思考呢？”由此激活我的思路：我既“失之东隅”，可否“收之桑榆”？

冥思遐想

2012年8月9日 16:52

时常有些冥思遐想。我爱思索，一觉睡醒了，在凌晨思索；走进山林，在林间小路上思索。这是没有题目不着边际的冥思遐想。倘有一丝半点灵感，能够撷英拾华的，则往往来自与人对谈或通话，来自写作中的一道闪电、一股清流。我把这种状态叫“激活”。如果没有平时的“静音”，哪有稍纵即逝的思绪呢？

寓意

2012年8月6日 20:14

在庐山三宝树的岩石边，刻着德国库尔曼的名言：“树木和岩石，寓意着人类对自然的意识的演进。”我和晓清驻足讨论，眼前的树木和岩石“寓意”着什么？我们对大自然“意识”到什么？一块岩石数亿年，一株树木千百年，而每一代人和它们共处难满百年，人类对大自然的意识该怎样代代演进？

启示

2013年9月15日 19:09

据载，宋代禅师正觉有言：“隔墙见角，定知是牛；隔山见烟，定知是火。”禅师还启发僧徒：“报晓音声栖鸟语，漏春消息早梅香。”禅师在讲哲学，教人学会观察与判断，从鸟语听出晓音，从梅香嗅到春意。我们不但要从教材中学哲学，更要学会从种种信息预知事物的趋势和前景。

人在书房

2014年5月25日10:10

一位书生，有间书房，书籍添置愈多，愈觉书房狭小。有位诗人，建议他打开东墙，改成落地窗。书生依计而行，书房敞亮透气了。可是，外面的世界太精彩，搅得书生魂不守舍。又有一位哲学教授造访，进言：窗户要挂窗帘，收放自如。心上要有“帷幕”，人在书房，自当运筹帷幄。

识

2013年3月27日16:27

所谓有见识，不但要识路、识字、识货，还要识人、识相、识时务。治学为文者，应具德、学、才、识，其中以“识”尤为重要。苏轼说：“人才以智术为后，而以识度为先。”袁枚说：“何以称英雄？识以领其先。”信乎？我信。

度

2013年3月27日16:50

“度”字有多解多用，经常引起我思考的，一是度量、气度，指对人对事宽容的程度。二是风度、态度，指人的气质或姿态。三是从哲学上讲，指一定事物保持自己质的数量界限，过与不足都不行。因此，做人做事都要把握适当的度。

三类教师

2012年10月15日19:17

卢梭说：“每一个人都是由三类教师培养起来的。”按他的提示，我一是要感恩从小学到大学的老师，给我以学校教育。二是要感恩从家庭到社会，种种客观事物及身边的“重要他人”，给我不可或缺的家庭教育和社会教育。三是大自然，我自出生以来，无时无处不在接受它的恩惠、约束和启示。说到三类教师，卢梭有个重要论点：三类教师的不同教育，不可互相冲突，必须协调一致，为着同一个目的。只有这样，人们才算受到良好教育，从而培养完整的人格，过上有意义的生活。思考卢梭的这个论点，我们的家庭、学校和社会，应做哪些反思和改进？

指路 2012年6月9日15:56

家住岳麓北坡东向。我在楼后散步、汲泉时，常遇外地游客问路。一问：“岳麓山在哪里？”我答：“这里就是岳麓山。”又问：“从哪里上山顶？”我答：“往高处走，就上山顶了。”这样指路逗笑吗？有位先生得要领，向同行者说：“经典！”

自己去走 2014年6月11日08:06

向往名山，游客纷至沓来。“请问，山上的风景怎么样？”行色匆匆的游客，有人说“挺好”，有人说“一般”，有人说“不怎么样”。我是来避暑的，找个幽静的住处，在不同天气、不同时段从不同的路径游走，游过景区，登过山顶，探过峰回路转的旮旯，还结识了本地的山民。夏去秋来，我回到山前，依旧听到当初的问答。由此想到报考、求职，以至探讨人生，看你向往什么，追求什么？若以游山为例，先行者的说法且听无妨，而山路要靠自己去走，风景要凭自己去看，凡事几经思考，由自己决策。自己行吗？从摸索中去学，你会行的。

身心

2014 年 1 月 18 日 10:46

有人将世界划分为二：用钱和尺计量的世界；用心和想象去感受的世界。我理解，前者是物质世界，后者是精神世界。前者有形、有限，后者无形、无限。沉醉前者的人过于“现实”；注重后者的人比较感性、浪漫。两个世界，融合于一人之身心，才是完美的世界。

脸面与脑子

2015 年 5 月 5 日 19:26

从凤凰台的节目听说：“有的人只看脸面，不看脑子。”诚然，脸面最富于表情，很引人注意，确是认人的重要特征。所谓养颜、美容，都是脸面文章。人的意识、语言、思想、气质、品德，都关乎脑子，源自脑子。可见，脸面与脑子孰重孰轻。怎样才能看进他人的脑子？这就看自己的脑子了。

人生话题

2015 年 11 月 18 日 09:16

20 世纪，我写过一本语录体小册子，集中讨论人生话题。例如，人生，一条漫长而曲折的路；生活，把酸甜苦辣酿成美酒；事业，人生的根与果；读书—思考—实践，人生的智慧链；真善美，人生的精神境界；青年，人生的一日之晨、一年之春；等等。因之，书名为《人生箴言录》。

人生哲理

2015 年 11 月 24 日 08:15

年轻时，树立革命人生观，记住不为名、不为利，不怕苦、不怕死，铺筑了人生的路基。中年时，且读且思，人生与哲学结缘，感觉视野比较开阔，思路比较通达，因而人生哲理成了写作和演讲的日常话题。我认为，人生哲理是青年成长的基础课，教人清醒地活着，懂得为人之大义，恪守处世之规矩。

人生道路

2014 年 12 月 2 日 08:55

常说“人生道路”，人的一生就像一条漫长的道路：有大路小路，有平路坡路，有直路弯路，有通往绿洲的路，也有穿过沙漠的路；有鲜花夹道的路，也有荆棘丛生的路……当今的年轻人可能想到选择，我过往的体验是不退缩，不趴下，一步一步走过来，行将走到人生的尽头。

人生根蒂

2015 年 11 月 20 日 22:13

“人生无根蒂，飘如陌上尘。”（陶渊明诗）根蒂本属植物所有，其根植于土地，其蒂长在果实。人生的所谓“根蒂”呢？我们把“根”扎在生活的深处，把“蒂”附于事业的成果。谁若没有这样的“根蒂”，虚度年华，怎不恍若陌上浮尘？

人生经验

2015 年 11 月 22 日 17:12

有人说，人最好生下来就是中年。还有人说，假如从 80 岁倒过来活，半数会成为伟人。说这些不可能的话，意在强调人生经验的重要。祖国的孩子们，怎样成人成才？我想，每个识字、懂事的青少年，不妨观察、了解老人从青年到中年以至老年的经历，从而吸取有益的人生经验。

品味人生

2015 年 11 月 19 日 22:54

茶有茶味，酒有酒味，谁说喝茶不知茶味，饮酒不知酒味？一笑罢了。不过，谁会活了大半辈子，却不识人生滋味，那就值得考虑了。认真说来，作为一个清醒的人，都应从日常生活中体验人生，品味人生，从而探索人生的真谛，活出人生的意义，这也正是享受人生的过程。

人生口号

2013 年 12 月 8 日 09:35

司马光登山，择“实地”，且“徐行”。我于初读时眉批：“足踏实地，徐行不止！”昨晚翻书，将其写进“村语”。事后，躺在床上又想，我从司马文正公登山引出的口号，不也是读书的口号？对，也是做事的口号，还是人生路上的口号。

解题

2013 年 10 月 18 日 17:27

林语堂做过几道人生算术题，其一：“现实 + 梦想 = 痛苦。”现实有点硬，梦想有点软，以软触硬，难免有几分苦涩。我想，有梦而不痴迷，现实而不撞墙，可以避免或缓解痛苦。其二：“现实 + 梦想 + 幽默 = 智慧。”我想，面对现实，追求梦想，且能幽默几许看人生，算得上人生的智者。

无故事

2013 年 10 月 25 日 08:27

时下流行语：谁谁“都是有故事的人”。人们都爱听故事，谁若成了故事人物，或有几分沾沾自喜？那得看故事的品位。“故事”一旦歪斜颠倒，即成“事故”。人间故事有点新闻性。联想世界上有些地方，少有重大“新闻”，一年到头，平安无事。我想，做个平平常常的好人，一生平安，岂不也好吗？

小草的韵味

2013 年 10 月 28 日 07:37

在 20 世纪 80 年代，这歌很流行：“没有花香，没有树高，我是一棵无人知道的小草。从不寂寞，从不烦恼，你看我的伙伴遍及天涯海角。春风啊春风你把我吹绿，阳光啊阳光你把我照耀。河流啊山川你哺育了我，大地呀母亲把我紧紧拥抱。”这歌很自我，我听过歌者或自爱、或自信、或自豪、或自慰，都从容、平和。

潜能

2013 年 11 月 2 日 08:27

乘坐吉普车奔驰在戈壁油田。克拉玛依的技术人员告诉我，五十年代开凿的老井，采油几近枯竭。今天，我们去看一眼新钻的深井。当我登上井台，阀门开启，一股乌亮的原油，以迅猛的冲力，奔涌而出，令我震撼！人有潜能，老有余力，我们怎样对自己深层掘进呢？

有理想的现实主义

2013 年 11 月 14 日 07:50

听说过某人是“理想主义者”，某人自称“现实主义者”，总有一种看人“单腿独立”的感觉。昨日喜闻：“我愿做一名怀揣理想的现实主义者，把理想的种子播在现实的土壤。”不回避，不扭捏，多么庄严的人格宣示。这是一位“70 后”。我熟知其人，见她从电视、纸媒到文化产业，一路走来，读书而不唯书，营利而不唯利，“自我”而不孤僻，向来有操守、干实事、能担当，好一名忙碌得认真、细致的工作者。有些人害怕批评，又受不了表扬，而她在业内连获好评，仍在自然而然地恪守其有理想的现实主义。

逃不脱的

2015 年 10 月 12 日 17:10

老同学发来小视频：在阳光照耀的地面，有个蹒跚学步的孩子。他似乎第一次发现自己的身影，疑惑，惊恐，吓哭了！他转体，侧目，想要甩脱影子，影子却紧追不舍。他望着影子往后退，绊倒在地。孩子可笑吗？我们在家庭，在职场，在别人的眼里，有多少逃不脱的“影子”！自己坐稳走正就是了。

定义生活

2011 年 12 月 7 日 09:14

谁能为生活定义？众说纷纭：有人说是一所学校，有人说是海洋，有人说是没有尽头的长梯，有人说是一列没有终点的长途车，当你登上车去，很难说将遇着怎样的旅伴。还有人说，生活是一部文集，杂糅着真理与谬误、美德与瑕疵。谁能将生活澄清于日常思维之中呢？

认识生活

2012 年 11 月 12 日 09:43

早先，湖南电视台有个“生活”频道，我为编导们搜罗哲人、诗人对生活的比喻，略抄举例：生活是人类的辞典。生活是一所学校。生活是一个竞技场。生活是英明的审判官。生活是首交响乐。生活是一支箭。生活是高高的梯子。生活是海洋。我们可以借用这些比喻诠释生活，认识生活。

生活空间

2015 年 11 月 25 日 21:51

处于纷扰之场，难以冷静思考；处于枯寂之地，不易激发热情。所以，我们最好能选择或营造这样的生活空间：热烈而不纷扰，冷静而不枯寂。即使没有这样的条件，至少要有调节或规避的余地，这也算是一种生存智慧。

生活常识

2011 年 11 月 26 日 09:31

1890 年 2 月 24 日午夜，托尔斯泰在日记中写道："有各种各样的知识，最重要、最可信的一种是关于应该如何生活的知识。"试看，不同的"生活"造就不同品格的人，又呈现不同品位的生活。关于生活的知识，远不止于某些时尚杂志中的美食、装修、衣着，以及生老病死之类的常识，我看，最重要的是关于生活理念、生活方式以及生活情趣的知识。因为人人都生活在这些道理之中，只有自觉或盲目、正面或负面之分。可以想见，从这些最重要的知识起步，抬脚就踏进现实。将生活哲理融入物质生活、情感生活，就会营造出美丽的精神家园，活出生活的真意味。

生活情绪

2015 年 12 月 8 日 10:49

春夏秋冬，阴晴雨雾，有些人的心境像天气，时不时"闹情绪"。反之，有的人热情高，劲头足，绝少怨言、牢骚，成天乐呵呵的。情绪关乎生活与工作，想要稳定情绪，先得有修养，会分析，能排遣，善调适。喜欢凤凰台的天气预报，报了天气就说：

“祝你天天都有好心情！”

生活态度 2015年12月5日22:30

生活不是游戏，不能游戏生活。有的人混到本该成家立业的年纪，还把生活当儿戏，除了游戏过后转瞬即逝的欢愉，除了游戏过度留下的疲乏，除了无法游戏时的空虚无聊，还有什么呢？这是生活态度问题，这种态度如不及时转变，试想将落到怎样的人生？

生活习惯 2015年12月7日21:37

人这一辈子，往往是前半辈子在生活中养成习惯，后半辈子按习惯生活。所以，我们要趁早养成良好习惯，及时矫正不良习惯。种种习惯，往往是在不经意中形成的。我们在日常生活中，应该随时检点，不要放任自流。为着养成良好习惯，哪怕开头有些不习惯，久而久之便会习惯成自然了。

生活常态 2015年11月24日22:28

有些人，长年过着寻常而忙碌的日子。其实，寻常意味着顺利，忙碌意味着充实。这顺利而充实的日子，谁能拒绝？在寻常的生活中，总有些值得体味的东西。一个忠实于生活的人，应该是一个善于体味生活的人。

理智生活　　2015 年 11 月 25 日 21:55

一个成熟的人，头脑比较清醒，情绪比较稳定，能够理智地生活和工作，而不任凭情绪支配，随情绪波动而忽冷忽热。单凭情绪生活的人，情绪好时没准头，情绪糟时生活更会一团糟。凭理智生活的人，情绪好时不会随心所欲，情绪或有不定，也能及时调整。

履历　　2014 年 6 月 27 日 08:03

个人档案里，记载着自己的履历。“履”字有多义：是鞋，是踩，是脚步，是践行。我在退休后，重读《古诗十九首》：“行行重行行。”这个励志口号，激励我继续前行。20 年来，走出档案之外的“履历”，延伸了人生阅历。人在黄昏，不知前路几许，即使哪天走不动了，或许，心还在路上。

悟　　2013 年 1 月 27 日 08:48

佛教禅宗讲“悟”：北宗讲渐悟，南宗讲顿悟。我就此思考：渐悟是长夜天明，顿悟是暗室顿开。渐悟是细水长流，顿悟是开闸放水。从哲学上讲，渐悟，是日积月累的渐变；顿悟，是茅塞顿开的突变。渐悟，是山重水复的过程；顿悟，是柳暗花明的光景。总之，前者是刚毅不拔的坚守，后者是豁然开朗的境界。

生活禅　　2013 年 1 月 8 日 19:38

有人问慧海禅师，还用功修道吗？禅师答：“饥来吃饭，困来睡觉。”人人吃饭、睡觉，此中有何讲究呢？禅师说，有些人吃饭时不能安心吃饭，睡觉时不能静心睡觉，总有事务、思虑在心头。当今我们不像古寺老僧那样过日子，但禅师的生活哲学和养生方式，是否可供借鉴？

难也不难 2014年1月21日09:51

偶闻：“生”不难，“活”不难，“生活”才难。这话意味深长。我曾给电视台“生活频道”讲《生活》：关于生活理念、生活方式、生活态度、生活情趣……还给大学毕业生做过《走向生活》的演讲。而今删繁就简，生活，其实也简单：心平气和，顺其自然，安居乐业，难也不难。

老少 2014年1月2日11:05

早自20世纪80年代以来，湖南有两本刊物：《年轻人》和《老年人》。年轻人可能不读《老年人》，我也多年没读《年轻人》。老年人的岁月，是一块已经收割的田土；年轻人的未来，是一片行将开发的处女地。梁启超说：“老年人如字典，少年人如戏文。”我借此说建议：年轻人不妨查查字典，老年人也可哼哼戏文。

三张照片 2016年1月21日21:11

阅读一本人物访谈录，细看有位受访者的三张照片：一张仰面，一张俯首，一张回眸。其神情或遐想，或凝重，或微笑。她是一位文学博士，写书，教书，还演剧。从她的三张照片，联想人生的三种姿态：有时仰望天宇的高深，有时俯视大地的厚道，还得一路回望自己的足迹。

三代人的笑　　2016年2月27日09:34

刚才，仔细欣赏三组照片，每组20张笑脸，分别为儿童的、青年的和老人的笑容。一般说来，儿童笑得天真，青年笑得灿烂，老年人的笑，也有天真的、灿烂的，但因各自的经历、资质不同，笑容似有深意，比较复杂：有的安然、淡然、怡然、释然；也有于沧桑中暗含嘲讪、狡黠的，年轻人不易读懂。

树与人　　2012年8月6日16:07

连下数百级台阶，就为去看那三棵树。1974年春，我们带着松上庐山，那天，我们从牯岭走到含鄱口，印象最深的是，在步行十余公里后，松走在我们前头，朝“三宝树”奔去……转眼38年过去！今日旧地重游，对比树与人：树不显老，我们老了！树不见长，孩子长了！

人生若树　　2014年11月15日09:02

砍伐一株树，去其根部、枝叶，再去树皮，可用木材就打折扣了。人的一生也类似，掐算几个数据：我于1960年参加工作，到1999发文退休，恰好40年。如果往“有志于学”推前十年，再按“老而思学”延后十年，也就一甲子。要说“我这一辈子”，学习与工作的有效时间才多少？“这一辈子”打了多少折扣？

管理时间

2014 年 1 月 27 日 11:41

空间无边无际，时间无始无终。时间无限无痕，但可以计量。从生到殁，是个人的生存时间。人的一生，有学习时间、工作时间、睡眠时间、休闲时间，还难以避免种种“损耗”时间。时间不能储蓄，不能借贷。在有时间观念的人眼中，时间是看得见的。要学会做时间的管理者。自己的时间，并非全由自己支配。如何自主有效地利用时间，最能体现一个人对时间的珍惜和管理。

闹钟响了

2014 年 8 月 3 日 09:06

朋友聊天，聊到“闹钟与起床”。一位说：“有事装在心里，睡不到闹钟响时就醒了。”一位说：“我是闹钟闹过也不醒。”还有一位说：“往往，我被闹醒又睡着了。”另有一位说：“有次闹钟把我闹火了，我差点儿砸了它！”闹钟这样的器物，是发明者根据需要制作的。如何处理人与物的关系，关键在于人。

盘点时间

2014 年 2 月 28 日 11:52

马年伊始，人们在传唱，在采访，在自问：“时间都去哪儿了？”我按“时间”的哲学定义，审视自己以往的“存在方式”，看自己持续、有序的运动、变化。各人的时间都去哪儿了？要看自己的工作业绩、生活状态，看自己“八小时以外”的亲情、友情与爱好。盘点时间，有助于管理时间，提高单位时间的效率。

看得见的时间

2012 年 12 月 29 日 08:17

时间是可以看得见的。信吗？孔夫子站在沂水岸边说："逝者如斯夫！"我们可以看日影的移动，看种子从发芽到开花、结果……最要紧的是看自己，看身边人与人的比较：珍惜光阴，善于安排时间、利用时间的人，学习效果、工作效率就高，就有时间阅读和健身，就从时间上具备了成功的条件。

元旦与春节

2012 年 1 月 1 日 08:43

在我国，因公历与农历之分，农历把"元旦"这个雅号让给公历，而农历过年叫"春节"。于是，元旦是国际的，春节是本土的；元旦是政治的，春节是文化的；元旦是思想的，春节是生活的；元旦是庄严的，春节是快乐的；元旦是成人的，春节是全员的。因此，过法、氛围、话题不同。

滥则贬

2012 年 6 月 11 日 06:55

如果钞票印得太多，货币就贬值了。如果滥发文凭，学历就贬值了；滥发奖状，荣誉就贬值了；"论文"过滥，学术就贬值了；报刊过滥，文化就变味了；广告太滥，其信誉度就没了……最近几十天，许多地方连续暴雨，洪水就泛滥了！夜闻雨声，忧心忡忡，因泛滥想到"滥则贬"。

磨

2012 年 8 月 2 日 17:10

生活，好比一台石磨，过日子有时就像推磨子。生活能够磨出些什么，取决于投入些什么。比方说，观察自然，接触社会，阅读书籍，体验情感，一一投入生活的磨盘，就能磨出人生的滋味，磨成人所必需的精神营养。无所事事的日子，好比推空磨，耗费了光阴，消磨了意志，那样的人生还有什么价值？

熬

2012 年 8 月 3 日 07:08

长沙有家餐馆叫“熬吧”，厅堂里一个大大的“熬”字，似觉微妙，值得深思细想。熬的讲究，岂止在烹饪？熬，是一种哲学，凡事都有一个熬的过程。熬，是一种内功，“熬吧”，可别心浮气躁。熬，是一种坚持，“熬吧”，切莫急功近利。只要水没干，火没熄，“熬吧！”就连我这三言两语，也从黑早熬到天亮。

冷水泡茶

2012 年 11 月 9 日 17:18

那年四月游杭州，见到路边正在炒新茶，购得一撮投入“娃哈哈”瓶里。制茶师傅不解。我说：“冷水泡茶慢慢浓。”这是湘西民歌的锦句，包含日常生活的哲理。确实，那天走在“九溪十八涧”，我一路喝着“矿泉龙井茶”。

摸象的教训

2011 年 12 月 25 日 10:13

古有“瞎子摸象”的寓言，用以说明片面性的可笑。我想，现场难道没有一个非盲人，为什么不提醒盲人换位去摸摸？盲人之间难道毫无交流而各持己见？生活中，我们也可能探索陌生事物，还是多摸几个角度，多听几种意见为好。

接着摸

2013 年 10 月 8 日 18:18

某人伸手从一布袋取物，取出一个红色玻璃球，连续五次都同样，就说袋里装着“红色玻璃球”。接着摸，摸出一个白色玻璃球，改口：袋里装着“玻璃球”。接着摸，摸出一个木质球，又改口：袋里装着一些“球”。华罗庚用这个比喻说明人的认识过程。好吧，从宇宙到人生，还有多少未为人知的事物，让我们一代一代地摸下去！

追求意义

2012 年 1 月 21 日 08:58

凡事追求意义。阅读，想读有益的书刊。出游，想游可心的景观。听乐赏画，要有美感、有意思。交友，想交正派且具情趣的挚友。聊天，想聊博闻益智、提神醒脑的话题。饮食睡眠看需要，时间精力不枉费。无所谓功利，只想过有意义的生活。事能如愿吗？还得看各人的耐心和毅力。

探究无穷

2014 年 6 月 13 日 06:13

探究，是人的一种需求和本能。婴儿从一睁开眼睛起，就在探究周边的事物。孩子从入学之日起，就在激发和培养探究的兴趣。从基础教育到高等教育，翻开一本本教材，无不包含前人对自然与社会的探究。追忆学习与探究的过程，感念人类文明，薪火相传！

完善自我

2012 年 6 月 27 日 05:53

布瑞南说：“每个人都改变着自己，也被别人所改变。”是的，每个人的一生，都处于不断的改变之中，好比修改一篇文章，雕琢一件玉器。改变的意图或动力，来自本人和他人，改变趋向多种多样。我们必须牢牢把握的，一是怎样完善自我，二是怎样识别而后接受或规避他人的改变。

气场

2012年12月24日07:58

人人都有自己的气场，但有正负强弱之别。怎样理解“气场”？想想汉语中的：气概、气势、气宇、气魄、气质、气韵。怎样营造并强化自己的气场？美国心理学家皮克·菲尔提出五点：微笑、风度、经验、勇气、技巧。从人们的表现来看，我认为，个人的影响力与亲和力，既是气场的特征，又是气场的能量。

充实为美

2015年11月27日17:35

美好的生活，应当是一种充实的生活。人们从年轻时候起，就要保持积极进取的劲头，把日程表安排得细密些，除了工作和家务，还有阅读、健身之类。充实，意味着用功和长进，空虚则造成彷徨和苦闷。充实的生活让人幸福美满，空虚的岁月将一事无成。

坚忍

2015年12月17日19:11

在艰难困苦中，以坚韧不拔的意志，刻苦顽强，绝不退却，是一种高尚品质。是的，当任务艰难而欲罢不能时，要坚忍；当旁人清闲优裕，而自己工作繁重、生活清苦时，要坚忍；被人散布流言蜚语而未能澄清时，要坚忍。道德上的坚忍，成就人格的纯洁。

眼底胸中

2015 年 2 月 17 日 06:41

游罢归来，读后掩书，眼底胸中将如何？喜读曾文正公赠联：“欹枕旧游来眼底，掩书余味在胸中。”现在，许多人喜爱旅游，也乐于阅读，眼底胸中多少有些留存。如果，在旅游中多多发现，在阅读时好好思考，过后定有奇山秀水浮现于眼底，更有诗情文思荡漾于胸中，因之厚实了文化底蕴。

阅历

2015 年 1 月 27 日 09:17

阅——阅人、阅世、阅读诗文和山水。历——历时、历事、历经辛劳与沧桑。亲自听过、见过、做过的，都可以成为自己的经历、体验和知识。本人幼时懵懂，中年忙碌，老来从回忆与思索中略有所悟，品味生命酿的陈年老酒。

阅历与体验

2012 年 4 月 8 日 16:20

有人说，旅游就是从自己住腻了的地方到别人住腻了的地方去。我听了一笑。这种俏皮话只具调侃意味。我在岳麓与湘水间“诗意地栖居”，不曾住腻，但很想到别处旅游。我想，别处的人们也有自己的家园感，而旅游只是到外面的世界走一走，看一看。我说，旅游是一种阅历，一种体验。

阅人

2012 年 11 月 7 日 10:57

每个人都是一本“书”，人与人可以相互阅读。最好是默读，要善于解读，防止误读。

自己与别人

2012 年 12 月 26 日 11:17

民间流传这么四句话：把自己当成自己；把自己当成别人；把别人当成别人；把别人当成自己。这四句话，可以教孩子，可以考学生，可以和中年人交流，可以向老年人请教。怎样善待自己又关爱别人，处理好人我关系，的确是必须知行合一的人生哲学。

聪明与懵懂

2012 年 6 月 8 日 11:27

明代冯梦龙在《警世通言》中写道：“宁可懵懂而聪明，不可聪明而懵懂。”此话怎讲？我的理解是，懵懂之人变得聪明起来，或者有时忽显聪明，总之是进步，是好事。相反，有的聪明人挖空心思，打小算盘，钻牛角尖，聪明反被聪明误，这就是人们常说的“聪明一世，糊涂一时”。

良心与诚意

2015 年 12 月 14 日 23:09

人，在水面或镜中可以见形，在月下或灯下可以见影，何以见其良心与诚意？从言语的真诚可见，从行为的效果可见，从群众的反映可见，并终将从身后的公论可见。

立信安民

2013 年 2 月 19 日 08:20

昨天听广播，讲信任危机，讲公信力问题。我查阅自己的日记：1955 年 4 月 27 日，晚自习做完功课，半夜写了一首 48 行的《青春之歌》，有一行是：“让人与人彼此信任。”怀抱一生的良好愿望，老来感时伤世，不禁痛心疾首！我们该如何从危机中立信安民？从社会到个人，都该齐心奋力了！

自视与视人

2014 年 4 月 17 日 09:36

曾读一则联语：“处草野之日，不可将此身看得小；居廊庙之日，不可将此身看得大。”这话告诫人们，不要因地位一变，就自我膨胀。也可试作换位思考，草野之人，莫把廊庙之人看大了；廊庙之人，莫把草野之人看小了。总之，无论何人处于何种境况，既要自尊，也要尊人，总以不卑不亢为宜。

方向与方法

2015 年 12 月 14 日 23:15

人们的热情与干劲固然可贵，同时还要看觉悟与能力，才有正确的方向和适当的方法。否则，他热情愈高，干劲愈大，其后果可能愈糟。好比一辆汽车，被加大油门，开足马力，而方向盘却操于醉驾司机之手，多么危险！

谈心

2013 年 10 月 24 日 09:24

从中学到大学，结交一群谈心朋友，真诚，上进，相伴成长。踏入社会后，在多种工作中，谈心成为一种工作方式。活到“知天命”，进而“达人心”，多了些亲和，理解，恳切。退思书房，闻古人诗云：“无限心中不平事，一宵清话又成空。”我相信，知心交心的清话，确能化解心中块垒。

形象

2011 年 11 月 27 日 05:41

作家，用笔墨刻画人物。人们每天清早一醒来，就在以自己的念头、情绪、话语和态度自我塑造。前者须体验生活，精心描写；后者本真如此，随意为之，并无“发表”意愿，却远比前者来得逼真、传神。这种反映与被反映的关系，正是文学与生活的关系，只是前者更集中、更典型、更突显，且具可读性。

交流思想

2014 年 1 月 12 日 10:01

“你有一个苹果，我有一个苹果，相互交流了，各人还是只有一个苹果。你有一个思想，我有一个思想，通过交流，各自有了两个思想。”初听这个说法，感觉很新鲜。记得改革开放初期，我和国内若干大学的同行，思想有交流，还有“碰撞”，至今印象深刻：同有思想的人交流思想，幸莫大焉。

三道筛

2013 年 10 月 6 日 20:09

有位少年急于告诉长者一个消息。长者问，你用过三道筛吗？少年不知何谓“三道筛”。长者说：一是“真实”，二是“善意”，三是“重要”。少年想说的消息经不起三道筛。长者说：那就别说了吧。我们平生说过多少话，听过多少话！我该学学这长者之风，纯净话语空间。

交谈

2012 年 9 月 28 日 19:42

“聊天可以聊到天上，谈心不一定能谈到心里。”这句俏皮话，说的是人际交往现象，与聊天和谈心的词义并无多大关系。通常，聊天的话题比较广泛，气氛比较活泼；谈心的内容比较严肃，气氛比较亲切。近日我与两位长者随意交谈，既亲切又活泼，从“心里”到“天上”，收放自如，彼此都很开心。

话局

2012年10月16日17:06

聊天如行云流水，海阔天空。茶余饭后，三五好友的聚谈，好比无主题变奏。您注意到了吗？时常有人把“云”牵过来，把“水”引过去，好比行云流水，优游于海天之间。他，就是话题切换者，总有机锋迭出，妙语连珠，激活满场谈兴。我有时悄然退出话语漩涡，留意话题操控者的特质及其切换技巧，蛮有意思。

影响

2012年5月21日15:55

偶尔读到一句格言：“过好你的生活，用你的人生轨迹而非话语去影响别人。”给人以影响的，有行动，也有话语，否则还写这种格言做什么？过好自己的生活，是否为了影响别人，能否影响别人，那得看“你”是什么人，可能影响哪些人？我从循轨而行变成无轨漫游，不为施加影响。知我者，二三子。

忖量

2012年5月12日17:33

偶遇某种热闹场合，当我不想掺和的时候，觉得说话多了费精神，说得愈多，废话也愈多。可是，一旦卷入某个话局，竟不觉耗费精神，也未计量废话之比重。看来，只有独守书房的时候，或与人倾心交谈、随意聊天的时候，才不致犯清高或混沌，才如此清醒，如此率真，如此泰然自若，任情适性。

为人之道

2014年1月20日17:01

不知何时由何人所撰：“自爱的人，易处；自傲的人，难交；自谦的人，可亲；自是的人，宜疏。”作为察人交友的社会经验，此说或许不无道理。就此，我有两点解读：一是，过于自傲自是的人，可以从他人的态度得到提醒。二是，与人相处不要过于计较，还是宽容大度、与人为善好。

道德知识

2012 年 3 月 4 日 16:54

封面上印有爱因斯坦素描像和他的签名，一本薄薄的小书——《爱因斯坦谈人生》，32 开，103 页，0.46 元。我于 1985 年初读，枫在高中时读过，留有稚拙的眉批。重温：“智慧并不产生于学历，而是来自对于知识的终生不懈的追求。”单调乏味的“专业化”，“把事物的诗意都破坏了”。“人类最重要的努力，莫过于在我们的行动中力求维护道德准则。我们的内心平衡甚至我们的生存本身全都有赖于此。只有按道德行事，才能赋予生活以美和尊严。教育的首要任务可能就是把道德变成一种动力。”

事情

2012 年 9 月 25 日 23:39

何谓“事情”？包括人类生活中的一切活动和所遇到的一切社会现象。“你在做什么事情？”“这个事情怎么办？”世上多少忙人，每天忙着多少事，未免稀释了“事情”二字的意味。许多事情，待到忙过了，终成正果了，才觉得其意味无穷。抚今追昔，此中多少实事真情！

学会做事

2012 年 10 月 22 日 17:02

刘海粟“画语”说得好：“画始于造形，难于取神，归根结底，还是画人格、画修养。”我居画坛之外，能够听点形似、神似，已属不易，至于画人格、画修养，就到了云里雾里！回到地上，我想仿制一句：我们学习做事，始于常识，难于见识，成于人格、修养。不知天下同仁以为然否？

躬行 2012年10月26日23:06

自小长在湘江岸边，看船工划桨、撑篙，一桨一篙躬一回腰身。看纤夫拉纤，一路都弓着身子往前扑。后来，我在沅江的滩头也体验过拉纤的活计。年深月久，从这些印象和体验中得出感悟，懂得了古人所言："绝知此事要躬行"。在生活中，在事业上，保持"躬行"的心态与姿态。

用事实说话 2011年12月25日09:44

从家庭小事到世界大事，有各种各样的事情，有各种各样的说法。事实只有一个，说法可能多种。说法可以不同，事实不能更改。我赞成"用事实说话"，这是说话的前提和根据，尤其是掌握"话语权"的人们，首先得弄清事实，忠实于事实。

慢慢细细 2014年2月24日09:27

按民间传统礼节，在送别时，送行者总会道一声"慢走"。在就餐时，先退席者对没吃完的总会说一声"慢吃"。想想这"慢"字中有何讲究？记得幼时扫地、习字时，长辈时常在一旁叮咛："慢慢细细！"将"慢"字和"细"字连在一起，更显用心之道。现在，有些人操之过急，有些事节奏过快，就个人而言，是否还能尝尝"慢生活"的味道？

有所作为

2015年11月27日17:26

每一个健康的人，总得量力而为，从事点什么。无所事事的生活，好比推空磨：磨掉了时间和精力，磨去了热情和勇气，磨去了智慧和能力。那样的生活有什么意义？改变这种状态也简单，就是从任何一件有意义的小事做起。

扬场

2014年11月14日06:59

生活好比“抛物线”。想起北方农村的“扬场”：收割的麦子、高粱、豆类，运到场上，经过晾晒、脱粒，就该扬场了。这时，你手持木锨，侧身而立，铲起一锨一锨粮豆，抛向空中，叫粮豆中混杂的尘土、草屑随风飘去，干干净净的粮豆在跟前聚集成堆。据此，我们可以从思想上“扬场”，把握生活中的抛物线，扬弃虚荣杂念！

方圆

2015年1月21日09:52

乡里，老家，堂屋中间摆一张饭桌。我的记事，大概就是从“上桌”跟大人一起吃饭开始吧？平日，我家三代六口，坐在方桌的四边吃饭。逢年过节，或是来了客人，撑开四边的半圆形桌面，就成了一张圆桌。所谓“中规中矩”“一团和气”，以及“外圆内方”的人生哲学，莫不就在吃饭长个时长了心眼儿？

齐刷刷的绿篱

2015年12月12日18:45

凡是生长的群体，都不会长得整齐划一。校园的绿篱，当年被修剪得齐刷刷的，来年春天又有枝叶冒尖，又费人工修剪。我认定，学生不是绿篱，不能要求整齐划一。对于某些人的特长、优势，应该允许“冒尖”，切不可横加修剪。那样，只会把英才压抑成平庸。

人亦若器

2015年12月16日 17:29

陶瓷或玻璃器皿，有各式各样的形状。我设想，最好是底部不小，中部较大，口子稍稍收拢。用这样的器皿装水装酒，放得稳，装得多，不易淌，又好倒。人亦若器，好的人才，能够稳得住，有内涵，施展才能而不炫耀才华。可惜，有的人，根基不稳，本事不大，还淌得很。

凸镜

2014年11月24日 22:07

听导游自白：“本人没什么优点，也没什么缺点。没优点就是我的缺点，没缺点就是我的优点。”这种俏皮的废话，等于没说。来到酒店，进了洗漱间，发现双面镜：一面是平镜，一面是凸镜。在这凸镜面前，多少人自赏过姣好的面容，而我却被自己吓得可怕。客观地说，谁的优点缺点都别放大了。

井与溪

2014年12月4日 18:21

古井深沉，失之于狭；小溪活泼，失之于浅。我们怎样学到两者之长，避免两者之短呢？好让思想与文章既深且活。

平视树梢

2014年8月2日06:00

1988年，我家搬进景德村的六楼宿舍。楼前有株枫树，长到五楼了。年长月久，它在我眼下日渐长高。我在自家阳台，已然平视树梢了。不像以前，站在大树脚下，抬头仰望还未必看得清梢头的情形。哦，树梢也不过寻常发芽长叶，树叶也生虫，梢头更招风。却原来，高枝也有高枝恼。

雨景

2014年3月7日10:34

春雨潇潇，雨天读书好安逸。刚才，我从书桌来到窗前，透过雨帘，欣赏雨中的湖景。我从俯角看去，不见伞下的游人，但见一把把游动的雨伞。雨中游湖的人们，兴致不错呀，或朝柳梢指点嫩芽，或从岸边寻觅青草……在我看来，他们撑着的雨伞，就是春雨浇开的花朵，多么绚丽、多么滋润的花朵！

赏牡丹

2012年12月30日08:08

四月到洛阳，走进牡丹园，望见满园青红紫白，惊艳！连忙端着相机忙不迭地拍照：瞄着一朵特大的，照！见到一组花形、色泽组合极佳的，照！匆忙中，发现当地的赏花、绘画人，以守望的神情面对牡丹，支个画框或捧着写生本，静静地、慢慢地观察，描摹……想想，谁更钟情、更谙熟牡丹？

船上何人

2014年1月12日10:45

周边，寒风冷雨。窗外，天色阴沉。湖上一片寂然索然。我发现，远处有条小船，那是湖上唯一的游船。租船码头在西岸，小船已划过堤上的拱桥，绕过湖心的“春夏秋冬”四岛。时近黄昏，谁有这般兴致？我说，船上坐的不是诗人就是哲人。老伴说，是一对恋人。哦！这是一段美丽的航程，一回难忘的体验。祝福他俩向着幸福的人生远航！

听寂

2013 年 1 月 11 日 20:53

子午时分，山林岑寂。耳朵没听到什么，心里却“听”到些声息。很多年前想写《听寂》。后来，知道易卜生的剧本里有句台词：“玛亚，你听到了寂静吗？”刘再复作静夜思，代为作答：“我听见了群山孤岭的寂静，听见了星河银汉的寂静。”哦！庄子说“大音希声”，这种“大音”得用心来听。

琴诉

2013 年 8 月 9 日 06:16

大山深处，小溪淌水。水边有棵古松，松下端坐一位百岁老人在弹琴。他时而仰望云端，时而俯视流水，琴声恰似行云流水，如歌如吟，如泣如诉，隐隐约约地，仿佛诉说百年人生……我想请位琴师为他记谱，一转身，醒了！卧听窗外风吟漠唱，鸡鸣不已。

睡与醒

2012 年 6 月 9 日 17:46

古有“白云先生”，安卧华山之巅。有人问其睡觉之道，白云先生答：“凡人之睡也，先睡目，后睡心；吾之睡也，先睡心，后睡目。凡人之醒也，先醒心，后醒目；吾之醒也，先醒目，后醒心。”（抄自《全唐文 · 睡答》）人间多少为睡眠苦恼者，记好：

先得哄着心儿睡，心宁则神静，神静则安卧无忧矣。

马踏飞燕

2014 年 6 月 20 日 10:26

1969 年在甘肃武威出土的这件国宝，我于 1972 年见过原物。刚又对着照片仔细欣赏：这匹两千年前的“标准马”，昂首嘶鸣，举足腾越，剽悍的身躯落在一只轻盈的飞燕上……惊异这力学原理之奇巧、这艺术思维之浪漫！如今，以“马踏飞燕”作为中国旅游的标志，令人遐想无限！

翅

2013 年 10 月 14 日 17:48

羡慕鸟类，羡慕它们有翅膀：看海鸥飞翔在海洋的波涛之上；看春燕“飞入寻常百姓家”；看天鹅、大雁飞越万里关山，翅下无国界，无洲际；看那些虽无鸿鹄之志的家雀、山鸡，自由自在地盘旋于檐下、林间，从不碰撞什么，没有“空难”。人类无翅而有梦，能让思想自由飞翔，所以时有腾飞之举。

足

2013 年 10 月 14 日 18:30

鸟类不但有翅，而且有爪。看雀儿们在阶前，在草丛蹦蹦跳跳地觅食；看飞鸿落在湖畔，“泥上偶然留指爪”；看鹰隼凭着刚劲的脚爪立在岩头，居高望远。我尤其爱看鸟类落在雪野的爪迹，那是它们欣然造访的签名。鸟类的优势在翅，以足为辅。人类的优势在手足，而妙在心中有“翼”，奋飞寰宇。

足与翅

2013 年 10 月 14 日 18:45

雨果希望诗人有一双翅膀，能够飞向远方，然后飞回来，并且一定得飞回来！雨果说得有趣："天才，把你的脚伸过来，让我瞧瞧你的脚上有没有大地的泥尘？"其实，何止诗人应有翅，从孩子到老人，都有梦想的双翼，翱翔于生活的海洋。当然，我们一定得立足于大地，前行去远方！

鸦鹊对话

2014 年 8 月 1 日 18:33

有一天，乌鸦和喜鹊在枝头闲聊。鸦问："人比鸟聪明吗？"鹊说："或许吧？至少他们自以为聪明。"鸦问："中国人懂得外国语，可也懂得鸟语？"鹊说："他们以为'近山识鸟音'。"鸦说："人们叫你'喜鹊'，你真的成天报喜吗？"鹊说："我何曾报喜，你又何曾报凶？有的人惯于报喜不报忧。"

四、桑榆下的清欢

山居的清欢

2012 年 9 月 20 日 15:30

清早，金红的旭日从林梢升起，没有耀眼的光芒，可以正视。此刻，斑鸠“咕咕”，竹鸡“呱呱”。它们是本山的土著，用方言拉家常。一阵轻风送来桂花香，好像被桂花熏醉了。平时，大自然送来好看的景象、好听的声音、好闻的花香，像这样美妙的时刻，我们还得多多留神。

夜游

2012 年 10 月 28 日 08:45

今夜潇湘月，千古潭州情。我由北门进山，来到麓山古“赫曦台”旧址，想邀屈原、贾谊、杜甫、韩愈、刘禹锡、释齐巳、谭用之、米芾、朱熹、辛弃疾一行，陪他们夜游，欣赏焰火辉映下的山水洲城。

采集

2012 年 9 月 20 日 16:08

下楼，上山。我俩走惯了密林深处的小路，有时多久碰不见一个游人，就像穿过“自家的”山林。这些年，我们不采映山红、栀子花，而酸枣但拾无妨。今天，她带了小兜，正在山坡上拾酸枣，踩得落叶嚓嚓响。我备了纸笔，坐在林中的岩坡，延伸着清早的思路，采集思想：怎么养心，保持轻松愉悦的心情？怎样澄心清意，过自己有意味的生活？

爱晚亭

2012 年 10 月 21 日 08:55

重阳临近，林梢一弯新月。我和晓清穿过桐荫别径，摸黑来到爱晚亭。早在半个多世纪以前，我俩已是此山“夜游神”。夜游喜幽静，又去青枫峡。峡中，石涧缝隙的流泉，秋草丛中的蟋蟀，在瑟瑟秋风中，演奏千秋夜曲。放鹤亭中，传来悠扬的箫声，算是为天籁的伴奏吧？今晚秋凉如水，回想两个月前的如琴湖畔、月照松林，哦，庐山夏夜的清凉，岳麓秋夜的温润，同样宜人。

履红

2012 年 11 月 26 日 20:36.

风雨暂歇，阳光照进书窗。晓清说，上山看红叶去！我想，家住枫林，从阳台、从西窗，不是随时都可以看红叶吗？今天该是游山吧！漫游在铺满红叶的山径，我说是“履红”。晓清蹲下身去，细数落叶的正面背面，看哪种朝上的多。她还仰望枫林，赞道：“多美呀！阳光照红叶，背景是白云！”

春花

2015 年 3 月 17 日 17:30

“迎春花”，意味着迎来了春风春雨春光，迎来了百花齐放！昨日春阴，我俩在湖畔，在山坡，赏花拍照。拍摄：迎春、玉兰、海棠、樱花、桃花……花有各自的花期。春花繁盛，有的已落红成泥，有些正含苞待放。一年四季，眼前有百花的鲜艳与芬芳，好比生活中总有笑容和诗意。

春夜

2012年4月1日22:22

明月，清风，溪声，夜色中浸润着浓浓的春意。我和老伴踏着花木的倩影，穿过池上的曲桥、山前的长廊，登上跨越溪涧的拱桥。照例，我在桥上做些健身动作，朝向山林深呼吸。探出头去，惊异地发现，映在桥下的月亮，被溪水搅成一团白花花。忽听：“梆，梆梆！”打更鸟上班了，报导春夜的宁静。

痴思

2012年5月15日18:32

苍山雨后，石径苔生，从蟒蛇洞走到爱晚亭，沿途游路光洁。我忽然白日做梦：如果我还重新就业，便到此处来上岗。那么，山林就是我的“车间”，游路就是我的“流水线”。我每天踏上“登高路”，做着“扫帚操”，长年赏山花，闻山鸟，崖上观云，涧边听瀑，岂不如游梦境？

惬意

2013年9月14日07:47

作别异地山水，回归家居生活，每天有几个惬意时段：凌晨醒来，听听优美的音乐和央广“新闻和报纸摘要”。晚间，听罢凤凰台的“总编辑时间”，关灯就寝，打开枕边的电脑小音箱，听听轻松舒缓的乐曲。还有午睡后临窗喝茶，随意翻书，游思于书里书外。黄昏，和晓清沿湖散步，话题若天际流云。

马放南山

2012年11月9日10:51

1967年，有天跟马车了深入天山北麓，这里是石河子的南山。时当盛夏，沿途见到零散马匹，或独立于山头，或游荡在溪畔。这是怎么了？赶车人说，农场的老马、病马，放到山野“疗养”来了！当年我们这些负重拉车的“马”，而今马放南山，可算“精神疗养”？

北窗

2012年2月21日14:27

住院，输液。臧克家曾在病榻吟诗：“天花板是一页看厌了的书。”近日我也输液，时而侧望北窗，欣赏窗外的风景：山下有幢白楼，楼后是座青山，山间连日雨雾迷蒙。有天云开雾散，白楼更显光洁，青山更显葱茏，呈现于蔚蓝的天幕。我仿臧诗和上一句：“窗前的风景是一幅悦目的画。”

读读写写

2013年2月28日08:49

读些想读的书刊，写点能写的文字。这种自得其乐的读读写写，是我的桑榆景象。近年视力越来越差了，我把读书当作“吃点心”，比不得早些年的“一日三餐”。后来又把写微博当“小酌”，酒淡，量小，好在这酒是我自家酿的，细细品来，兴许品出几丝清醇？

残月即新月

2014年7月8日16:22

住在大同的一天晚上，晓清提醒：“你的生日快到了？”我朝窗外望月亮：“嗯！”想起1978年的生日，我在乌拉泊的旷野，对着天山月吟诗：“半边明月邀中天，半篇小传已中年。”月亮渐圆又渐亏，我这月亮已经成“残月”。可我转念一想，晓风里的“残月”，黄昏后就叫“新月”了，正好意味着复归于婴儿。

行走过年

2016年2月11日09:13

天晴地暖，脚健心宽，我俩在爆竹声中出城，以行走的方式过年。初一，去到浏阳河畔，沿着河堤往前走，走出兴致，走出活力来。初二，去游植物园，在湖边，在竹林，看腊梅、红梅、白梅在寒冬时节竞相开放！

走工地

2012年9月22日17:42

出了校园，我和老伴爱远足。有时搭一段乡村中巴，走半天山野地带，时不时就有新发现。那年冬日，发现有座青山被“剖腹”，向村民一打听，听说在修长沙到湘潭的西线高速公路。隔年再去，路基已经贯通，只差铺沥青了。我说，咱俩高兴“走工地”。这些年来，长沙“建设河西先导区”，山野地带的工地更多了，工地变成的景观也多了！今天，我们“三代五口”，从梅溪湖往南，过桃花岭，过洋湖湿地，来到规划中的大王山风景区。道路已经铺好，旧房正在拆迁。我们绕经新路再访曾国藩墓。他是否听到些动静？我劝他少安勿躁，日后且看这边风景。

夕阳光景

2012年11月22日10:53

打印上个年度的微博，重返种种幸福情境：南国之冬，观光珠江夜景；漓江岸边，涠洲岛上，和家人驰骋千里，游度春节；江南四月，寻了胸中天柱，又访“文都”桐城；夏日庐山，重走好汉坡，登顶汉阳峰……同样舒心的是，岳麓山的春花秋月，景德村的书窗光景。过了今年望来年！

牯岭人境

2012年8月14日09:26

庐山，是雄奇的山岳，也有结庐的人境。今夏，我又在牯岭租房避暑。人境清欢，自有与人的情谊。今天上午，在望江亭有无约之幸会；下午与《庐山别墅》的作者分享图文；晚间还有文友造访，说山说人说诗书；继而拜读前贤的遗稿，如览旧时月色。午夜临窗，环视牯岭的灯光，温馨，迷人！

庐山百姓

2012年7月15日08:32

时隔五年，重上庐山，听说有些单位领导换了两三茬，而我所见到的“百姓”，廖师傅还在磨豆腐，眼镜曹还在卖肉，村里老王还在土坝岭路口查票。昨天早晨遇见坡上的陈姐，还在挑着箩筐清扫垃圾。傍晚，我们提着荔枝、香蕉登门。她问为什么？我说慰问她。对所有为大众服务的人们，我们心存感激。

廖氏豆浆

2012年7月15日06:49

每天早晨提个小暖瓶出门，不出十分钟就把香喷喷的热豆浆提回来了。磨豆腐的廖师傅两口子，在大林沟租屋生产豆制品，已经二十多年，为人实在，做事认真。他们制作的水豆腐、豆腐干，销到餐馆、酒店，人家在菜谱上打出“庐山豆腐”的品牌。

宜居

2012年7月14日10:27

久住山里的人，羡慕城市的繁华；有些人在城市住腻了，又向往山林的清幽。何处可以把“山”与“市”结合得如此完美？我以为，庐山牯岭就是一座这样的山市。尤其是夏日庐山，天设地造出一个“清凉世界”。牯岭也因温馨而宜人居住，因优雅而令人神往。

寻幽

2012年7月13日 16:15

我和老伴的夏日主题是，“游走与读写”。游走的方式分两种，一是健身性的散步，二是观光性的游走。但凡出门，我们都尽可能避开汽车和旅游团队。我们在山间闯荡得多了，时有探索与发现，便总能找到原始的小路、幽静的密林，散步远足都惬意。

山路

2012年7月21日 22:09

“住在山上，出门不是爬坡，就是上下台阶。”老伴这么说着，便一脚踏上了鄱阳路。此“路”自下而上全台阶。途中，有人驻足喘气，有人坐地歇脚。我俩出游或购物，腿脚尚健。不过，我不喜欢台阶太刻板，我更乐意走山路，在山峰谷地间，随意行走，路边有带露的山花野草，更好。

山中问答

2012年8月3日 09:06

登上五老峰，脱帽，俯首。人问：“高寿？”我答：“不大，正在长呢！”走在绵延起伏的山路上。人问：“为什么不买根手杖？”我答：“怕人笑我这么年轻就拄杖。”清早，云疾风凉天欲雨，我穿短袖T恤出门。人问：“不冷吗？”我答：“装的，装做身体好呗。”哈哈！一笑。

早起的太阳

2015 年 7 月 13 日 06:09

本人惯于早起。夏日来到东北，更加得到鼓励。我请服务员搬张条桌，摆在走廊东头的窗前。好像与太阳有约，每天 3：40 左右，我便悄悄起床，轻轻坐到窗前，此刻已经旭日临窗，光照桌面。首先写罢昨天的日记，接着阅读。每日先自读书始，有种紫气东来的感觉。下楼晨练，依旧是早晨。

湖畔沉思

2015 年 7 月 14 日 07:32

住在镜泊湖边的日子，人也闲了，心也静了，日记比平日写得长些、细些。我又买来本子和 20 支笔芯。向往“湖畔沉思”，能否写点沉思的篇什？可是，我还未能“沉”而“思”之。写作贵在有心，心境贵于环境。退休以后，我须闲适而不懈怠，专注而不焦急。望湖自问，我所向往的“心湖”在何方？

候鸟的飞迁

2013 年 6 月 30 日 19:38

上午在家里，下午在车上。此刻列车西去，驰向贵阳，那里号称“避暑之都”。今年夏天热得早，长沙连续高温十多天，少许退烧没几天，今又烈日升温。于是，“候鸟”起飞了！飞迁，有种种向往，种种乐趣。此行，是我连续第九年的避暑之旅，但愿觅得新见闻，获得新感悟，为我的“村语”找素材，增亮色。

初来乍到

2013 年 7 月 7 日 06:24

行前的“功课”，多指从网上搜集信息。进入一座城市之初，我的办法是：一、坐几路公交车，能择路走走更好；二、买几份本地报纸，看几次本市电视新闻；三、跟闲坐公园的本地长者聊聊；四、在车上、在路边，听本地人讲方言；五、买一张本市地图。通过这些途径，对这座城市就有大体印象了。

可读可游　2013年7月4日18：30

夏日避暑哪里去？必备条件是气候凉爽，有些山水风光的地方。道教讲“洞天福地”，我看，清凉清幽，可读可游，就是好地方。找个清凉安静的地方，过清闲简单的生活，就是好日子。为此，一要寻找，二要适应，三要体验。九年避暑，让我俩多到些地方，多看些风景，多了些人生情趣。

旅途平安　2015年8月10日20:41

从长沙直奔长春，接着去哈尔滨、伊春，再折返沈阳，继2008年的东北之旅，此行漫游21天了。这些日子，我俩每天都在搭车，在走路，在住店，在觅食，出门就得问路，且与陌生人交谈。刚才，我逐日默忆每天的游程，感觉旅行对体能以及观察、思考、理解、应变、记忆等素养都是检验。

不失联　2015年8月12日11:11

古代游子，嗟叹旅途孤寂。我凭一款手机，遍行神州不失联。我俩出游，总在家人牵念中，还与友人互联互通：远去芝加哥的，有图文频传。游吴哥归来的，问我漂到哪里了？去西藏考察的，告诉好些新鲜事。远近读友，从“村语”关注我的游踪。太原知秋，日夜兼程匆匆赶到伊春，同游红松白桦林。

人在景中

2014年5月12日07:20

出游的日子，我在山路上攀登，从苍松下远眺。我在银滩上漫步，向着大海伸展双臂。我的身影，投在古镇黄昏。我的激情，漂在清波江上……那时，我是别人眼里的风景。我家的窗外，是公园的湖，有柳岸的路，居家的日子，当我朝窗外望去，湖上的游船，柳下的游人，是我眼中的风景。

回家

2015年8月15日09:42

背好行囊回家了，回到“床在书房”的旧巢。窗前是北湖，下楼见古木。躺在竹板凉席，无牵无挂睡到大天亮。无须“觅食”，早晨到食堂吃一碗牛肉面；午餐焖米饭、西红柿炒鸡蛋和一种青菜；晚餐还是杂粮粥。回家的感觉是，青山依旧，在我“二人世界”清淡朴素地安居。

你是我的眼睛

2013年7月21日17:23

十多年前，有一天我俩坐在海边看风景。她为我讲解：沙滩上有什么样的游人，港湾里有什么动静，海面上有什么船只……我将种种风物写在日记上，如同本人亲眼所见。自那以后，在山林，在原野，她的讲解把远处的景物挪近了，放大了，辨明了。我认定，身边有双明亮的眼睛。

老来也同学

2013年2月19日21:50

少时同学，老来也同学。上午，我俩在书房各自阅读。她问苏东坡在黄州的情况，我凭记忆所及，略加讲述，并给她找出苏东坡诗词选本。她选读若干苏诗后，给我朗读余秋雨的一段文章："苏东坡写于黄州的那些杰作，既宣告着黄州进入了一个新的美学等级，也宣告着苏东坡进入了一个新的人生阶段。"

书中有笑

2015 年 10 月 9 日 18:25

下午茶时间，照例"听读"，她读我听。刚读老舍的《多鼠斋杂谈》，读咱"两老"出生以前的文字：《个人计划》《自传难写》。先是我听得嘻嘻哈哈，继而她读得笑不成声。古人云，书中自有什么什么，可知舒先生当年为名报名刊所写的文字，竟叫人忍俊不禁！老伴说，比现在许多相声好笑多了。

读也逍遥

2013 年 7 月 11 日 06:26

避暑，把生活简化到"且读且游"：游景好游新景，读书则读老书。老书耐读。此行带来了老子、庄子、周易节选，唐宋散文的名篇和《唐宋词选》。昨读庄子《逍遥游》，我先重温原文，再听晓清朗读译文，而后边读边议。好比在庄子的天空放风筝，呵呵！我们就是逍遥在大鹏之翼下的风筝。

湖滨雪景

2013 年 1 月 4 日 16:25

入冬以来，从电视上看北国的雪，也回想塞外的雪地生活。在长沙，昨晚终于布置出城市雪景，叫孩子们新鲜，让年轻人欢喜。此刻，我端一杯热茶，临窗闲坐，静观湖上雪景：湖畔的常青树，开满一树树"白花"，远处的长堤铺成"玉堤"……老伴已经起身，好！我们踏雪去吧，为雪景添两分活力。

歇凉

2013年6月4日22:34

吃过晚饭，我俩下楼，绕过大樟树，穿过小竹林，缓缓走进了夏夜。记得幼时在乡下“歇凉”……此刻，我靠在园林的长椅上。树影婆娑下，亮着柔和的地灯。绿地音箱里，飘来曼妙的乐曲。地毯似的栀子花开了，香得沁人心脾。我乐于这样独自歇着，静享这初夏的清凉。

在刘庄

2013年4月1日18:04

出了云台山，来到新乡市。早晨，在卫河边，晓清依旧做着岳麓山的“自选动作”。今天是她73岁生日，我们前往七里营刘庄。参观过“村史馆”，走在花园式的村道上，与村民交谈，还遇到一位蹬三轮的白发老太，她已85岁，刚刚买菜回来。我请这位健康老人和晓清合影，为她作榜样。当日，我俩在刘庄宾馆吃生日午餐，宾馆还特意为她做了长寿面。

二人世界

2012年5月26日06:26

两口子，有半路分手的，有白头偕老的，有磕磕绊绊过一世的。夫妻之间怎样和谐生活，幸福美满？有人概括：在性格、习惯上“少挑剔，多适应”；在意愿、行为上“少指令，多尊重”；在家庭事务上“少包揽，多分担”。想想自己，看看旁人，我老两口的“世界”早已习惯成自然，自然成默契，自有桑榆下的清欢。

如此就好

2016年3月9日10:15

夜雨寒风，网上依旧春暖花开。“三八”最后时段，收信：

“刘老师、戴老师节日快乐！”省去“祝”字，“戴”随“刘”后，读得出修辞意味。回复：“淡然，释然，安然，悦然——我们的快乐，如此而已。”又见两枝玫瑰附来美言：“经历过如歌岁月，又把平常日子过得如诗如画，如此真好！”

云天万里 2014年8月9日19:34

松与枫，植根大地，不远千里万里。一个安居法罗，一个旅游西藏。周末，从高原、海岛发回照片：共享一片蓝天，放飞各自的白云。远方的风物，在眼前交织腾挪：雪山与岛礁相望，藏族民居与岛民别墅为邻，哗哗的山溪在哪片海域相汇？我和老伴读取两地的照片，视野为之清新，心胸为之开阔。

远近 2013年2月17日18:25

那头是，北大西洋法罗群岛上的一幢民居。这头是，长沙年嘉湖畔的一间宿舍。只因在电脑上装了一个摄像头，于是，那头的女儿看清了我们的气色。我们看见女儿和两个外孙正在起床。女儿拉开窗帘，于是，实实在在的“天涯”和“海角”就在眼前！呵呵！地球村里有多大？就在网络的这头和那头。

回眸一瞬 2013年2月27日12:50

女儿上午有课。我和孩儿她妈随车驰过长街、大桥，沿江岸回山，一路上听她讲新闻学的定义。跟她走到教学楼门口，女儿转身摆摆手。望着她的背影，想起她未满两岁时，牵她进幼儿园，后来骑自行车送她上小学，她也这样摆摆手……刚才，见她回头顾盼的背影，忽然想起她幼时的一瞬间。

自况

2012年12月3日21:04

1993年元旦，于沙先生给我寄赠新年贺卡。潇洒的诗人以酣畅的翰墨，手书联语告我："贱体尚健自无伤心事，秃笔未枯常有买酒钱。"当时，我仿此联自况："精神尚足别无伤心事，笔墨未闲略有买书钱。"20年过去，我现在的情况是："精神不足但无伤心事，笔墨虽闲岂愁买书钱。"

感恩

2011年11月25日16:30

在泉边，接琳娟的感恩节电话。这些年来，生活中时常听人说"感恩"。我以为，这是比所谓"孝顺"更具广泛意义的情愫。刚才与琳娟的欢声笑语中，我说："感谢大自然，给我岳麓山！感谢纳税人，给我养老金！"说真的，我心存感激的，还多着呢！

黑茶红茶

2013年10月21日21:29

午睡后，用茶刀撬开一块"黑砖"，独自喝着安化黑茶。静谧中，思绪像热茶蒸腾的雾气，呈现"茶味与人生"：年轻时在北方，偶尔喝点花茶，只喝到茉莉的"芳香"。中年回到南方，有了喝茶的条件，长年喝着绿茶的"淡泊"。退休以后，书房喝茶成习惯，不只为解渴。老夫近年常喝酽浓的红茶、黑茶，直觉是适宜自己的肠胃。这样的茶味，与老年习性或有某种机缘？看来还得慢慢喝，细细品。

闲情

2013 年 1 月 8 日 20:43

“忙人”，忙得许多事情顾不上！近两年，我体验“忙中赋闲”，比如喝茶时，想到茶叶的产地沩山、君山、武夷、黄山，想到茶园的云雾和采茶的乐曲……又如吃苹果、梨时，我想象在陕西，在山东，在那些山村或原野，当梨花、苹果花美如“香雪海”，当满园硕果垂枝头……陶醉，感恩！

一两酒

2012 年 12 月 14 日 11:21

诗人屠岸，作《艾青与酒》，摘句：“艾青赞酒，说它／有水的形态／火的性格”“艾青在叹息中喝酒／身处逆境的时候／一天只能喝一两／艾青在兴奋中喝酒／歌唱归来的时候／一天仍只喝一两。”艾青说：“酒能使聪明的更聪明／能使愚蠢的更愚蠢。”我知道，酒味在杯外。我爱一两酒，不怕一两酒。

野餐

2014 年 1 月 31 日 22:07

乡下过年的习俗，讲究“初一崽，初二郎”。我家祖孙三代五口，初一出行，朝拜山水来了。午后时分，进入江西一处空旷的河谷。停车，仰望蓝天如洗，近看松竹溪流如画。我们在田间的草地上，摊开各色点心饮品，在山水间野餐。这些食品如果摆在客厅茶几，哪有这番滋味！

喜欢莱菔

2016 年 3 月 2 日 23:02

读夏丏尊记弘一法师的文章，如见法师吃莱菔、白菜那郑重的姿态，愉悦的神情。“莱菔”，其实就是萝卜。我也喜欢这四季咸宜的大路菜。萝卜，可切丝、切片、切丁丁；可炒、可炖、可凉拌；可晒萝卜干，可腌酱萝卜……从小听说“萝卜白菜半年粮”。僧人这种清苦生活，何尝不是一种大众风味？

湘潭烘糕 2013 年 4 月 3 日 21:18

春节过后，有位湘潭弟子，送我一盒“烘糕”。这是享誉近三百年的湘潭特产。当年，曾国藩备“烘糕”作为湘军的干粮。可想而知，王湘绮、齐白石、黎氏兄弟等近代湘潭名人，谁没吃过？人走他乡，心念家乡。此次我游中原，就将那盒家乡风味带来了。今晚吃的就是“烘糕”。

洛川苹果 2015 年 12 月 13 日 22:27

我们每天吃的米、喝的茶，还有水果之类，是哪里生产的？我对此颇为关注。那天走到水果市场，看到“洛川苹果”。知道洛川，是因 1937 年 8 月，中共中央在陕北洛川召开会议，制定抗日救国“十大纲领”。20 世纪后期，听说陕西遍植苹果。如今，捧着这硕大鲜红的果实，果未入口便觉内心的甘甜。

五味钵 2015 年 10 月 5 日 19:19

“秋收季节，把收获的玉米、红薯、土豆、南瓜、芋头、栗子、花生、山药放在一起，不加作料，只用清水煮一大锅。”黄海阎公用这样的文字，为我的《戴海村语》作序，甚喜，甚乐！我家的晚餐向来随便，今晚“随便”得复杂：我刮削了土豆、红薯、南瓜、山药、玉米，用高压锅蒸熟一钵，闻到香味了!

知交心语 2011 年 12 月 31 日 18:35

旅友竟成知交！下午，给黄海阎公发去短信，随即收到他的微信:“收到祝福，心暖融融。健康、平安、幸福，我们都有了。还有书，有风景，有微博，有亲情，有友情，有时间，有清闲，有钱。凡想要的都有了(戴注:“想要”的少，拥有的“多”。几个有钱人能如此“有钱”？)我们就尽情享受生活，感恩社会!海边的人很少了，但有海鸥做伴。”在海边与海鸥相伴的长者，心中天高海阔!

餐叙 2016 年 2 月 13 日 11:06

我对吃饭的记忆，始自幼时那张农家饭桌，知道吃饭是一家人的大事。猴年春节，种种名目的聚餐，让我想象万年以前的渔猎时代，先民们围着一堆篝火野炊……如今，佳肴满桌，酒话连篇，本人不敢拢边，独自跑到河堤、山林去了。今有弟子之约，殷殷盛情，老来重返花果山，或也老少咸宜?

小确幸 2012 年 2 月 5 日 10:21

前年读过《世界上最幸福的地方》。春节前，跑了两家书店，购得仅存的数本分赠友人。刚才听凤凰台聊“幸福”话题，有人说，幸福来自健康、金钱、亲友，还来自对比。老伴补充“拥有精神家园”。我说，自主性强的人不在乎跟别人比。岳麓山是我后半生的福地。有时，淘得一本好书，也算上街一趟的“小确幸”。

枕边

2012年9月24日07:52

除去特殊岁月，常人一生大约有三分之一的时间将头搁在枕上。枕边放点什么好？我在中青年时，枕边放书。1966年秋，收缴《论共产党员的修养》，就是从我枕边收走的。“文化大革命”期间没什么书好读，枕边放过中国分省地图，细看东西南北的地县。老来害眼疾，不便于卧读，枕边有小收音机，收听新闻和音乐。

吃新闻

2014年1月28日20:47

有时候，跟中青年朋友聊及时事，我比有些忙人或许知道得多一些，细一点。这不奇怪，我家一日三餐拌着新闻吃：早餐吃“朝闻天下”，午餐吃“新闻30分”，接着听凤凰台的“有报天天读”，晚餐吃“共同关注”和“新闻联播”。为什么要知道那些新闻？生活在当今资讯社会，新闻会告诉我们远远近近、大大小小的事情，还有多种多样的知识。不是说“活到老、学到老”吗？听听新闻也是学习。

三门课

2012年12月29日13:18

孔夫子教我“从心所欲”。“所欲”何为？前些年忙着游山水，读诗书。心想，腾空脑子，心里只装山水和诗书。可是，诗书都自双目入，眼睛早已警告了、抗议了！近日想到耳朵太清闲，于是请来音乐，好在仍属孔夫子开设的课程。本来嘛，心里有了山水、诗书，怎能少了音乐呢？

街边画室

2013年1月28日 10:15

画院当街，街上人稠车密。走进画室，观看新加坡画家曾昌庆先生的油画展览。随着他的足迹进入画境：龙胜的梯田，九寨沟的山水；还有沱江岸边、张家界印象……伴着悠扬的轻音乐，陶醉在画框里的“大自然”。发现临窗而立，静观街景的先生正是画家本人。我恭敬地打过招呼，请他在赠送的画册上题签。

听琴

2013年2月14日 17:22

我国的古琴，伴着名士的气节，山高水长。现代人听觉变异，似乎难识古时风雅。我也不懂，只是心怀仰慕，曾去嵩阳书院听琴。在长沙，也曾忝列琴友雅集，爱听有首曲子的琴箫合奏，加上温婉的吟唱，叫人心弦震颤。刚才静听意志为我选存的乐曲，余韵飘缈……她离去近三个月了，心曲琴韵犹存。

凭窗听曲

2014年5月15日 07:22

我喜爱音乐，常于静中播放乐曲独自听，无论民乐或欧洲古典音乐。近日凭窗听曲，有些新感觉：听钢琴曲、琵琶曲，有檐水滴在雨棚上，无妨。听提琴曲、古筝曲，树上鸟啼无妨。若是吹埙，吹箫，演奏二胡、大提琴，林梢风啸也无妨。听呀，乐器的奏鸣，与自然的声响相谐相和。

踱步

2014年5月18日 08:12

从话剧舞台上、电影镜头中，见过踱步的姿态，那是剧中人思考的风度。知道“行走的益处”，其实，踱步就是室内的行走。

近年来，我常从书桌前起身，在北窗与阳台间踱步往返，加上头部、颈部、肩部及双臂的自由活动，身心为之放松。在书房踱步，时不时就会“踱”回书里去，“踱”出句子来。

静夜遐思

2012年7月1日07:55

望窗前明月，又静夜遐思。我思何所向？人在故乡思异乡。异乡在何处？远在雪山之北，沙漠之南，在准噶尔盆地南缘，绵延数百里的军垦农场。几代军垦人，用青春染绿了荒漠，打造成绿洲。身在新疆，曾望天山明月思潇湘；人老江南，拥有潇湘明月天山情。故乡异乡隔多远？我心飞跃一刹那！

冬晨

2014年12月28日16:38

听说，有人冬日早晨难起床。本人每晚23点就寝，一觉睡到早晨6点多。神清气爽也赖床？“猫冬”时分，或卧游山水，或寄意人文。近日，听得到2015的脚步声了，眼看2014就要关门。年关是一道门槛。我在回望中作别，看看这一年的所读所游、所思所想，四季平安，牵手老伴过来了。

我的2015

2015年12月29日10:52

2015年印象最深的：一是活在互联网时代，与家人亲友互联互通。二是读写艰难时，有听读和口授相辅助。三是畅意行走：春游江南，夏游东北，秋游粤东，从兴安岭听松，到南澳岛泡海，还游了省内的幕阜山、沩山、芷江、黔阳等地。四是体验“枫林晚”晚境，更觉清静，安宁。

平静的幸福

2012年9月20日 18:12

晓清给我推荐有位作家谈“平静的生活”。作家对与会听众说：“我比你们在座的每一个人都要平静和幸福。”我不和这位作家比幸福，但欣赏“平静和幸福”这个命题。对我而言，只要血管不堵塞，不破裂，心脏和大脑不罢工，就是自身“维稳”，就有知足之福，就是幸福的保障。对，平静即福且积福。

散淡

2013年3月31日 06:12

散淡，是一种文章技法，也可以是一种为人风格。我自退休以来的旅行，所谓“散”，就是通常不参团，做散客，散步样的自助游。所谓“淡”，就是淡季出行，“黄金周”期间从电视上看黄金游路的“旅游”……我和老伴旅行，还像居家时的生活方式：简朴，清淡，欢娱。

慢点

2012年5月25日 16:04

论性情，人们有性急与性缓之分。平时，性急的人总是催促性缓的人：“快点，快点！”现在有人提倡“慢生活”，包括慢起床，慢进食，慢行动，慢读，慢写，慢慢游，等等。我认为，性急的人要改改急脾气，急而勿躁。事有轻重缓急，当急则快，不急则缓，从容，淡定，温文尔雅，游刃有余，慢条斯理何妨？

龟之魂

2015年9月2日 11:16

去年暮春，我养了两只小乌龟。以龟为友，意在自勉。不久，去游江西龟峰，买回两只石龟，核桃大小。回家后，我将那对小乌龟送人了，把两只小石龟搁在书桌一角。我的案头时显零乱。蓦然间，忽见小石龟从书边纸角探出头来，若殷殷有词："从容，沉着，凡事莫急莫慌！"我在心里听懂了。

清平乐

2012年5月26日11:21

1962年，晓清从北京去新疆。她在陋室床头贴着方志敏的警言："清贫，洁白朴素的生活，正是我们革命者能够战胜许多困难的地方。"如今书生脱贫，可否将"清贫"改"清平"？清明、太平的意思。这也正是保持洁白朴素的品性，维护宁静、淡泊的精神家园之箴规。我们同诵"清平乐"！

心路

2014年6月21日08:54

人人心中都有路。我的心路，不是高铁，不是高速公路。我的心路，在山川田园之上的晴空。哦！如果说脚印、车辙都在地上，那么，我就回落山间的小路、田野的村路，路边有小草小花，小鸟也常在路上逗留，这里风自清新月自明。我的心路，就是离家时上路的那一段，回家时最后的那一程。

五、窗含秋水，目送夕阳

五老峰

2012 年 8 月 1 日 18:46

庐山五老峰，是一部五卷本的群峰谱。借用李白的题诗，可以题名“金芙蓉”。行色匆匆的游客，站在含鄱口，遥望五老峰，怎比一步步攀登、一峰峰跨越的感觉？我和老伴三上五老峰，今日重游，步态更从容，视野更开阔。当游人忙着拍照时，我用眼睛录像，用心灵铭刻，胸中移植峰前不老松，带回家去细细品味。

黄昏心曲

2014 年 11 月 13 日 10：20

那年冬天冷得迟，心间也暖意盈盈。一天下午，我带着纸笔和草稿，下楼，上山，登至岳麓之巅，在我见过“日月同辉”的岩前席地而坐。进入写作情境，写完《逝者如斯》的序言，有如一个仪式。其时，“万壑有声含晚籁，数峰无语立斜阳”。（王禹偁诗）我的黄昏心曲，是有声的晚籁，抑或无语的山岩？朔风轻拂，我还是我。

晚境

2012 年 12 月 1 日 20:54

楼前这株银杏树，是景德寺留存的古木。每年桃红柳绿后，它才发芽长叶，夏日便掩映在岳麓山的万绿丛中。待到秋花谢了，秋叶落了，它仍支撑到“小阳春”，看它满树杏黄，令幼者欢喜、老者欣慰。近日凄风苦雨，落得满地杏黄扇面叶，别看冷飕飕，湿漉漉，仍不失晚境的凄美。

一窗秋水

2013 年 10 月 31 日 16:24

幼时，在村前的池塘边嬉戏。壮年时，也曾置身江河的激流险滩。老来幸会年嘉湖。每当临窗北望，无论晨雾蒙蒙的拂晓，或是潇潇雨歇的黄昏，一窗湖景是总也看不厌的画。漫步荷池柳岸，登上花木成荫的湖心岛，总有可心的去处。此刻，欣赏窗外的秋色，我乐于让自己的心胸，就像这清澈平静的一湖秋水。

心湖

2014 年 3 月 26 日 10:18

有“心”便有境，心境各自为珍。感觉心性似水，但不是长河大海。老来我的心境是湖，自处山之一隅，城之一角。心湖向往平静，清澈。春风吹来，兴许泛起微波。偶有白云飘过，小鸟飞过，不留踪影。水上长点儿浮萍、芦苇无妨，岸边栽一树腊梅、几丛蔷薇更好。但绝不许泼洒脏污，首先自己要珍爱，保洁。

一生四季

2014 年 6 月 24 日 11:35

人这一辈子，是一个完整的过程，好比一年四季：少儿期好比春天，青壮期好比夏天，中年后好比秋天，老年期好比冬天。按农耕时代的生产与生活，一个健康的人，有着一辈子的营生：

春种、夏耘、秋收、冬藏。我已体验“四季”的光景，冬日昼短夜长，正好追忆怎样走过人生的“四季”。

老来如冬

2014 年 6 月 24 日 11:52

人生轨迹，好比射出的箭，直至强弩之末，呈抛物线坠落。歌德认为，一生好比一个圆。我由此设想钟表，以清早六点设为人的诞生，婴儿好比地平线上升起的朝阳；青年就是“早上八九点钟的太阳”；中年如日中天；老来若嫌“日薄西山”不中听，那就高唱《夕阳红》好了！

成熟

2013 年 2 月 1 日 07:48

论“成熟”，欣赏苹果、桃子，到了成熟的季节，便渐渐红了、香了、甜了，成熟得那么色香味俱全。水稻一类谷物成熟时，谷粒饱满，谷穗谦逊地勾下头去，更具成熟的象征意味。人的成熟期，也许进程较长，参差不一。我成熟吗？自愧不如。

相对成熟

2014 年 5 月 13 日 09:54

诗人艾略特，在 70 岁那年说：“我刚开始长大，才开始走向成熟。在快到 60 岁的那些年，我做的每一件事都带着孩子气。”我持“相对成熟论”：人们都有走向成熟的过程，但因各人的经历、文化、悟性及自我评价不同而相异。年岁大了，只要不是装傻、乖戾或糊涂，有点“孩子气”也不为丑。

生命力

2015年1月4日08:49

忽然想到“过去了”一说，我想，本人二三十岁时，是自己体力最强的时候，曾在种种重活中出过力。我在四五十岁时，是自己能力较强的时候，曾在本职岗位上效力了。退休以后，感觉尚有脑力、笔力可用，用在读读写写。时至今日，只要自己的生命力还在，总要找到健康积极的活法。

生命消费方式

2015年1月21日06:55

退休了，享受“24小时归己”的待遇，感觉自由得稀罕。既知道“时间就是生命”，又听说有人为“打发时间”发愁。我在日常生活中，便杜撰“生命消费方式”一说：在书房，在旅途，是我的两种基本方式，还有日常事务也要消费一些零星时间。积退休之后的体验，闲中比忙时更须懂得“人的一生应如何度过”。生活方式，即生命消费方式。

话老

2014年1月5日20:21

宝宝出生，祝福“长命百岁”。长者寿诞，恭祝“寿比南山”。新人喜结良缘，《诗经》云“与子偕老”，民间以“白头到老”为吉言。好不容易活到老，有点白发、皱纹不为丑，别那么不好意思！过了这道心理关，就不会在心上长白发，起皱纹。老而健者是为幸。往后呢？从容面对，泰然处之。

老者

2013年3月1日07:20

何谓“老者”？看着自家的孩子成人之后，又有了孙子；看到别人家传宗接代亦如是。看着自己的同事们，德高望重的老同志过世了，精明能干的“年轻人”退休了。一己之“老”有多老？瞻前顾后不过今生今世。试问，山间的古木，见过多少登高的游人；江岸的岩石，见过多少漂泊的航船？

一叹

2013 年 7 月 24 日 07:20

拂晓之前，是一段珍贵的写作时间。现在眼睛罢工，白让大脑进入回忆时光：岁月、场景、面孔、心态、气氛、细节……林林总总，纷纷扬扬，可惜只能枉然一叹！记忆，是或深或浅的河流，是忽隐忽现的灯火。如今七老八十的人，保存着半个世纪之前的那段记忆，该怎样清醒、真实、具体地告诉后人？

老牛

2012 年 6 月 7 日 07:15

曹操吟诗：“老骥伏枥，志在千里。”当年 53 岁。韩愈才 38 岁，自述：“而视茫茫，而发苍苍，而齿牙动摇。”低调：“岁老岂能充上驷，力微当自慎前程。”哲人远逝，今之老者如何？有的学曹操以“老骥”励志。我本属牛，老牛拉不动犁耙，白天吃饱了草，夜里卧栏反刍，把草料咀嚼得有滋有味。

反刍

2013 年 3 月 15 日 09:47

《三字经》里读的“马牛羊，鸡犬豕”，我最敬重牛。论属相，我属牛，崇尚勤劳、倔强的品质。记得外公家的那头老水牛，晚上收工回到栏里，斜躺在地上，嘴里老是嚼个不停。幼时不懂，后来知道是“反刍”，把吃进的草料反回嘴里细嚼一遍。

如今我老了，也像老牛一样，将往日的见闻和阅历细细反刍。

童心

2014年6月26日9：34

何年何月丢失了童心？却费半世光阴苦苦寻找。明代李贽首倡《童心说》："复归于婴儿。"哲学家眼中的"童心"，是看穿世故的历练，是洗尽铅华的质朴。听世纪老人冰心一句大白话："人世其实很简单，只要自己心里简单就是了。"老来我想练练"删繁就简"的功夫，以赤子之心，活在童心天地。

夕景

2012年6月7日08:32

李商隐在《乐游原》中兴叹："夕阳无限好，只是近黄昏。"刘禹锡也有同样的提醒："西夕之景，岂能久留！"有人因夕景而欣慰，有人因向晚而感伤。我看，生理影响心情，老来的健康，关乎晚年的幸福。老而健者当自持。听欧阳修怎么讲？春寒、秋热与老健，"终是不久长"，多种表述都是一个意思。

老人言

2012年6月10日06:53

曾为《老年人》月刊写过两年专栏，日前又写"述老"三题。"老牛"为何在网上诉"夕景"？据陶渊明诗："夕闻长老言，掩耳每不喜。奈何五十年，忽已亲此事。"我在青壮时期，也是少年不识老滋味，直到年过半百，才写《人生安得常少年》，知道老人情状，更要珍惜宝贵时光。

车船之辩

2015 年 1 月 4 日 09:15

在 20 世纪的政治运动中，批判“船到码头车到站”的思想，老干部检讨“革命意志衰退”。现在想来，是车能不到站，是船能不靠码头？从自然规律说，人总有衰老的时候；从社会法则说，到了年龄就该离职、退休。如今好了，我已平安到“站”上“码头”。夕阳中，桑榆下，自有一番风景！

退处桑榆

2013 年 2 月 12 日 08:55

“我老了，可是我不傻。”老人并非都是“脑退化症”患者。老人意味着什么？多认识一些人，多经历一些事。他们的经验与教训，曾经付出代价。他们退处桑榆，旁观，自有旁观者的看法；局外，自有局外人的清醒。他们少了些热情和主动，但是不冷漠。热情要以热情唤起，主动须得主动亲近。

老弱闲散

2013 年 6 月 10 日 07:29

“老弱病残”四个字，似乎是字字相关的。我虽老了，弱了，却不把些微“病残”搁在心上。有次，我戏称“老弱闲散分子”，后被友人诠释为：“老到，弱欲，闲情，散淡。”汉字好在经得嚼。我承认，“弱欲”“散淡”或许是；“闲情”闲到生活闲适更可心；唯“老到”功夫，不知为何总是学不到！

岁月沧桑

2013 年 1 月 29 日 08:16

一位北方老汉，身穿羊皮袄，头扎羊肚毛巾，满面皱纹，嘴衔一管旱烟，蹲在墙根晒大阳。这是题为《岁月》的人物形象。

叹悠悠岁月！我寻访百年老屋、千年古树。我走进大山深处，直面重重叠叠的岩体，追问天外飞来的陨石……哈哈！个人这点儿世事沧桑，白驹过隙，耐心熬着吧！

夕阳人语

2014年6月6日11:26

才听“亚健康”，又闻“初老症”。所列十余种“症状”，或为心性的成熟，或为意念的升华，或为兴趣的转移，或为习惯的改变，或为养生的操持……这些，多属良性趋势，既可自我选择，听其自然亦无妨。“竟然老了？”莫慌。跟上苍打好商量，平平安安地渐渐变老，自有桑榆意味。

健康第一

2012年2月22日16:052月22日16:05

1937年，在延安，毛泽东致信徐特立，称赞他“革命第一，工作第一，他人第一”。新中国成立以后，徐特立回第一师范，对教师学生讲“三句话”：头句是“健康第一”，第二句是“健康第一”，第三句还是“健康第一”！总之，身体健康才能做好工作，服务他人。老年人更要爱护身体，注重健康，少给家人和医院添麻烦，我想这样度晚年。

初遇与诀别

2013年8月22日05:55

齐白石暮年作画，题款逐一注明年岁。评家说：“他晚年的画，既有像是第一次看到红辣椒的感觉，又有像是最后再看一眼的不舍之情。”动情“如初遇，如诀别”，既有初遇时的新鲜和喜爱，又有诀别前的珍惜和留恋。人至暮年，对执手偕老的伴侣，对星月，对河山，对花木，对诗书，有没有这样的感觉？

智慧长者
2016 年 3 月 10 日 10:19

罗列哲学界的寿星：英国的罗素 99 岁，美国的杜威 95 岁；在我国，张中行 97 岁，冯友兰 95 岁，张岱年 95 岁，其兄张崧年 93 岁，任继愈 93 岁，等等。不是说从事哪个行当就一定长寿，但如岱年先生所说，哲学家站在宇宙、社会的高度，心胸比较宽广，境界比较深远，凡事想得开，或有一定关系。

瞻望前贤
2016 年 2 月 19 日 17:47

年头岁尾，在书房静心翻阅，读些“祖父级”文人学者的生平事略。我将《学问有无》《时空永驻》两篇短文转发给晚辈学人。收到复信：“民国年间，确有一些为人为师都很精彩的人。他们留下的，是民族文化中不可缺失的精气神。”我想，那代人的精气神，一是归功于国学根底好，二是得益于西学的启蒙。

名师高徒
2014 年 2 月 15 日 08:51

作为师长，熊十力先生曾给张中行留言：“每日于百忙之中，吸取古今大著读之，至少数页，切勿间断。”张中行不负熊师厚望，老而著述甚丰。读书人薪火相传，记住这读书座右铭：一、不因“忙”而弃读；二、读必选择大著；三、不因一日数页而嫌少；贵在坚持，切勿间断！

乐在其中

2014年2月14日 10:19

世纪之交，钟敬文和季羡林两位长者，活在耄耋之年，犹葆学术青春。他们何以如此？有人说是出于责任感，有人说是凭着毅力和信心。他们自己的回答更简单。钟先生说："乐在其中。"季先生说："欲罢不能。"我看，能够守住"乐在其中"的事业，并有"欲罢不能"的感觉，这种人生境界，好！

真

2012年11月4日 10:31

"世阅人而为世"。金克木先生阅事阅人，深知多位燕园同事，认为他们有个共同之处，就是求真，而且执着。他们很谦虚，又很骄傲。对自己真正知道的很骄傲，对自己所不知道或不大知道的很谦虚。他们从不鄙薄别人，对那种"强不知以为知"的人，也不出恶声，不过笑笑而已。我崇敬他们，追寻他们，真的！

朝闻

2014年5月31日 08:57

曾经，有个叫王昭文的小学生，因与本班一位同学重名，就想改个名字。诵读《论语》："朝闻道，夕死可矣。"他改名王朝闻，表明追求真理的决心。数十年后，这名字闻名华夏。他已成为著名的雕塑家、美学家。朝闻先生遨游艺海学海，晚年笔耕未止，意趣犹酣，刻章"夕不甘死"，明耄耋之志。

坚净

2014年2月10日 08:03

启功先生有一个老砚台，砚上刻着"坚净"二字，意为"一拳之石，取其坚；一勺之水，取其净”。启功将自家书屋命名“坚净居”，意在人品、学品应当坚如石，净如水。悟“坚”悟“净”，我想，品应坚韧，坚贞，但不固执、执拗。净，并非单指室内扫得净，家什抹得净，最要紧的是心灵洁净。

劲节

2012 年 10 月 21 日 18:30

1980 年，李苦禅先生以 83 岁高龄，为人民大会堂画墨竹《劲节图》。这是自唐人画竹以来最大的一幅。古人云：“一世兰，半世竹。”可见画兰画竹之不易！又云：“胸有气节方可写竹”。大师写在清瘦竹枝间的题诗：“未出土时便有节，待到凌云尚虚心。”欣赏画竹的意趣美，景仰人生的品性美。

弦歌相续

2012 年 6 月 30 日 07:06

一位年高德劭的老师跟前，聚着一群七老八十的弟子，这是一种怎样的尊贵和幸福！王石波老师九秩寿庆后，我和汪华藻老师相约，去学堂坡拜访我们共同的老师（汪师长我十岁，是我的老师。王师长他十岁，是他的老师），听石波师追忆教坛的先贤逸事，令我思前想后，该怎样薪火相续，弦歌相传？

石波先师

2012 年 6 月 18 日 08:27

石波先生晚年住过景德村。他家窗下一丛绣球，楼前一株银杏。我时常和先生会面，见他面容清癯，老而无病容；话语平和，言而无赘语。人生暮景将如何？老师给人的印象，总是那么从容、淡定、安泰、清醒。我尊敬这样的长者，欣赏这样的长者形象，有心跟他学学如何当老人。

诗翁暮吟

2016 年 2 月 4 日 09:09

袁勖先生赠我《南邨存稿》，而今寒夜捧读，如饮陈年佳酿。袁老八十华诞时，中文系为他庆寿。诗翁口占："笑与廉公相媲美，能茶能饭尚能诗。"并笑曰："廉颇健饭，未必能诗。"袁诗《暮吟》："天涯共此唯看月，世上多情最是诗。明月似霜诗似酒，来朝何惜数根髭。"设问：黄泉路上可有诗？

活力

2013 年 3 月 16 日 20:12

外语学院的沙安之教授，少女时代曾在莫斯科见证并投入反法西斯战争，今年 84 岁。昨天下午，她与晓清通电话，说她又作了四首新曲，接着便问起厄尔尼诺和拉尼娜现象，还讨论阴阳历法。她虽双目失明，还在和助手翻译唐诗。她行走艰难，却说："我决不躺倒。"她那顽强的生命活力，令人感佩！

跟上

2014 年 2 月 17 日 12:14

华藻先生长我十岁。1999 年，我对他说，想要硬硬朗朗活到您这年纪，我还得坚持两个"五年计划"。2008 年，两个五年到期。其实，我并非真有什么计划。既然活着，便有自己的活法。那十年，我应约为五种报刊写专栏，出版三本书，每年出游三四次。如今，华藻先生依然硬朗，我也仍旧跟着。

人梯

2015 年 1 月 6 日 11:08

我的面前，有一架动态的“人梯”：在岗时，曾有许多“40 后”“50 后”的同事，现在都退休或临近退休了。世纪之初，听“60 后”的朋友说，“70 后”赶上来了。现在，时常听到“80 后”“90 后”的消息。这是人生的接力赛、时代的进行曲。我看见了这壮阔的场面，我听到了这洪亮的旋律。

忘年交

2013 年 12 月 25 日 23:33

不拘年龄辈分，可成莫逆之交。所谓“忘年交”，我国史传多有称颂。人与人交友，自然是年岁相当者居多，但也有“破格”为友者。人间代有真情在。老年人亲近中青年朋友，可以感受时代气息，增添思想活力。中青年结识几位老龄朋友，或可回望历史，纵览人生？诚然，都须知人知面且知心。

庐山长者

2012 年 9 月 4 日 20:29

庐山上的健康老人多。六年前我见过的长者：有位登好汉坡的 76 岁，有位到小天池提泉水的 78 岁，有位在土坝岭挑粪浇菜的 81 岁，有位每天从花径走到望江亭的 86 岁。这个夏天，我遇多位八九十岁的老人。今天早晨，在寒风瑟瑟中，遇见三位长者，一位 94 岁、两位 83 岁。哦！他们多像仙人洞旁的劲松！

余生百相

2013 年 4 月 24 日 09:48

人到中年，有何业余兴趣，还想学点什么？某甲：长期担任领导职务，退休后习字十年，出版了抄写佛经和《红楼梦》诗词的书法作品。某乙：农机专家，退休后带着相机游览江山，深入生活，时有摄影作品参展、获奖。某丙："知青"时参加过宣传队，老来天天练二胡，现在成了乐队首席。某丁：嗓子好，会唱歌，以前不爱出门，打从参加老年合唱团，成了团中领唱。某戊：古汉语教授，"换笔"潮中，率先使用电脑从事科研，撰写论文，交流学术。他们各有所为，各有所乐。我在岗时，习惯于写讲稿、调查报告之类。通过"衰年变法"，变为此种文风写"村语"。

手书

2013年1月14日16:46

武陵人李玉章，自幼习得一手好字，背得不少《红楼梦》诗词。18岁从军，军旅生涯三十余年。退休后，少时两种爱好合而为一，手书《红楼梦》中的诗词歌赋联偈，行草潇洒，印制精美。承他题签赠我一册。日前，惊悉玉章兄仙逝。呜呼！"座上珠玑昭日月，堂前黼黻焕烟霞。"

修锁教授

2011年11月24日07:57

湖南农业大学的李教授，为人本分、勤恳。别看他言语不多，却有种特别的悟性和兴趣，退休后练就一套绝招，成了远近闻名的"开锁专家"，天天忙不赢，且以帮人救急解困为快乐。根据多年积累的经验，他自制种种工具，例如从门上猫眼伸进去的什么"秘招"。我问他是否收徒、著述，他连连摇头。

文青

2013 年 8 月 18 日 07:31

已然能诗能文，还以“文学青年”自嘲？切莫小看“文青”。1956 年，我在长沙新华书店，邂逅一位同龄人，胸前挂着“青年作家代表”的会标。30 年后重逢，他是省作协主席，我仍在“门外谈文”。文青能否成作家，既要文学天赋，还看社会条件。我觉得，文青比愤青聪明、优雅、温存。他们有激情、有雅兴，喜爱阅读、体验、想象，乐于文字表达。我于中年重返校园，一向看重校园文学。我相信，文青即使不入文坛，老来总不至于成个俗老或“愤老”。一生有文学滋养，日没西山有霞光。

故人在心

2016 年 2 月 24 日 18:30

1953 年，18 岁的唐日瑞老师从女师毕业，分配在长郡中学教我们“过渡时期总路线”，兼做团队工作。春日，唐老师邀我和晓清同学，于青山绿水间小住三日，聊天二十多个小时。唐老师曾在多所中学任教并担负领导工作，至今健康，精明，思维敏捷，语言流畅，谈话中提及早先的同事、学生，能一一道出姓名者，多得不计其数。哪来这么好的记性？总有故人在心上。

何谓重大

2012 年 10 月 18 日 10:25

百余年来，一年一度的诺贝尔奖项，正在陆续公布。碰巧，转抄诺氏《自传》:“主要优点：不沾光讨便宜，不成为任何人的负担。主要缺点：终身未结婚，脾气暴躁，消化不良。唯一的希望：不要被人活埋。一生中重大事件：全无。”就这“全无”二字，我曾写过《一生何谓重大》，谨防自我膨胀。

寿命的意味
2014 年 4 月 27 日 21:46

树长年轮人增寿。年过七旬，似觉日子越过越快了。长寿，意味着什么？往前看，儿孙的传承与超越，弟子的成长与作为，令人欣慰。随着社会发展，见证科技进步，享受物质文明。往后想，留有充分的时间回眸岁月，咀嚼人生，到头来活个清醒，将历史的实情实景，在过来人的记忆里保鲜。

老到精明
2015 年 2 月 16 日 17:08

曾国藩联语，多用典故雅词，而此联则通俗直白："打仗不慌不忙，先求稳当，次求变化；办事无声无臭，既要老到，又要精明。"但凡有心成就一番事业者，该怎样不慌不忙，无声无臭？该如何从稳当中求变化，既老到又精明？这些，既是做事的方法与风格，又是为人的心态与气度。切记，慎行！

我是
2012 年 5 月 6 日 22:47

年过半百后，我在某次演讲中，即兴朗诵："我是／挂在斜阳中的／一枚半红半青的果子。"现在到了"七上八下"的年纪，我该换一个说法："我是／立在冬日暮色中的一株老树／枝头还垂着三两片半红半黄的枯叶。"

自白
2013 年 10 月 12 日 07:13

1999 年，我自行"撤退"，退守书房，退往山野，因而疏于社交。有次接到一个邀请电话，人家问我为什么不出席，我答："自惭形秽。"十年之后，我竟以退为进，用手机写"村语"，借此作一自白："牙齿没了，咬碎艰辛。头发没了，改变发型。眼睛看不清了，心里分明。"哈哈，一则形象广告。

拐点 2012 年 3 月 1 日 11:13

从青年、中年一路奔波到退休。退守书房，每天 24 小时自行支配，我太高兴、太珍惜了！却把日程排得过满。这些年来，关心我、劝告我的人很多。近来闭门思过，承认"拐点"，拟将弯道缓行：有时搁下书本听音乐，有时走出书房去山林。只要能读能走动，就能活得有意思。

定位 2014 年 11 月 16 日 09:04

我自 1996 年开始"在书房 / 在路上"的生活。我羡慕作家，佩服学者，而自己弄不成像样的文学，又缺少专门的学术，便拾取所读、所思、所游、所感的话题，调和一掬淡淡的情愫，涂抹一层浅浅的文采，写我所愿所能的文字，而后结集如《秋林拾叶》《坛边话语》和《戴海村语》之类。

自勉 2013 年 10 月 13 日 16:45

"活到老，学到老"，每闻这一古贤之道，我便顺口应答："好好学习，天天向上！"领袖的题词，原本鼓励少年儿童。我竟更换对象，有点凑趣的味道。近读于光远的文章，发现他曾以这八个字，作为"八十自勉"，想来也不无道理。"好好"既是一种认真的态度，又是一种适当的学法。"天天"是学习的经常和持续。"向上"，是一种精神境界，别无功利之心。生命不息，学习不止，或许年龄伴着学养上。

时不我待 2013年5月1日 09:23

假如九年前不去武当山、神农架，假如八年前不上梵净山，现在恐怕少了那股勇气和体能。假如，2002年不动手整理50年日记，现在还能每天伏案十小时？我于64岁跨世纪。起初，只是即兴式地“走一走，写一写”，并无确定的计划。现在看来，想做而且能做的事，就要抓紧去做！

元旦 2013年1月1日 17:21

走出电视屏幕上的欢呼，回到书桌，翻开日记本，记下日期、时间：2013年元旦，00：01，写下：“跨年了！”便熄灯就寝，安然入睡。新年伊始就躺倒？这没什么不好，12年前，激动人心的“跨世纪”，世纪之初也这样。元旦的“旦”字，画出太阳升起在地平线上。今晨，曙光照亮湖面，也照亮我的心扉。日常生活，平常日子照常过。在新的一年里，有些新的“选项”和“确认”，有些必要的“保存”和“删除”。生活印象，有的写进日记，给上苍一个交代；有的写成“村语”，在民间做点交流；还有些随风飘逝！

谁比谁老 2012年7月26日 16:58

我们几位七十多岁的老人，结队去寻白居易草堂旧址，连续五六个小时翻山越岭。这劲头跟古人相比怎么样？从前有个简单的误会，以为古人就是“老者”。经查阅、考证，知道几位古人登庐山的年龄：李白 25 岁（第一次），白居易 45 岁，苏轼 47 岁，徐霞客 32 岁，黄宗羲 50 岁……哪像如今我们这些耄耋老人走牯岭！

夕阳下的背影

2015 年 10 月 2 日 17:36

退休 20 年了，每天 24 小时全归自己安排。无论行走、阅读、思考，都是一种"日常性的存在"。法国有个"年鉴学派"，提出"从日常生活进入历史深处"。一个行将八十的人，是否有点历史感了？我想，哪怕步履蹒跚，还是要走好最后一程，用点点滴滴的文字，留我夕阳下的背影。

冬日生活

2012 年 11 月 17 日 07:53

论年龄，我已进入人生的冬季。按季节，我要过好自己的第 76 个冬天。生活的艺术，首要在内容。今冬，我将坚持山林行走，书刊阅读。艺术地生活，要调适好心情，把握好节奏。我反复提醒自己：要从容，不急迫；要放松，不焦虑。我不能被微博"控"生活，只能叫生活舒心而健康。

偎冬

2015 年 2 月 2 日 17:26

寒风冷雨五六天了。午睡起来，穿好冬装。朝北窗望望，湖面不见一艘游船，路上许久没一位游人。我转身靠在沙发上，双腿搁在小凳上摆平。右边一杯浓浓的热茶，左边播放乐曲，是埙与古琴，琵琶和古筝演奏的民乐。重温收藏的照片，是四季出游时拍的。哦，风景似从音乐里浮现，音乐似从风景中溢出。

熟门熟路　　2014年6月14日08:14

人这一辈子，时常从门里出进，在路上往返，得以增添阅历，丰富记忆。如今，人生之门宽敞了，生活之路畅通了，好在熟门熟路，相连相通。我喜爱，出门有旅途的山水，进门有书房的诗文。唯一的悬念是，哪天行走止于旅途，或是思想断于书房？且行且读吧，到了那一天，我当安然泰然，含笑而去。

活力之源　　2012年5月6日22:41

前天是青年节，我收到短信："祝节日愉快！"祝词说："热爱山林和诗书的人，永远年轻！"今天同学聚会，有位老同学赠我一联："除却诗书何所好，唯有山水不能廉"。来信和赠联的两位，不约而同地为我选中了"诗书和山水（林）"。他们知道，正是这两样，成了激发我生命活力的能源。

自在自如　　2013年10月15日09:28

据近年日记，将本人的晚年生活分为：养生、读写、旅游、交往。对以上四项，依次要求：重视、精简、放松、适度。以宽松、闲适的心态，自律自理，自在自如。平时，注意观察、体验、感悟，思考，丰富精神生活，提高生活质量。把自己在《老年人》杂志写了两年的"枫林话晚"，用心"话"自己。

切记　　2013年8月11日06:30

人活一生，定要记住两个方向：一是出门的去向，二是回家的归向。早在农耕社会，向来如此。在现代生活中，人三岁进幼儿园，而后上学，就业，上班，还有婚恋、社交，但凡有个家，哪怕仅此一个住处，就得出门而后回来。旅游也是：高高兴兴出门去，平平安安回家来，切记回家的路。

日历

2015 年 8 月 31 日 10:12

我上中学时，家里有了日历。我每天一起床，先去撕掉昨日的一页，迎来新的一天。现在，老伴爱为书房置台历，我将“百科”台历当作“知识卡片”连年积攒。日前，我对照日记，从台历上检视出行的日子，顿生感悟：日历可以记事，可以备考，我还要对照日历，回味流逝的岁月，珍惜将来的时日。

年与日

2014 年 6 月 23 日 16:27

古罗马恺撒大帝说：“年轻时日短年长，年老时年短日长。”我就自己的体验解读：年轻人生活充实，工作忙碌，感觉日子过得很快，而未来的岁月觉得来日方长。老年人虽然嗟叹人生苦短，而老来一旦疾病缠身，或遭遇别的不幸，确有时日难熬的苦衷。所以，年轻人要放眼未来，老年人要着眼当下。

行路三招

2014 年 12 月 2 日 09:15

在旅游途中，在散步路上，如今我的行走姿态，假如作慢镜头回放，可以看出：一是时不时望望前面，二是随时看着脚下，三是有时还会左顾右盼。其实，人生路上何尝不是这样呢？既要朝前看，又要把握当下，还得协调好自己与他人的关系。

老树逢春

2016年2月6日 18:56

立春了，过年的气氛浓了。我给70岁以上的老友发微信，有句："能宽心时且宽心，可从容处且从容，自然而然地老去……"有位中年朋友，见到此信，给我安慰："春天是生长的季节，在阅读、写作和旅行中幸福生长。"这话，让我寻思古人所谓"老树著花"的诗句，正好优雅地老去？

形神俱健

2016年1月30日 23:47

夜深人静，冷雨寒窗。昨晚，读罢陶渊明的《形影神》，熄灯就寝。其时，形已睡而神未眠，似闻"形赠影""影答形"，演绎为现代人的形影之忧。多亏陶老以"神释"唤我："纵浪大化中，不喜亦不惧，应尽便须尽，无复足多虑。"睡吧，心静神安，一觉睡到今日凌晨。

心静神安

2012年6月7日 09:02

王维"晚年唯好静"。老者有甚难处？杜甫说得明白："老病忌拘束，应接费精神。"是的，老来无病也体衰，出访或接待，都须劳神费力；沉默寡言没意思，说话多了费精神。尤其，我既不愿拘束，又怕怠慢客人，岂不里外为难？所以，在心情矛盾中转换生活方式，我情愿独处一隅，心安神静。

魂须附体

2014年1月7日 10:34

生而为人，什么最重要？身体！要有健康的身体，增进身体健康。以前，我往往忽视健康讲修养，脱离身体讲灵魂，但毕竟魂须附体呀！读培根格言：“健康的身体，是灵魂的客厅；病弱的身体，是灵魂的监狱。”将尊贵的灵魂请进优雅的客厅吧，别把灵魂推进监狱。

安时处顺

2013 年 7 月 20 日 05:57

听说庄子死妻，鼓盆而歌。其实，他也嗷嗷痛哭，只因想通了才止哭。《庄子 · 大宗师》有言：“得者，时也；失者，顺也。安时处顺，哀乐不能入也。”“大块载我以形，劳我以生，佚我以老，息我以死，故善吾生者，乃所以善吾死也。”这话，读熟了，理解了，将生死从容面对，哀乐泰然处之。

动静相宜

2015 年 11 月 29 日 20:59

生活的节律，有动有静。一个有涵养、能自控的人，动静都有把握。他们知道，动中最应检点言行，静时也该清理欲念。否则，一旦欲念不端，难免妄言盲动。谁若平时未曾留意，不妨内省自己的一动一静，给自己一个提醒。

远近相宜

2016 年 1 月 17 日 22:05

有位退休教授说，活到七老八十，与客观世界的距离渐行渐远，与主体世界的距离越拉越近。我想，这是自然趋势、人生过程，本人早有体验。对此，我有两点思考：一是，不能脱离社会，隔绝现实，那样活得太孤寂，太没味道。二是，回归本体，正好认清自己，思索人生，好比老牛反刍，安详自得。

从心所欲　2013年7月26日05:56

“七十而从心所欲”。我对自己提出：“过好每一天！”第一，什么叫“好”？就是把身体、精神、行为、心情调适到较好的状态。第二，怎样把这些“好”的元素落实到每天的生活流程？把日子过得有常规、有创意。毋庸讳言，知道来日不多，故以“天”计数，但不惶恐、不焦虑，还是“安时处顺”的好。

甘于寂寞　2015年8月24日06:57

热闹是一种场景、一种氛围。寂寞是一种感觉、一种心情。有人在热闹中热闹着，有人在寂寞中寂寞着。本城有位作家：“在热闹的地方寂寞。”我理解，也喜欢这样。没有热闹的地方，人气不旺。然而，若能拉开心理距离，进退自如，稀稠适当，守住寂寞，用好寂寞，便自生别致，寂寞出味道来了。

经历与思想　2012年10月15日18:00

人生在世，经历各个不同，对于经历的认识也各不相同。正如自然现象千差万别，人们的经历与认识更为复杂纷繁。卢梭认为，无论男女，“实际上只能划分为两类人：有思想的人和没有思想的人”（《爱弥儿》）。我看，正常人谁无思想？不同只在于思想的正误、深浅之别。所以，我们应该有些自知之明，正视经历，善于思想，早点儿“不惑”而“知天命”。

善忘　2013年8月11日06:36

老年人多健忘，记从前而忘当下，知其人而忘其名。另有一种忘法叫“善忘”，有意识地忘掉某些事物，如个人恩怨、一己得失，还有某些令人哀伤、烦恼、郁闷、纠结的往事，即使不能一风吹尽，也尽可能抛在脑后。让脑子腾空一些好，善忘也是养生。生活得更加心舒气顺，心静神安，岂不更好！

对话海默

2012 年 10 月 23 日 18:19

人所畏惧的老年痴呆，学名为“阿尔茨海默症”。三年前，我与“海默”通电话，谈过自己的认识和态度：一、坚持积极的人生观。活着，就活得快乐，活出意味。二、保持宁静、平和的心态。不过于忧虑或焦躁，不固执己见，多些宽容和忍耐，少些抱怨和牢骚。三、不断学习，热爱生活。或安坐书房，或游走山水，保持阅读与健身的习惯，经常了解新信息，接触新事物。四、走出封闭，打破沉默。跟家人沟通，和外界交流，从中、青年朋友中吸取热情和活力。五、不闲着，不累着。无论社会公益活动，或是日常家务劳动，做些力所能及的事情，证明自己多少有点用处。“海默”先生听了，表示认可。他说，果能如此，我就八年之内不找你。

逝者的自白

2013 年 1 月 22 日 09:35

某地，有一座坟墓。在墓碑的背面，刻着墓主的诗：“我在人前感到渺小，因为我心中的伟大没人知道。我在人前感到伟大，因为我心中的渺小我不知道。我在人前感到平凡，确实是平凡的，对自己我是深深知道。”逝者的自白，我能理解，也很喜爱。我将不留坟墓，回归自然，有如一滴水、一捧泥。

托翁之墓

2011年12月6日 08:58

“亲手种树的地方会变成幸福的所在。”托尔斯泰晚年决定，愿长眠于少年种植的树下。1928年，奥地利作家茨威格来到托翁墓地，见到这里远离尘嚣，没有十字架，没有墓碑，连名字也没有。这里，只有风儿吹着，阳光照着，冬天的白雪温柔地覆盖着。没有什么比这种朴素更打动人心。茨威格见过教堂大理石穹隆下拿破仑的墓穴，见过魏玛公侯墓园中歌德的灵寝，见过西敏司寺里莎士比亚的石棺。他觉得，“都不如这个只有风儿低吟，庄严肃穆，感人至深的无名墓那样，能强烈震撼每一个人内心深藏着的感情”。

凄美

2012年11月25日 17:27.

谢老88岁，每天清早搭公交车往河东转一圈，买些果蔬、饮品回来。昨天，晓清见他衣兜里插几片红叶，问得这天真和雅兴的缘由。谢老的老伴去世八年了，他将骨灰盒留在卧室相伴。谢老说，她胆小，要等我的骨灰拌在一起走……老伴生前喜爱枫叶、银杏叶，就拾些供在她的灵前。

说“够”也够了

2013年2月15日 07:18

“廉颇老矣，尚能饭否？”能，能吃五六成饱就够了。“睡眠很重要呀！”晚上睡五六小时，午后睡一两小时，足够了。“退休金够用吗？”衣、食、住都够，有了剩余就坐车出去逛山水。73岁那年，到孔夫子墓前站了好久，若有所悟，而今声称“活够了”。“总还有什么不够吧？”能“够”吗？

水与火

2015 年 2 月 25 日 17:21

如果给人生拣选某个象征，赋予某种意义，我觉得生命像流水，哪怕是涓涓细流，但求不腐不枯，不湍不急，不舍昼夜地流向远方。生命也像火，在燃烧中发光发热。无论在路边，在旷野，“日月出矣，而爝火不熄”（《庄子》），给人以光明和温暖。

述而后作

2013 年 3 月 12 日 17:17

从党校到大学，“述而不作”未为懒。退休以后，不“述”而有“作”。其原因：一是，身体尚健，精神犹存，工作的惯性使然。“作”是自行其道。二是，有足够的时间。平生珍惜光阴，唯恐虚度时日。三是，得益于“外因”，有人约我开专栏，写文章，邀我出书。于是，做自己乐意做的事。

八十初度

2015 年 12 月 29 日 10:56

进入 2016 年，跨入本人的“80 年代”，定要经心自我管理，包括：起居饮食；阅读视听；行走游览；态度情绪；以及言谈文字等等。切记“负面清单”。继续保持宁静、愉悦的心境。做一个比较健康、大致明白的人。倘有疏忽偏离，晓清同学是第一监督人。

第三章

书里书外

一、些微书话

书中蹊径　　2012年10月31日08:46

1996年，应约写作《秋林拾叶》，时常在“书山”翻阅，其中第四辑写读书，头篇就是《书中蹊径可通天》。今早重读，喜爱这个句子，但不知是否原创。至少，大家都熟悉“书山有路勤为径”，还知道“自辟蹊径”。也许就这么一气呵成？或许，把书中词句“化”为己有，信手拈来也可乐。

恒久的时尚　　2012年1月14日21:40

寒窗，冷雨，灯下。刚才取出叶德辉的《书林清话》，发现书中夹着一纸毛笔楷书。记得那年邀请几位中青年学友开读书讲座，图书馆为制作海报，叫我拟些讲题。于是，我用毛笔写了：“与书结缘，可久可大”“有幸读书，其乐无穷”“读书，做人做事的根基”“读书是从不过时的时尚”。我选讲最后一题，为一桩古老的事情做一个时尚的广告。

人在画境　　2012年8月5日06:42

秋江浅水，老树疏枝，江边，树下，一幢茅檐小舍。那边板桥上，有位垂垂老者，沿着回家的路，拄杖缓行。那是身着古装的“我”吗？他的归途，正是我宿命之路。他的茅舍，正是我性灵之家。昨晚欣赏《戴海村语》的装帧，今晨闭目遐思，潜入画境。在庐山感激罗亭、刘潇然两位先生，感激你们的理解和创意。

好之乐之

2012年6月22日09:08

子曰:“知之者，不如好之者；好之者，不如乐之者。”(《论语·雍也》)我在退休以后，写自己想写的文字，读自己想读的书籍。我虽知之不多，但“好之，乐之”，并以此带动阅读与写作，终于读有所增，写有所就，“知”也日积月累。同样，从求“知”出发，继而“好之，乐之”，亦为求知之道。

读之解之

2012年2月11日10:49

古人云:“熟读百遍，其义自见。”庄子更有所谓“思之思之，神鬼通之”。明人张岱给友人写信，讲他注解四书五经，先必正襟危坐，将原文朗诵数十遍，对其意义便忽然有省。近期，我选读明清随笔，选取为人做事、读书赏景的语录写成微博，也力求读懂原意，品出新意，与老少读友分享。

朱熹论学

2012年10月31日11:20

朱熹，是学问家、教育家，精通读书治学之道。他说，求学好比烧火，先把火苗吹发，再添柴。他说，为学好比撑上水船，闯入激流，须着力撑篙，不可松劲。他说，治学好比煮肉，用猛火先煮，再用微火慢炖。他说，读书好比用药治病，须对症下药，讲究煎法。欲知以上诸论，请读《朱子语类》。

读书乐

2013年4月9日 09:33

清代张潮算得是终身读书。他说："读书最乐"，"有工夫读书，谓之福"。他读经、史、子、集作四季安排。民间曾有混混腔："春日不是读书天……"混得一年四季懒读书，岂不混成废物。时下，学生们上学上课，总算"在读"。但试看学校出来的人，"终身读者"有几成？

且读且行

2012年10月7日 08:02

"读万卷书，行万里路"是读书人的愿望，而人一旦进入职场，往往为工作、生活和应酬所累，想要"清闲潇洒"不容易。我自退休之日，以书房和旅途为生命活力之"场"。且读且游，是我生活的常规。这样的生活，头脑与肢体并用，静态与动态互换。这样的生活，单纯而自在，充实而丰富。

书房琐记

2014年2月8日 16:27

回村取书，无意中发现"也算日记"的小本，零星记些读过什么、想到什么、写了什么，还有状态如："上午精神委顿，笔下滞塞，慵懒？懒得只想读书。""费心思的事，用心思去做！"还摘录有读者感言及我的回复。有时也曾玄想，"把自己放逐在书房"。其实，书房里的心事与文事，也须自我管理。

可人书屋

2012年7月12日09:09

避暑庐山，走进“可人书屋”，朝书架看看，和店主聊聊。当时进来三位顾客，就转不过身了。这时，我发现一位小男生，背靠墙壁，席地而坐，双手捧书，一直在神情专注地阅读。我为这孩子感动，更为“可人书屋”感动。走出门来，于艳阳清风下草拟联语：“陋室仍书屋，能读即可人。”

书囊

2012年9月1日18:16

五年前，我从牯岭带回《庐山学》等书十多本。今年，先购得《营造庐山别墅的故事》，随后购《庐山老相册》五册，其中有专辑《牯岭开辟记》《松门别墅与大师名流》。游历中对石刻发生兴趣，又购得《会讲故事的庐山石刻》。风云千载，庐山依旧，而我能将其文史荟萃搜罗点滴，纳入书囊，一幸也。

日知录

2012年9月27日23:27

清代学者顾炎武，将读书心得随时笔录，积30年之力，著成《日知录》32卷。我将“日知录”当成自我提醒：“日有所知并有所录！”在日记、卡片和抄本常有所录，到时便有所用。羡慕校园和职场中人，每日自有新知多多。倘能在课外和业余日有所录，加以消化吸收，长期坚持，必定大有裨益。

书味

2012年10月10日20:53

平日很少出村，出村自有“路线图”。今天，去书院路跟中学同学聚会，提前出发，顺路到定王台淘书。好久没到这边来，半小时就挑选了五本想读的闲书。会餐的菜肴丰盛，荤素都有味。午后回村，补睡午觉。刚才将购回的新书又一一翻过。嗯，书比菜经嚼，书香比菜味更绵长！灯下夜读，开心一记。

读书如吃饭　　2013年5月30日 09:56

袁枚的《随园诗话》有一说：读书须“取其神”，而不是“囫囵用其糟粕”，“读书如吃饭，善吃者长精神，不善吃者长痰瘤”。这个比喻，从吃饭与读书两方面讲，都切中时弊。吃饭要注重食品安全和食物营养，莫被“色香味”迷惑。读书亦应选择，追求精神营养，最好选读励志、博才、长见识的好书。

以书为友　　2012年12月28日 11:47

称书籍为老师，是对作者的敬重；但不如做朋友平近，更亲切。书是一生相伴、不弃不离的朋友。他有言而不喧哗，有才而不骄矜；你不找他，他不打扰；你想找他，百找不烦；他不因逢时而变脸，不因时变而跟风。当然，如同交友须择友；读书还须择书。

书与人　　2012年10月10日 22:25

未曾数过我有多少书籍，正如未曾数过我有多少朋友、熟人。很多好书都想温故知新，亦如过往的老友，多想重逢叙旧。我记得，哪些书籍感染过我，更不忘各方好友给我以良好影响。好书塑造我的独立人格，好友不会把我异化成“别个”。好友，好书！令我一生心存感激！

标杆 2012年10月12日12:10

退休以前，我在自家案头请来了季羡林、张中行、金克木等多位长者。他们学术有专攻，而人生小品则自成风格：季先生的平实而厚重；张先生的慢条斯理，有板有眼；金先生则老到而俏皮，他说，快90岁了，还“酷”什么？挥挥小旗，要下车了！退休以后，我有时间读读明清古人、当今新锐，眼前标杆林立！

老人书 2012年10月20日11:43

清早，喜接读友短信，激赏孙犁的晚年文笔。因有同好，乐于转抄传播：“潜心静读老人书，好像漫步秋日的原野，天高云淡，风和气爽。老人笔下的前尘往事，鲜为人知，静水深流。老人文章，因其窖藏历久，故而醇香；因其汰尽铅华，故而淳朴。少时常读老人书，老来不负少年头。”

与书神交 2011年12月6日21:31

一部英国戏剧中有句台词：“把心思用在读书上，不过是想从别人绞尽脑汁、苦思冥想的结果中找点乐趣。”英国作家兰姆说，自从听过这俏皮话，就用很多时间读书，于是，生活在“与别人思想的神交中”“情愿让自己淹没在别人的思想之中”。我想，他讲的“别人”及其书籍和思想，应当都是经过选择的。

精神呼吸 2012年11月3日16:42

阅读，对于终身学习的人来说，就像呼吸一样自然。这是读书人的感觉，是读书圈里的话。学人的“精神呼吸”，就像众人的生理呼吸一样，关乎自己的精神健康、学术生命。渴望阅读的人，一旦失去书籍，中止学习，将感到内心憋闷，灵魂窒息。但他们通常都知道，保持呼吸通畅，不断吐故纳新。

融会

2013年5月22日06:27

有份简介，说我“常常将阅读、思考与人生经历相融会”。其实，谁不阅读，谁无思考？经历更是人人有之。我也不过将这些搓揉咀嚼，当作日常余兴而已。感激青年朋友的安慰和鼓励，我乐于将“三者”相融会，时常这样去做，看看能否活得清醒、滋润点儿？

书山学海

2016年1月17日15:20

一个有作为的学者是怎样炼成的？李泽厚从时间、书籍、方法，谈到读书“多而杂”：幼时读武侠和福尔摩斯，后来读冰心、鲁迅，读马克思、康德、俄罗斯小说，读老、庄、荀、韩非，读禅宗语录、陶渊明，读李、杜、韩愈以及五代、北宋的词。翻过这些书山，就见他哲学、美学和中国思想史的学海。

莽苍苍

2015年9月8日18:21

谭嗣同命书斋为“莽苍苍斋”。田家英又命书斋为“小莽苍苍斋”。“莽苍”一词，见于《庄子》，意为空旷无际，郊野之色，遥望不甚分明。“莽苍苍”，正显书山学海之境界，也是学人文事之境界。叹谭嗣同为新政血溅皇城，时年33岁。复叹田家英，于1966年5月23日自缢于书架之间，时年44岁。

文化遗产　2012年6月23日 18:54

时光不会倒流，今人怎能“穿越”？好在时代的列车上，还装载着历史与文化，还有中外哲学与文学……这是古人的历史遗产，今人的精神财富。曾经，有些“时代的骄子”，在“更新观念”的呼声中，鼓噪着抛弃“历史包袱”。可是，他们还未打开“包袱”检视一番呢！老来有空翻翻古书，闲中一议。

心中有诗　2015年10月13日 11:28

子夜时分，岳麓山下夜读人，发来人民大学国学院的黄克剑教授给毕业生的致辞。早有学生赞誉黄教授“心中有诗”。今年，他以“留住心中的诗意”为题致辞，并围绕“诗意”阐释：留住赤子之心；心存虚灵的真实；养润创造的灵感与个性。读后至珍至喜，顿觉心境如窗前秋水般宁静、澄澈。

诗　2013年2月14日 09:23

诗！是你的尊姓，也是你的大名。活了三千岁，你还这么年轻。你来自田园、山野，又走向市井、书院、宫廷。你是窈窕淑女，或为多情才俊。你是豪放壮士，或为婉约达人。无论四言、五言、七言，或为长短句，都那么顺口，动听。中国旧体诗词，从先秦至汉魏，从唐宋到明清，走过了辉煌的历程。在现代文学中，新诗百年，造就四代诗人。相信天长地久，世上总会有诗人，人间总会有诗心。

读诗话

2012 年 10 月 14 日 08:44

诗话，是评论诗篇及记载诗人故实的著作。戴逸如说："浮躁时最好读诗话，可以静心。"还按同样句式说，读诗话，愤怒时可以气平，呆愣时可以妙悟，昏庸时可以清新，僵化时可通血脉，枯槁时可生神韵。逸如先生大谈阅读诗话的益处，可又惋叹：诗都没人读了，还有人读诗话吗？

诗思

2014 年 1 月 8 日 08:47

看了黄永玉作品展，回想 20 年前会面时，听他谈星空、谈诗歌……重读他的诗配画。如萤火虫："一个提灯的遗老，在野地搜寻失落的记忆。"如燕子："一枚远古的钥匙，开启家家户户情感的大门。"这些诗的意象、情趣，唤起我的沉思：爱诗的人，如何能诗心不改？写诗的人，怎样能诗思不竭？

诗可医心

2012 年 10 月 14 日 10:05

国学名师马宗霍先生有言，肚子痛的时候，读读《湘夫人》就不痛了。这话，也许是先生平日的笑谈。而真正可笑、可恶的是，1958 年，大学里闹腾所谓"拔白旗"，学校公布这种"材料"，发动我们这些未入师门的学生对其展开大批判。刚才，我又重读《湘夫人》，痛感当年的胡闹，不仅伤害名师，而且亵渎湘水女神，玷污湘楚文化。

半床书

2012 年 1 月 12 日 11:40

张培刚先生，是我国经济学领域的世纪老人。郑与点曾经走近这位 90 岁的长者，见到老人的床上多半摆着书籍，余留的小半难容一躯安卧。张老的夫人说，他每天要看书，如果把这些书挪开了，他睡不着觉。不久前，这位临近百岁的老人，弥留之际还在念叨“到书房去……”。有感于张老先生的“半床书”，我想起卢照邻的《长安古意》，诗中对比上层社会的骄奢淫逸，刻画了穷居著述的扬雄：“寂寂寥寥扬子居，年年岁岁一床书。”古今之“床”或许有别，而学者书人的心志是代代承传的。

客厅即书房

2013 年 1 月 5 日 08:18

20 世纪 90 年代后期，家里还住着四五口人。我的书桌书架，只能摆在客厅南窗。那时刚刚退休，有心于读读写写，而股票、楼市已成社会话题，本书生无从插嘴也毫无兴趣，便想就此写篇“客厅即书房”，但也不过想想，还是憋住了那点腹藏的文气。

乐而忘苦

2014 年 2 月 20 日 21:49

20 世纪 60 年代初，张五常求学于洛杉矶加州大学期间，在研究生图书馆里，找到一间仅可容身的小房。备好书籍，带上干粮，不分昼夜地研读，困了席地而睡。数天之后，带上问题找老师。如此求学达四年，后来张先生成了享誉世界的经济学家，仍在回味那段乐读时光。今晚读他的追忆，令我佩服，羡慕。

书也有衣

2011 年 12 月 2 日 16:22

作家孙犁，“文化大革命”蒙难，所藏书籍被抄没。数年后宣布“解放”，书籍获还。其时，他便搜罗废纸，包装旧书，借以消磨时日，排遣积郁。经过包装的书籍，他在书衣题写书名、作者，当时“偶有感触，虑其不伤大雅者，亦附记之”。“文化大革命”后汇集发表，作者称：“当日身处非时，凋残未已，一息尚存，而内心有不得不抒发者乎？”此乃作者之文字积习，有如老农荷锄耕于田头地隙。孙犁书读得好，文字清雅，这些“书衣文”堪称文字园林的奇珍异品！

遐想

2011年12月3日23:02

“一人在室，高烛并肩，庭院无声，挂钟声朗，伏案修书，任其遐想。”这是孙犁于1975年5月29日包书时写下的氛围与心境。他于当时境况下的沉思默想，是日记，比日记更具文采；是散文，比散文更见性灵。这些非常岁月的非常文字，让后人知道前人藏书、读书及写作的良苦用心。

读书种子

2012年10月20日09:43

大约是1978年，长沙北区搬运站的青年工人陈书良，考上了武汉大学的研究生，而后成了湖南省社科院文学研究所所长、中文系系主任。这颗外祖父膝下的读书种子，有读书良言可供传抄：“在困踬坎坷时，以读书自励；在闲适轻松时，以读书自娱；在失意低沉时，以读书自解；在事务繁忙时，以读书自强。”

沙湾刘

2012年4月4日12:03

新疆沙湾，我从那儿过来过去多少回！十多年前，听说黄沙梁出了个刘亮程，赶紧读他的乡土散文，心里热乎乎的。刚才整理藏书，正好“碰”上他，又看他的照片，“沙湾刘”的长相和表情，见着就似乎熟悉。那片乡土怎么会冒出那样的文学，神奇得叫我好生奇怪。

面壁

2013 年 4 月 11 日 09:50

到过达摩面壁十年处，却想不明白他面壁的情形。倘若天命假我十年，我也乐意找个地方，天天“面壁”，求得大彻大悟。我的条件很简单：有书籍，有纸笔，有当下世间信息。自然，还得有安稳的睡处、清淡的饮食；最好还有一片森林和一座山峰，让我在林间走一走，在峰顶吼一吼。

大气

2013 年 4 月 17 日 10:19

爱好古诗文的读者，背些唐诗宋词，就跳到明清小说、散文，可曾读读元曲？推介一首小令：“茫茫大块洪炉里，何物不寒灰。古今多少，荒烟废垒，老树遗台。太行如砺，黄河如带，等是尘埃。不须更叹，花开花落，春去春来。”作者刘因，心静好修，安贫守拙。其大视野、大胸怀，可谓大气！

修身益智

2013 年 5 月 5 日 08:45

琢磨“山水语文”这个讲座，有些成语熟句，踊跃奔来，偶一排列组合，戏为联语：“行万里路，游山玩水不亦乐乎；读百家书，舞文弄墨直呼快哉！”横批：“修身益智。”

山水育人

2013 年 5 月 5 日 08:35

回忆中学时代的春游、秋游和夏令营活动，思考山水的教育意义：从德、智、体、美总体上说，山水教学生亲近大自然，热爱祖国河山，启发学习兴趣，增强体质，美化生活。近日琢磨“山水语文”，我看，山山水水是语文教学的“第二课堂”，既提升对自然界的审美能力，又加深对课文的理解和记忆。

嗜读

2013年6月4日09:28

早已告别“职业性”的读书、用书，而嗜好性的阅读，恐怕将维系终身了。阅读的动因或方式有四：一是研读性的，选读经典、精湛之书。二是查阅性的，为着讲点或写点什么（哪怕某则微博），翻寻读过的书籍，为之翻箱倒柜，刨根究底。三是闲情性的，目光所触，信手拈来，随便翻翻而已。四是偶然性的，比如茶几上的过期刊物、桌子上的旧报纸，偶然间兴许有意外的收获。

文学回忆录

2013年1月14日00:10

这部大书，由木心讲述，陈丹青笔录。全书83讲，1102页。一位年长的作家、艺术家，为一群年轻画家讲文学。他们不为考级拿文凭，不靠“文学”吃饭，而讲者与听者都这般投入，这也许正是此书魅力所在。我年轻时有心投奔文学，后来却走失于文学之外。现在老眼昏花，还想借此“笔记”补补课。

滋养

2013年1月24日18:14

中国政法大学教授何兵，透露他的“秘密书架”为何首选文学，谈他读鲁迅、读蒲松龄、读孙犁的感受。他写道：“这些作品不仅滋养我的心灵，更是将人生的苦难与悲哀、激情与无奈，一页页打开给你看。让你感受人性的善良与残忍，让你认识‘人’，而这是法律人的基本功。”

求知欲

2013年1月6日17:57

曾与名医吴先生游于郊外，问其何以倾心藏书。他说，到这世界上走一趟，但凡不知道的东西，总想多知道一些。名医之言，有如一剂猛药。读余秋雨的《中华文化四十七堂课》，心思倾注于先秦诸子。首先请出《老子》，早晚必诵几章；还将通读《庄子》，温习《论语》，补习《孟子》。此事应成为2013年印象最深的事情之一。

爱书爱到死

2012年12月20日12:15

萧金鉴先生爱书，藏书，以书交友，与书为伴。平日，忙于为他人作嫁衣裳，而自己的文字却未曾结集，直到自知沉疴难愈，才整理旧稿，并将编辑、装帧、出版、作序种种事宜托付各方朋友。所幸，当书样送至病榻前，这位“爱书爱到死”的人，得到了最好的临终关怀。昨晚，我收到萧金鉴先生的遗著《站在阳台看风景》，捧在手上沉甸甸的，感觉心中暖融融的。扉页有他的近影和漫像；还有他的藏书票：“爱书藏书，我读我思。”书里夹着一枚书签，印着他手书的“长眠青山里”。初读的印象，感觉此书大气、精美、丰富！我会仔细阅读的，怀着对亡灵的崇敬与追思。

人与书

2012 年 1 月 8 日 22:16

清早打开手机，读取子午书简：“或许，人和书皆为上帝最伟大的创造。但书更甚。您说呢？”昨晚我的手机在充电，不然，我可能回应：“嗯喏！”值此东方既白，我另有“或许”：上帝创造了人，叫人著书，包括《圣经》那样的书。于是，好书可以把“人坯”精加工，其效果更甚。有时我觉得，好书比常人更可爱。阅人与读书，某书可能比某作者更可爱。但凡经典传世，不仅赖于人，而且赖于“天”，承蒙“天”的恩泽。所以，当我倾心于某书的时候，总想进一步走近作者，了解其背景、阅历、才情和天赋。

南山意园

2012 年 4 月 22 日 09:03

游访桐城，处处遇着戴名世的影子，恍惚潜入南山“意园”。园中有山水、田地、花木，有书、有琴、有酒。“其园无径，主人不知出，人不知入。”（南山《意园记》）其实，桐城并无此园，这是作者的梦乡之园。至于“无径”一说，时人或有高论，而今我却愿借宿此园，无所谓“出世”“入世”之徘徊。

浮想意境

2016 年 2 月 14 日 09:41

画坛寿星朱屺瞻曾说：“趁我还年轻，要多走走，多看看，多画画。”1977 年，86 岁的朱屺瞻，完成《浮想小写》12 幅，分别题为：宇宙、理想、开拓、攀登、突破、曲折、斗争、变革、清洗、再生、迈进、出新。他说，中国画论的最高要求，是画出“意境”，进入历史范畴，趋于宇宙范畴。

因人识书

2012 年 3 月 2 日 10:08

黄海阁公向我推荐詹克明先生的《空钓寒江》。我迅即从网上购得。当我欣然进入这位科学家的散文情境，又从阁公获悉，作者是他的高中同学，1957 年考入北大化学系。恰巧，我也有一位高中同学与詹同班，该班还有叶永烈。机缘巧合，因了两个人的相逢相识，又从各自的社会关系通向同一“气场”。

新苗

2013 年 2 月 7 日 20:06

昨晚，手持放大镜，伏在台灯前，重读《缪斯的困惑》。当年列入“中国少年作家丛书”的这本小说、散文集，出自一位中学生之手，其文字、其构思、其理念，着实叫人惊喜、感佩！今晨，我在扉页为这位少年作者题写：“你的这本作品，我已收藏 22 年。唯恐日后流失，现予归还。你的自家文物，珍藏！”

寒暑夜读

2012 年 7 月 7 日 06:02

山鸟初啼，凌晨读取一则 23：39 来信：“还有爱书如您的人在！”此话怎讲？原来前面还有一段，写在桐城觅书，觉书店之冷清，与商城繁华、物资丰富，恍若两个天地！来信人是“书林的夜莺”，向有午夜阅读的习惯。我复：“本人爱书，崇尚而已。其实，我更羡慕、佩服寒暑夜读的书生。”

壮胆

2012 年 11 月 10 日 08:55

有位女教师，常去外地讲学。有次到山区，独自住在县城招待所里。后半夜，窗外电闪雷鸣，风狂雨骤。她受点儿惊吓，有点儿恐惧。平日，她爱夜读，书就搁在枕边。于是，她又坐起，开灯，阅读。一会儿，心静神安，置雷雨于度外。原来，读书还能壮胆呢！

一点点

2014 年 10 月 31 日 07:04

太原的知秋老师，常在教学之余，挤出时间补充知识，提升境界，说是“每天一点点”。是呀，仓廪因一粒粒稻麦而充盈，江河因一滴滴雨水而浩荡。如今我视力极差，参照这“点点主义”，把书房生活“全日制”改为“三点式”：每天读一点点，想一点点，写一点点，有如儿时稻田拾穗，好玩！

寻书之乐

2016 年 3 月 20 日 11:26

“读书人，不上书店还去哪？”一句话，撩发我对书店的深情。早先，长沙的黄兴路上设有商务印书馆的书店，我坐在书店的水泥地上，读过苏联小说《真正的人》、艾青的《诗论》。几年后，五一路才修半截，就有了新华书店。周末，我常去那里浏览新书，买过贺敬之的《放声歌唱》。

快乐学习

2012 年 11 月 30 日 17:28

作别中学时代叫我头痛的数学，考上师范学院语言文学专业，好比小鱼游进江河。所谓“职业”的与“嗜好”的读书，混成一体了。因此，我能用七个早晨背熟屈原的《离骚》，还可以在正课时间读巴尔扎克的小说、莎士比亚的戏剧……后来，我被改变了专业，却终生不忘那段快乐学习的时光。

补课

2013年7月25日06:37

本人教化甚晚，八九岁还在山里塘边玩。好在新中国成立后进城接受正规教育，长进较快。大学期间，干扰频繁，学业荒废，太可惜！参加工作后，六年远离书本……愧为“知识分子”，竟这般缺知少识！我想学，能学，得益于两个补课期：先有“文化大革命”后的五六年，还有退休后的“夕阳学校”。

添加

2013年2月23日21:05

打小在乡下看推磨，磨米粉、磨豆浆，边磨边添米、添豆。如果不添加，岂不推空磨！谁做那种傻事？从网上读到，杨绛先生给一位青年写信，指出：“你的问题主要在于读书不够而想得太多。”这位青年不过想想而已，可有的人很少读书、很少了解实际，却还一个劲儿讲着写着。该往磨子里添添什么了！

读有所得

2013年12月3日11:06

专家治学，必须依托图书馆，搜罗专业文献。对于我们普通读者而言，不妨物色选本，阅读选本。走进选本，好比步入百卉园，拥有百宝囊。湖南文艺出版社选编的《读有所得》，是一种口袋书，简装本，选得典雅、精湛，是我珍惜、喜爱的选本，读了可以得思想、得知识、得文采、得雅趣。

种豆得豆

2013年12月4日07:44

幼时在田边地头种豆子，尝过种豆得豆的滋味。昨天翻阅《读有所得》，这种口袋书，版面狭窄，却在横排边旁附加“读字”“读词”“读句”“读典”“读韵”“读数”等。简简单单一两行文字，用淡彩印刷，不显累赘，且看似一种装饰。这种零星之“读”不过一瞥，却有聚沙、集腋之效。我喜爱！

悦读

2013年12月28日08:17

利用零星时间，浏览《读有所得》，果然读有所得！本月，我有几则微博，皆源自该书：或思想启发，或资料引证，或触类旁通……料想更多的读友，捧书悦读，定会有所思、有所悟、有所用。难忘想读书而书籍匮乏的痛苦。如今是否有人将书摆看，却很少读，无所得呢？太可惜了！

书路回眸

2014年4月25日11:14

亲身经历的事，可以算算总账了。说到购书，20世纪60年代初，我在人民大学读研时，从每月42元生活费里省钱，去海淀、西单的古旧书店买廉价旧书。70年代末，“文化大革命”劫后，买唐诗、宋词、史记、聊斋之类。80年代，在解放思想大潮中，购买“思想教育”类，包括相当多的心理、口才及励志类图书，其中颇多译著。90年代以来，搜罗中外名言词典，喜好明清散文、欧美随笔，等等。我在“文化大革命”之后积累起来的书籍，眼看四壁皆书，老来望而兴叹：选购书籍不嫌多，每到用时还恨少。

淘书

2012年3月10日19:07

连日翻检旧书，书香熏入微博。我家书房虽小，却从来不嫌书多。我不在乎是否“畅销书”，有时明知是“冷书”，却无论其闲其杂，明知故淘！今日午间，在兜里揣着小手电和放大镜（淘书必备），从山间小道去了新民路，淘得《千年讲坛》，是岳麓书院千年以来15位山长、大师的讲学、答问录。不亦乐乎！

爱晚庐随笔

2011年11月30日11:30

张舜徽教授，原本高中学历，于青壮年时刻苦自学，成为文史专家。张先生广闻博识，在教学著书之余，仿洪迈的《容斋随笔》，著述《学林脞录》《艺林丛话》。1990年，先生年高八十，将两稿合称《爱晚庐随笔》出版。我喜爱这本书，随手翻开，翻到哪则读哪则，每读必有所获。读到的是学识，吐出的是文化。

书巢

2015年3月18日18:10

陆游“既老且病，犹不置读书，名其室为书巢”。陈乐民的《书巢漫笔》，是我珍爱之书。刚才，我重读此书，将粘连的书页轻轻揭开。老伴问何故，我翻至版权页，1997年6月6日有记：“昨夜大雨滂沱，房顶积水，渗过天花板，又积于书案，此书系受害者之一。”而今书痴有书巢可依，一乐也。

五角丛书

2012年3月4日11:25

20世纪80年代中期，上海文化出版社的“五角丛书”，大小为1/32的条形本，每本一百页上下，六万字左右，定价0.50元。选录我所保存的“五角丛书”：《世界100位作家谈写作》《人性的优点》《人性的弱点》《五十个怪人》《流逝的人生》《开发人的右半脑》《中外禁书》《中外著名诡辩集》……当年，我已购得二十余册。此类“小书”，反映当年的一种风格。

台词荟萃　　2012年3月6日08:41

舞台小世界，世界大舞台。看过那么多话剧、歌剧、戏曲，谁曾想过收集台词？有呢！顾兴业和申晓蔚有此爱好。他们每获一段精彩台词，随时做成卡片，想必还从诸多剧本萃集，按50个话题汇编成《中外台词荟萃》，于1990年出版。阅读、朗诵这些台词，可当文学欣赏，有些也可作格言引用。

枯季思絮　　2012年6月25日11:33

英国文学家布瑞南，在年逾八旬后，将老来所写的思想札记整理出版，书名为《枯季思絮》。我很喜爱这本书。昨晚偶尔翻检，发现我在初读时写过的眉批，是我与长者的恭谨对话。现在我也进入枯季，就算“枯季对话”吧？布瑞南说：“我们生活着，应该像要永远活下去的样子，尽管在内心中深知，我们的生命时间是短暂的。”我现在的口号是：“过好每一天，时刻准备着！”叫走就走。

好兵帅克　　2012年3月7日21:56

夏日傍晚，从街边地摊淘得《好兵帅克》。瞧瞧这磨损的封面，翻翻这发黄的书页，我好像又回到中学教室，又听到刘晓清和卢小璐她们在课余的笑声，笑那个“为长官拿烟斗”的帅克……购得这本旧书，我算是收容这逗笑的“好兵”来书仓养老。刚才我打着手电四处寻找，不知帅克藏到哪儿去了。

书有温度

2011 年 12 月 1 日 17:58

寒流南侵，寒山静静的，寒舍也静静的。好在添棉衣可以暖身，捧热茶可以暖手。刚才，找出《古文小品咀华》，又请孙犁、俞平伯灯前赐教，还有“苦雨斋”捧来平和冲淡的文字。翻翻往日我在书中的圈圈点点，如闻春水淙淙，如见篝火熊熊。呵呵，唯书可以暖心。

负暄文笔

2016 年 1 月 30 日 22:22

冬日，背阳而坐，那种背上的温热，暖上心头。20 世纪 80 年代，爱读张中行的《负暄》文集，从他笔下那一位位长者的音容，感受冬日阳光般的温暖。岁月如流，中行先生写至卧床不起、口齿不清，他跟前往探视的老友笔谈：“不知不觉老年期就过了。”叹春蚕蜡炬，谁能有知有觉！

欧行日记

2016 年 2 月 15 日 17:21

文学家郑振铎，生于 1898 年，1927 年 5 月去法国，每天都写日记。可惜，历经数次搬家，散失四分之三。七年后，由“良友”出版其“半部之半”。既为日记，则多为“私生活的记载”，也正因为“这种不经意的写作，反倒觉得自然些”。昨晚我写完日记，便从他的文集觅取《欧行日记》，读至午夜。

天心月圆　　2016 年 2 月 17 日 18:06

晴转多云。老伴在窗前诵读夏丏尊的《弘一法师之出家》。我边听边从书橱取出老照片，再瞻仰法师涅槃像：他身着旧衣裤，赤足，头枕右臂侧卧，面容安详；身下是单薄的木板床，床下是破旧的草鞋。又细览法师的临终绝笔："悲欣交集"，这四字概括了弘一法师的精神历程，恰似天心月圆。

心静自然凉　　2014 年 7 月 23 日 19:05

今日"大暑"，长沙 38℃。晨写《夏日寻诗》，上午写《追凉》，下午写《纳凉》。整天无杂务杂念，因之心静，清净。昨日装的空调，我能亲疏适度，疏时不怕热，亲时不贪凉。安坐书房一角，听晓清读《放下历史的包袱》《逆俗生存》《中国式熟人》诸篇，感谢《读有所得》的编者。

耐读　　2012 年 10 月 20 日 10:18

人，有耐看不耐看之分。我在图书馆开讲座，讲到书，也有耐读不耐读之分。请跟我说个"绕口令"——耐读的书："读了和没读不一样，而且还可以时时再读，每次都和没再读不一样。"不耐读的书："读了和没读一样，也不想再读，若再读还是等于没读一样。"这是金克木先生之言。

过目不忘　　2013 年 1 月 25 日 21:36

十几年前，花城出版社出版《过目不忘》书系。编者称："人云亦云的，不选。隔靴搔痒的，不选。引经据典太多掉书袋的，不选。抄一段新闻发一通空论的，不选。”我想，假如反其道而为之，按那一类“标准”选文章，可以编一本《过目即忘》。那样的书，谁乐意读呢？

读书不读书

2015 年 12 月 23 日 16:39

说段禅语，且当绕口令：“读书是读书，读书不是读书。不读书是读书，读书是不读书。”此语道出读书的情境和效果。我在《林中书味》一文中写过，有幸在林中阅读，岂不如同游憩？当我就地而卧时，书中的理趣萦怀于心。相反，倘若枯坐书房，魂飞市井，那还算是读书吗？

能读善用

2012 年 10 月 31 日 07:41

1961 年冬，我走进导师的书房，请教读书之道。先生坐拥书城，紧锁眉头，叹道：“天下谈读书者多，能读书者少。”半个世纪过去，我仍算不上“能读”，可经常还在谈读，似乎越谈越有兴味，时不时就以“村语”的名义谈到网上来了。劝人定要有心读书，想读就会多读，读得多了，就比较能读善用了。

耐得寂寞

2013 年 8 月 18 日 22:56

上午登贵阳东山，品读崖壁上镌刻的“忍耐”二字：“忍”是一种心态；“耐”是忍的力度。不能耐，何谈忍？恰巧，下午读到姚雪垠给晚辈的题词：“耐得寂寞，勤学苦练。耐得寂寞，偏偏不寂寞；耐不得寂寞，偏偏寂寞。”人们多有喜好热闹的天性，而甘于寂寞多属理性的成分。我从题词理出三个问题：一、为什么勤学苦练必须耐得寂寞？二、为什么耐得寂寞地勤学苦练，就不觉得寂寞？三、为什么耐不得寂寞，人生偏偏寂寞？思之，勉之。

读而用之

2012 年 2 月 11 日 11:58

张潮说：“藏书不难，能看为难；看书不难，能读为难；读书不难，能用为难；能用不难，能记为难。”今人将看书、读书统称为“看”。我以为，选读、速读、浏览为“看”；通读、研读、精读为“读”。为什么说“能记”难于“能用”？老夫子是否苦于记性不如？可千万别把“能用”看简单了！

读书日

2014 年 4 月 24 日 09:42

昨天是“世界读书日”，正好是“书虫”与点的生日。我就“读书育人”去信：“书籍的滋养，注入精神命脉，得以吸取智慧与力量，提升人生的品质。”清早得知，北京三联韬奋书店 24 小时开放，向往那种文化氛围。傍晚，在庭院散步，我就书脉、书缘、书运，想出一串句子：“书脉是精神命脉”“人有人缘，书有书缘”“书运是家国大事”。熄灯前写日记：全天所读、所思、所谈、所写，都是围绕读书转。

读月

2012 年 9 月 30 日 22:21

月照书窗，重读詹克明先生的《伴月》《闲月》和《吟月》三篇美文。詹先生潜心读月，从科学与人文的视角，写出了月景、月品和月魂，颂扬了月亮的大雅大善之美。月亮是太空的天体，是地球人精神的客体。注重精神的人与月有缘，因了自身有些“月气”，两“月”相合故为“朋”。

活法与价值

2012 年 3 月 3 日 20:23

下午清书，掀开 14 年前读过的《绿三角》(林景怡著)。见书如见人，重读我和作者的“对话”。例如，作者说“各人有各人的活法和价值”，我写：因了不同的信念，便有不同的追求。因了不同的追求，便有不同的活法。因了不同的活法，便有不同的价值。

母亲的话

2012 年 10 月 11 日 17:00

1941 年，田汉奉母命由渝返湘，在南岳山下租了两间民房。母亲在一间绩麻，儿子在另一间读写。闲时，母亲细谈往事，儿子恭听笔录，经整理出版《母亲的话》。于是，有长沙东乡一农妇的口述史得以传世。这桩家事、文事，一直令我感慨系之。但凡有经历、能讲述的长辈，有时间能笔录的儿孙，能否来一次这样的亲密合作？此事不但爱在家庭，而且益于社会，历史文化传千古！

农妇随笔

2012 年 10 月 9 日 17:05

真有农妇写随笔？读了才知道，作者孙淡宁女士，大学毕业后从军抗日，负伤。战后从事新闻工作。暮年返回自我，以“农妇”之勤劳，耕种方寸心田。她认为，大地需要绿化，心田更需要“绿化”。农妇认为，人们的心田中，充满了红色、黑色、黄色，可惜少了平和安详的绿色。诸如私心、野心、妒心、邪心，承个人主义、功利主义之弊，野草般遍布于心田。心田的绿化，要靠人们自己来耕种！

两亿字

2013 年 3 月 21 日 09:15

人这一辈子，能读多少书？胡耀邦曾向中青年干部提出：读两亿字的书。能读完吗？试作一个匡算：按每本书平均十万字计算，是两千本书。按每本 160 页计算，那么，每天只需抽一小时，阅读 20 余页，一周即可读完一本，一年之内就可读完 52 本，40 年就读完了。关键是要有恒心，坚持读书一辈子。

未曾远去

2014 年 6 月 2 日 07:12

坐上汽车、火车、飞机，打开电话、电视、电脑，以为自己离屈原很远很远。读读《离骚》《天问》《橘颂》……其实屈原离我们很近很近。闻着澧兰沅芷，仿佛他刚离去。侧耳听长空，他那连串的发问，还在漫天回响。我们依旧叹息“民生之多艰”，仍在“上下而求索”，哪怕“路漫漫其修远”！

文学有史

2013 年 1 月 30 日 07:29

早先读过《论语》，近来补习《老子》《庄子》，进而领会先秦诸子。读过陶渊明，追踪魏晋名士，重温中古文学。读过李白、杜甫、白居易，再从大唐气象回望诗国星空。同样，从近百年来的作家与作品，更懂得时代变迁与文学命运的关系。阅读文学史，还得经历“由点到面”再“由面到点”的反复。

抚今追昔
2014年4月28日23:26

不说老庄，不说孔孟，不说屈原写《离骚》、司马迁著《史记》，及至曹植、陶潜以降……他们读过多少书？跟当今的书店、图书馆相比，他们有多少字数的诗书可读？我常想，古人究竟怎样读书，如何吸取书籍的滋养从事著述？今人进入“数字时代”的阅读，竟出现哪些反差？近日，韩少功在湘潭演讲：“当前我们的危险不是无知，而是知道的太多，信息过剩。我们看似知识分子，其实不过是知道分子而已。”韩少功认为，还是要以中外经典和真正的高手为参照，才能有真正的提高。

用心
2014年1月10日18:07

自幼上学，家长和老师都说“要用心”。时至今日，一片闲心，似已别无他用了。偶读清代学者唐甄之言：“心，灵物也。不用则常存，小用之则小成，大用之则大成，变用之则至神。”我极欣赏“变用”一说，愧感过去太“呆”了。学而不用将如何？我担心，或如枯竭之池塘，或如荒芜之田地。

静心
2012年10月19日15:23

读密特朗跟一位作家的谈心：“对于写作来说，必须建立起一种基于内心的宁静。外界的噪音总是难免的，这无关紧要；但要是心情被各种烦恼搅乱的话，就没有办法写作了。”用心先必静心。内心的安静，比外界的安静更要紧。所以，我们既要善于营造内心的安静，还要坚决排除外界对内心的干扰。

摘句
2012 年 4 月 24 日 22:20

我读诗词，欠缺童子功，老来作“桑榆”之想。某冬，心血来潮，抄诗，读诗，旬月间背诵数十首。次年，先是忘了题目，继而乱了词句，胸臆间仅存些许诗意。近日又想摘句，如：“清霜醉枫叶，淡月隐芦花。”（元代许有壬）“野船着岸入春草，水鸟带波飞夕阳。”（唐代朱庆余）摘句，意在供玩赏，学辞章。

秋心不是愁
2012 年 3 月 23 日 18:38

昨晚似梦非梦，恍惚读到“多愁便有诗”。今晨翻寻《旧诗佳句》，抄得：烟波处处愁／帆影挂离愁／应知醉是愁／客心如水水是愁／红似相思绿似愁／明日黄花蝶也愁／频年漂泊始知愁／一上高城万里愁……本人生性乐观，愁亦不以为然，曾写《秋心不是愁》。噫兮！古人又有诗曰：强作无愁便是愁。

存我
2012 年 3 月 25 日 16:30

革命家黄兴手书：“无我”。艺术家齐白石刻印：“存我”。齐氏的诗画印文，处处保有鲜明的自我意识，如：“我自作我家画”“老萍手段”“笔下要我行我道，我有我法”“吾心自有乐”“东坡夸有，白石岂无”“老岂作锣下猢猴”。吾欲“存我”，我当自爱自觉，自励自新，自律自持，自立自信。

人间绝活
2012 年 3 月 28 日 17:07

人间还有这样的奇迹吗？一个乡村木匠，自修成由京华走向世界的文化名人。瞧他飘逸的银须，还有那遒劲的手杖，成了一个永恒的艺术形象。近日，我重读齐白石的四册共 419 幅作品，欣赏他匠心独运，集诗印书画于尺幅，形成独特的艺术风格，叹其刀笔的四种绝活，样样都不逊色。

齐诗

2012 年 3 月 22 日 10:21

齐白石自评:“吾诗第一，印第二，字第三，画第四。”他爱诗，重诗，甚或以诗自负？他期待，人们的慧眼不要只停留在他的花鸟虫鱼，还有诗呢！阿芝 12 岁学木工架屋，16 岁学细木雕花。当年，“灯盏无油何害事，自烧松火读唐诗”。27 岁时，他在乡间雅集吟道:“莫道牡丹称富贵，却输梨橘有余甘。”

行走

2013 年 7 月 19 日 16:38

庄周喜好行走。读《庄子》，就是跟着他边走边悟。看：庄子与惠子游于濠梁之上，故有是否“知鱼之乐”的辩论。庄子行于山中，见大木，故听伐木者“山木”之论。庄周梦为蝴蝶，梦中都在翩翩飞翔……我从家乡的田野走出来，走过三湘四水，走向北京，走出塞外，至今漫游神州……假如不曾走过呢?

言辞

2013 年 7 月 25 日 05:40

韩愈的口才如何？以其文章之高妙，可知言必及义，辞必文采。昨读韩文《送孟东野序》《祭十二郎文》等篇，重温:“人声之精者为言，文辞之于言，又其精也”。早先，我在《教育艺术》杂志撰文《学得能说会写》。在校内，通过“第二课堂”，开展读书、写作、演讲活动，重在训练言辞表达能力。

浅说

2013年10月9日 18:35

《诗经》四言，汉魏古诗五言，唐诗分五言、七言，宋词则活用长短句。古人的文章，多以精练、简短见长。现代大众散文，但求文从字顺，表情达意，句式长短皆宜。我所偏好者，文章不只是可“阅”，或供浏览，最好能“读”，读出声来，朗朗上口，且有节奏感、韵律美。当然，诗文均以外秀内慧为佳。

多彩人生

2014年3月17日 08:56

眼前，呈现一连串语词：热烈，激进，纯厚，雅致，淡泊，潇洒，恬适，淳朴，清澈，温静，艺术，浪漫，幽默，画梦，实用……话说1992年，花城出版社推出《人生文丛》，介绍20世纪我国知名作家的散文。一人一集的书名，将上述语词冠于他们各自的“人生”，我琢磨，一个语词能反映一位作家的人生与文风吗？从事其他职业的人们，可有哪个语词概括各自的人生，或者说，我们想叫自己活到哪一种人生境界呢？我曾热烈，而后平和，如今算是“不逾矩”的散淡了。

融和

2014年7月20日 09:49

看来，学习历史，通晓学理，都要懂得“融和”一词。岳麓山，从下至上，早有岳麓书院、麓山寺、云麓宫，“三教”共处一山。北岳悬空寺，如此逼仄，也是聚“儒道释”于一楼一室。两千年来，中国读书人，不但其知识构成，乃至人生哲学、生活理念，加上百年来“西风东渐”，多少相融相通处！

诗情诗意

2014 年 11 月 1 日 08:11

收藏好永州路上的印象，回到湖边，静静地读刘羊的《爱的长短句》。踏着他新诗的节奏，不觉回到我的 1956：细雨无声的春夜，我耐心做完头痛的三角和几何作业后，不再看钟，“风马牛”般读诗习诗……上月，刘羊给我赠书时说，一本是“交作业”，还有一本让我赠人。昨晚，我在即将代送的诗集上留言：“心中的诗情，如春风荡原野。”

与诗结缘

2015 年 10 月 14 日 22:00

从戈壁绿洲到芙蓉国里，我有多位诗人朋友。我喜爱从自然与性灵中，发现诗的意象，当作自己的精神营养。近日从学术界吹来阵阵诗风。先是人民大学的黄克剑教授呼唤：“留住心中的诗意！”继而正如麓山学人所写的：“心中有诗，生活有诗，生命有诗。”“有诗心的人，便与诗结缘。这不是一门专业，更非一项职业。诗意是一种生活情怀，一种生命状态。”

退也有为

2016 年 2 月 17 日 09:42

清末民初，章太炎是激进的革命家，1924 年以后，他脱离国民党，在苏州设立“国学讲习会”，退居为“宁静的学者”。梁启超曾与康有为发动“戊戌变法”，1918 年后，他由政治转向学问，“两样比较，学问兴味更为浓些”。他们带着学问投身革命，退而有为，仍不失有意义的人生。

二、零散笔记

读书过笔

2016 年 3 月 7 日 22:43

20 世纪 60 年代初，我在几种读物上写过密密麻麻的眉批。退休之后，我淘书，读书，间或在书上留些字句。近年视力不济，常听晓清朗读，我就边听边说：画个三角，画个圆圈，或是圆圈里带三角，分别表示事例、哲理，或事例兼具哲理，等等。总之，“读书必须过笔”，“好记性不如烂笔头”。

何谓明智

2013 年 1 月 7 日 08:20

晨诵《老子》第三十三章，解读人们平时所讲的一连串问题：何谓“明智”？包括两方面，知人者为“智”，自知者为“明”。自知者应能自胜，自胜者为“强”。自知者应能知足，知足者为“富”。自知者应能自强，自强者有志。凡此种种，皆从“自知”始。若想知人知万物，先问自知否？

思之诫之

2013 年 1 月 8 日 18:33

《老子》第四十四章，教我们思考三个问题：“名与身孰亲？身与货孰多？得与亡孰病？”听取老子告诫：“甚爱必大费；多藏必厚亡。”在生活上，要“知足”“知止”。按老子的哲学看待个人的名利得失，前景是“可以长久”的，包括健康、生命都得以长久。

戒之慎之

2013年7月13日05:24

重读《庄子·人间世》，抄写：“戒之，慎之，正汝身也哉！”读之，思之，如闻警钟长鸣，引为千古教训。诚然，处于不同的时代，面对不同的世情，“戒”与“慎”的内涵不同，对于不同的人们，比如对领导干部、公务人员，更要防腐拒变。“先富起来”的人们，可别为富不仁！社会上不是有“高危行业”吗？更要加强组织和群众的监督；还凭本人的自觉和忠诚。“戒”，就是要讲规矩，不许胡作非为。“慎”，就是要有法度，不能胆大妄为。戒之，慎之，其身也正，才是秉公为民、光明磊落的人。

模糊

2012年10月16日19:16

活得年岁大了，书也读得杂了。浏览一本海外作家转引周作人之言：“法家是绝不模糊。道家是模糊到底，心里却很明白。儒家是有限度的模糊，是道家的帽、法家的鞋，可以说是中庸，也可以说是不彻底。”凭着对法、道、儒的模糊印象，这话可以意会，难以说得明白。好在如今不是那个“站队”的时代。反正是模糊呗，不彻底呗，谁的血液那么纯净？对于普通老百姓、一般读书人而言，会生活，能做事，不出乱子不坑人，就过得去了。

薪火相传

2013年7月11日17:48

上午游园，下午读庄。从《齐物论》到《养生主》，在庄子思辨的字里行间，豁然跳出一言："指穷于为薪，火传也，不知其尽也。"是呀，一支蜡烛，一堆木柴，燃烧有穷尽，而火的传续永无穷尽。由此想到我们的民族精神、中华文化，以及千百年来代代延续的道德与智慧，可得薪火相传！

爱情诗

2013 年 1 月 18 日 07:56

翻开《诗经》，朗朗上口的"关关雎鸠"，就是爱情诗。《国风》160 篇，其中爱情诗 52 篇。诠释《诗经》的专家，按其程度划分为初恋、热恋、失恋、追求。按性别划分，有更大比重表现女子追求爱情的主动、热烈。如《静女》一诗，刻画男女恋人在城头约会的过程、心情和礼物，都有生动的细节。

美之乐之

2013 年 1 月 21 日 09:08

读《诗经 · 溱洧》，眼前出现动情的一幕，是古风，也现代、试读：溱水和洧水，哗哗向前流。姑娘和小伙，纷纷去郊游。有位姑娘问小伙："看过了吗？"小伙说："刚刚看过。"姑娘邀小伙，那边多好玩，一道去瞅瞅！于是，两人肩并肩，手拉手，有说有笑往前走。互赠兰草和芍药，美滋滋，乐悠悠！

艺品

2012 年 10 月 21 日 19:20

读李苦禅《谈艺录》，转抄："金钱的圈子里只产生值钱的艺术，信仰的圈子里却产生伟大的艺术。"在当下的某种氛围中，金钱或比信仰现实，术业或比伟大值钱？若此，在信仰缺失的教育中，只取得庸常的文凭和职称；在信仰的引导下，才有高尚的人品与学品。

艺缘 2012年10月22日 09:21

李苦禅说："中国文明最高者尚不在画。"在他看来，依序而上者有书法、有音乐、有先圣的哲理。"倘欲画高，当有以上四重之修养才能高。了无中国文明自尊心者与此无缘"。苦禅先生从书画的角度谈文化修养，我感受最深的是，中国文化的自尊心。无论在文化的门里门外，知多知少，都应有这份自尊心。

补缺 2012年10月22日 16:30

"丰富的学问，惊人的胆识，扎实的底功，广阔的阅历，持久的恒心，高洁的人格"，刘海粟提出的以上六条，是对画家的要求，也是关于人品、学品、艺品的概括。他说："六条齐全的人不多，但缺什么要补什么。"我对"补缺"深有同感。为此，总得保持清醒的认识、严格的要求和不懈的努力。

简牍 2013年1月19日 18:07

文字，是我的至爱亲朋。当我面对这些竹简、木牍，看着这些密密麻麻的文字，不能不心灵穿越，思绪飞扬！半年之前，曾经翻山越岭去湘西龙山，参观里耶出土的秦简。今天，走进长沙简牍博物馆，这里珍藏、展示的，是从我们过来过往的街市古井发掘的三国孙吴纪年简牍。这是古人的手书，记载着当年的现实生活。这是有血有肉并且附着魂灵的物证，是后人认识历史的确凿文本。

秦简　　2013年1月19日21:59

我到湘西龙山，参观里耶秦简，印象最深的是，简牍上记载的九九乘法口诀表："二二而四，二三而六……"直至"九九八十一"。据说，这比世界数学史上古埃及的同一口诀早六百余年。还有司法判决的简牍，如某人欠债逾期无钱归还，判以劳役抵债。某人借船丢失，判赔钱或以劳役赔偿。

户籍简　　2013年1月19日21:44

在长沙走马楼发现的三国吴简十万余片，有不少户籍简，其内容包括：户主的居址、爵位、性别、姓名、年纪、体貌特征、病残状况、户赀算赋、家庭成员等等。据专业人员研读，某户有两位寿星，一位99岁，一位101岁。某户有位18岁的女性，名下注一"美"字。可见，县吏对民情的悉数掌握。

有心求学　　2013年10月22日11:41

据唐代《意林》，求学者可分三等：第一等的，以神听之，学进骨髓；第二等的，以心听之，学在肌肉；第三等的，以耳听之，学在皮肤。有人对此作注：上学者"玄览无余"，中学者"或存或亡"，下学者"譬若风过"。我看，不但在校学生，中老年有心求学者，也当运用神智，以求深入骨髓。

油污衣　　2011年11月22日09:17

刚从书柜取出《容斋随笔》，任意翻开一页，读到《油污衣诗》："一点清油污白衣，斑斑驳驳使人疑。纵饶洗遍千江水，争似当初不污时。”据洪迈追忆，他10岁过衢州白沙渡，于酒店破壁见此题诗。时隔60年，他为何追记传世？我为当代青少年及始任领导干部着想，爱惜身上的“白衣”！

贵重金属　2011年11月24日09:38

“读书暂未成名，究竟人高品雅。修德不期获报，自然梦稳心安。”我喜欢这话，且希望家长向孩子、教师向学生讲讲这番意思。组织人事部门，当然应以“德才兼备”选材，敬请关注既已读书、修德，确属“人高品雅”“梦稳心安”者。此类“贵重金属”，也许稀有？深入民间寻访！

隽词佳句　2011年11月30日16:56

张舜徽在治学之余，喜爱诵读古人的诗词，用以陶冶性灵，调剂生活。就我刚才所读，忍不住传抄、分享：“一片水光飞入户，千竿竹影乱登墙。”妙在“飞入”“乱登”。又：“叶低知露密，崖断识云重。”诗眼在“低”与“断”。又：“疏峰时吐月，密树不开天。”好一个“吐”字！又：“关云常带雨，塞水不成河。”后句含哲理。又：“落木千山天远大，澄江一道月分明。”欣赏大境界。“月下江流静，荒村人语稀。”意境幽远。又：“雁引愁心去，山衔好月来。”妙在“引”与“衔”。

多少箴　2012年6月20日17:52

明代陈继儒，也当“文抄公”？他说《多少箴》不知何人所作，便抄将下来：“少饮酒，多喝粥；多茹菜，少食肉；少开口，多闭目；少群居，多独宿；多收书，少积玉；少图名，多忍辱；多行善，少干禄。”哈哈，陈公既然自命隐士，莫非隐姓埋名，将自家箴规借以传世？我将其改写成微博，可供今人养生参考？

三余

2012年2月9日09:19

《三国志》中讲“三余”：冬者岁之余，夜者日之余，阴雨者晴之余，谓可用以读书。清代张潮说“三余”：“晨起者夜之余，夜坐者昼之余，午睡者应酬人事之余。”我从一生看“三余”：晚年是人生之余；退休是职场之余；安逸是劳碌之余。还有，当下的微博，是我的文牍、讲稿之余。

全福

2012年2月10日08:43

张潮谈人生福祉：“值太平世，生湖山郡，官长廉静，家道优裕，娶妇贤淑，生子聪慧，人生如此，可云全福。”张氏的“全福”标准，前三项是社会的事，即今人所关切的世道、环保和廉政。时代不同了，愿望大抵相同。后三项是自家的幸福要素。至于配偶是否贤淑，儿女是否聪慧，以及家境如何，或温饱，或小康，或富裕，都有各自的幸福感，未见得家家全福。

境遇

2012年2月10日09:13

张潮在《幽梦续影》中讲：“少年处不得顺境；老年处不得逆境；中年处不得闲境。”作者的意思不难理解，而所谓“处不得”，设若少年正处顺境，老年已处逆境，怎么办？对少年给予“逆境教育”，训练吃苦耐劳；老年则应咬紧牙关，保持晚节。最要紧的是中年人不可耽于闲境，无所事事，尽失人生意味！

村夜

2012年2月29日 16:19

这是秋夜，踏秋草，闻秋虫。这是月夜，诗人独自出门，眺望田野。村头没了路人，月光下，荞麦花如雪！抄读白居易的《村夜》："霜草苍苍虫切切，村南村北行人绝。独出前门望野田，月明荞麦花如雪。"借问当今都市人，还能沉浸于这样的乡村夜色吗？可曾体验过这样的月下风情？

邀约

2012年2月29日 18:46

游过当今这南京景点，五六百年前的秦淮河、夫子庙如何？见于明代王思任书简："秦淮河故是一长溷堂；夫子庙前，更挤杂，包酒更嗅不得！不若往木末亭，吃高座寺饼，饮惠泉二升，一鱼一肉，何等快活也！"邀约要看对象，要择地点。王信有士子见识，文人做派。"惠泉"不是矿泉水吧，此乃中度清酒？我愿叨陪末座。

美丽的唐图

2012年3月2日 17:21

詹克明著《空钓寒江》，全书55篇，辑为7个板块，犹如有趣的七巧板，智慧的"唐图"！詹先生作为自然科学家，他的《裸猿〈道德篇〉》《我的自然观》以至《彼岸的"0"》，都是化了妆、唱着曲，像我这样的"文科生"讲科普。他博学多才，漫写《丛林与甲虫》《繁星与野花》，描写身边的《绿梅》和《苦竹》。读他的月光系列：《黠月》《伴月》《闲月》《吟月》，叫我抱愧月月空望月！打住，我得返回我的“寒江”，临江垂竿不空钓。

自足亦自惭

2013 年 8 月 25 日 10:57

人，有不知足者、不知惭者，何药可治其病？王永彬的《围炉夜话》中有处方：“常思某人境界不及我，某人命运不及我，则可以自足矣。常思某人德业胜于我，某人学问胜于我，则可以自惭矣。”人与人不是不可比，要看如何比。如此常思，可以知足，可以自惭。

性灵文笔

2012 年 3 月 26 日 21:06

读书可以养心。十几年来，我时常读读明清随笔，先是欣赏作者的文笔，没有八股腔、没有学究气，清新、活泼，有文化底蕴，有生活气息；进而理解作者的“性灵说”，意在摒弃封建义理，不拘格套，独抒性灵。这一阅读过程，在我的心路途中留下深深浅浅的印迹。

经史百家

2013 年 3 月 14 日 17:15

去年，到桐城探寻文脉，见曾国藩的大名跃然其间。桐城姚鼐辑有《古文辞类纂》，湘人曾国藩编纂的《经史百家杂钞》，在继承姚鼐的基础上，改弦更张，增删取舍，扩大补充，将文章与政事相结合，突出了“经世济民”的思想，反映历代治乱兴衰、典章文物之道与术。

选编诗钞

2013 年 3 月 14 日 17:42

曾国藩是极具个性的人物，读诗也品位甚高。《诗钞》的特色是，既兼容并收，又重点突出。选本勾勒千余年诗坛的历史轮廓，凸显各大家的风采神貌。他在书信、日记中，对选本多有记述，反映他对诗选的思虑和见解。所以，我读《诗钞》，不仅是读名家名诗，也是在读曾氏的诗美学。

诗文读本

2013 年 3 月 15 日 08:54

我在岳麓山下的藏书，陆续搬来年嘉湖畔。日前翻检曾国藩编纂的《经史百家杂钞》和《十八家诗钞》。有人说，曾国藩是个回光返照式的悲剧人物。他为挽救清王朝建立军功，还为重振文坛留下一抹残红。这两部读本，正是前人留给后世的诗文宝典。当今，不乏重视文化传承之士，也在“主编”丛书，也在“序”上留名。遗憾的是，咱们这些从文化“断裂带”过来的人，学力不足，力不从心，怎及岳麓书院的读书种子那般功底？抚今追昔，我想将曾氏编纂的“两钞”，作为补习古典诗文的读本。

文章意趣

2013 年 3 月 26 日 09:50

曾国藩是近代散文的一代宗师。他在家书中教儿子领略古人文字意趣：“有气则有势，有识则有度，有情则有韵，有趣则有味。”此论包括气势、识度、情韵、趣味四个词，又可拆成八个字。这些字眼，既是为文之箴规，我看也是做人的修养：善养浩然之气，有见识，有气度，且有情有趣。

南山文论　　2012年4月23日 08:43

游访桐城，研读戴南山文论，略知其要：曰“立诚”，曰“自然”，曰“质平”；曰“道、法、辞”兼备，“精、气、神”合一。我奉此为文章圭臬，但抱愧学不来、用不上了。大中华自古乃文章大国，惜有新旧“八股”及低靡文风，为知识者所不耻。所幸我亦稍具辨识的眼光。

有意栽花　　2012年3月16日 22:11

民谚：“有意栽花花不发，无心插柳柳成荫。”有意与无心，这般成败莫测？忐忑！既然有意栽花，谁不期待繁花似锦？胡适给人题写：“无心插柳，尚且成荫：有意栽花，当然要发！”正如金开诚的题词：“有意栽花，无心插柳，春还大地，柳暗花明！”春天来了，插柳吧，栽花吧！

读书之道　　2012年3月11日 10:23

明代吕坤训示：“道理书尽读，事务书多读，文章书少读，闲杂书休读，邪妄书焚之可也。”我认为，如果是职业性读书，“道理”与“事务”当属学子钻研的重点。如果是趣味性读书，不必限制文章，更不该“休”了闲杂。所谓“邪妄书”，不能一烧了事，要看如何判别，应予存而审之，研而判之。

闲书偶读　　2012年3月9日 11:05

我自退休以来，买了不少闲书，但因“闲”得不够，至今读得不多。单就“笔记小说”而言，读“小说”缺少耐性，倒更有兴趣走近“笔记”的作者，关注他们的人生阅历、文学追求，包括他们的文笔。我想，假如他们科举得志，官运亨通，那么，大老爷笔下的文字恐怕就没这么有趣了。

莫放过 2012 年 6 月 21 日 17:34

宋代赵师恕说：“平生有三愿：一愿识尽世间好人，二愿读尽世间好书，三愿看尽世间好山水。”其友罗大经写道：“尽则安能？但身到处莫放过耳。”我也想做“三好”学生，识好人，读好书，游好山水。当今视野宽了，交通资讯便捷了，也只能是“身到处，莫放过！”倘能主动些，抓紧些，则更好。

寂寞中的声音 2011 年 12 月 9 日 11:24

“悲晨曦之易夕，感人生之长勤；课虚无以责有，叩寂寞而求音。”前两句是陶潜的，后两句是陆机的，由哲学家李泽厚联句，浑然一体。前两句意思明白，后两句略显深奥，有辩证意味。“课”，作考核或占卜解。我爱听寂，谛听寂寞中的声音。

勉强 2015 年 12 月 17 日 19:25

人生在世，并非事事都要勉强，却总有不能不勉强的时候。我曾在演讲中自编绕口令：“勉强自己去做该做而不想做的事；勉强自己不做想做而不该做的事。”说罢，我请听众复述并举例。汉代董仲舒有言：“凡事欲安全而顺适之者，在勉强而矣已。”我相信，打起精神，勉力为之，可以“安全而顺适”。

疏而漫

2012 年 10 月 8 日 18:06

古有“文章贵疏”一说，认为司马迁的文章高在一个“疏”字。钟敬文先生评学者论文，觉其过于“紧密”。又，陶大镛先生就《群言》杂志的“文史漫笔”专栏说，特点是个“漫”字，要“漫”得开来。有位青年文友常说，文章要有“跳跃感”，那就“跳”到疏而漫吧？

一生“三自”

2012 年 5 月 30 日 10:54

人的一生，既已具备思想意识、行为能力，就该学会“自省、自知、自律”。能省而后有知，有知而后律己，就能认清自己，管住自己。保持“一生三自”，当能清正廉明。时下，有的“成功人士”，利令智昏，自以为是，放任自流，胡作非为，终将害人害己，身败名裂。这种教训还少吗？

有力量的话

2012 年 11 月 6 日 09:46

作家刘震云认为，四种话最有力量：“一是朴实的话，二是真实的话，三是知心的话，四是不同的话。”我想，但凡说话，首要的是真实。朴实，是真实的风格和品质。知心话能交知心友，世间难得是知心。至于不同的话，说得正确的是宝贵意见；即使不那么正确，其勇气和诚实，总是值得肯定的。

止水

2013 年 7 月 14 日 06:01

《庄子》转引孔子之言：“人莫鉴于流水而鉴于止水，唯止能止众止。”是的，人们不会在流动的水上，而只能在静止的水面照见影子。静止的东西，能止住众多的东西。我体会，只有平心静气时，才可能如实地认知客观事物。只有强大的理性，才能克制盲动。人们看重“动”力，可知“止”的定力？

识破小人

2012年11月12日18:19

小人是怎样的面目和心态？他们有怎样的伎俩和危害？我从古籍中搜索：小人“色智而有能”。“小人之性，好谗佞以为身谋”。“小人不诚于内而求于外”。小人“言无常是，行无常宜”。“小人骄而不泰”。小人“常戚戚”。“小人讦人之恶”。“小人之过也必文”。识破！警惕！

耳提面命

2013年3月10日15:35

语出《诗经·大雅》：“匪面命之，言提其耳。”意思是，我不但当面吩咐，还提着你的耳朵讲。何以如此严正？这是一位年迈的老臣告诫执政的同僚晚辈，批评他们举止不端，风气不正。偶尔查《辞源》、读《诗经》得此教益，记取这一“耳提面命”的古训。

南开镜箴

2012年11月14日07:20

早先的南开学校，门里有一面镜子，上头有一则箴言：“面必净，发必理，衣必整，纽必结；头容正，肩容平，胸容宽，背容直。气象：勿傲，勿暴，勿怠。颜色：宜和，宜静，宜庄。”我们能否经常用这则《镜箴》照一照自己？特别是看看自己的“气象”与“颜色”。

登高

2014 年 1 月 26 日 18:13

今读《五灯会元》中禅师语录："但有路可上，更高人也行。"（慕哲禅师）"但寻荒草际，莫问白云深。"（澹交禅师）两句禅语，前者以口号鼓励人，后者以形象启迪人，都为鼓励弟子们勇于攀登。禅师们是丛林中人，通过肢体的登高，达到心灵的修炼。对于现代人，也是修身创业的智慧语、励志语。

高僧四戒

2013 年 1 月 9 日 07:39

冬闲漫读，闻宋代高僧法演有"四戒"相传，见于《大慧武库》：一曰"势不可使尽"，二曰"福不可受尽"，三曰"规矩不可行尽"，四曰"好话不可说尽"。意思是：势若使尽，祸必来；福若受尽，缘分必断；规矩行尽，就会带来麻烦；好话说尽，就流于平淡无味。我想，作为人生哲学，可有参照处？

心性

2012 年 5 月 19 日 09:53

"水能性澹为吾友，竹解心虚是吾师。"（阮元《联句》）赞美竹的心虚、水的性澹，以此作为拜师择友的条件。好！具有如此心性者，确为良师益友。淡泊和谦虚，对有些人而言，似乎是生就的心性；对有些人来说，是品格的修养。总之，淡泊自处，谦虚待人，能够保持良好的心态，恒久的人缘。

从游

2015 年 8 月 19 日 06:58

小自池塘，大至江河湖海，鱼群以水为生。看大鱼游在前，小鱼随其后，所谓"从游"是也。此语出自《论语》："樊迟从游于舞雩之下。”学校能以“从游”式施教，学子乐在“从游”中成长。就我而言，社会是一所大学校。我乐于以“游学”的方式，在书卷以及山水学界间“从游”，至老而乐此不疲。

交往

2012年7月4日06:18

人生在世，谁不与人交往？南朝文学家谢惠连，曾言：“入吾室者，但有清风；对吾饮者，唯许明月。”这人清高，孤僻，谁愿和他交往？明代文学家屠隆说：“茶熟香清，有客到门可喜；鸟啼花落，无人亦自悠然。”此君既愿交往，又能独处。这样的朋友，常去不嫌，勿往不怨，随缘听便，各得其宜，甚好！

交友之道

2011年11月21日21:20

朋友之间，交流资讯和心得，亦博闻广识之途。今得学友传抄一则：板桥喜交友，某日问禅师，何为友？禅师曰，友分四种：一如花，艳时盈怀，萎时丢弃。二如秤，与物重则头低，与物轻则头仰。三如山，攀者借高望远，或享送翠成荫。四如地，默默承载，种一粒收百颗，平实无怨。板桥低头品味，俯视月下身影，得悟：各人持何种交友之道，即可遇何种朋友。友之人品即自己交友之品。月有阴晴圆缺，并非月之实相，乃人于一时一地目力之所及。

辨

2013年8月27日07:45

语词的精确，反映思想的缜密。想想“严”与“矜”，“谦”与“谄”，有点近似吧？看看王永彬如何辨析：“严近乎矜，然严是正气，矜是乖气，故持身贵严，而不可矜。谦似乎谄，然谦是虚心，谄是媚心，故处世贵谦，而不可谄。”注重持身处世者，不可不仔细检点。

清高

2013 年 12 月 9 日 22:30

何谓清高？《辞源》释：“清洁高尚。”《辞海》释：“谓不慕荣利，洁身自好。”《现代汉语词典》的解释有二：一指“人品纯洁高尚，不同流合污”；二指“孤高，不合群”。单就词义而言，清高的反义词是卑污。由此可见，清高有清高者的自尊与自爱，抑或是个性与习染使然。但是，在现代社会生活中，尤其是在组织或团队中，清高者，难免听微词，被诟病。作为知识分子，特别是教师、干部，更应淳朴、谦和，不可孤芳自赏、孤高自傲、脱离群众。此外，有矫情者自命“清高”，此种伪清高，更不可取。

建言者

2012 年 6 月 6 日 09:47

《汉书·霍光传》里的故事：有位客人见主家的炉灶有问题，建议改改烟囱，把灶前的柴堆挪开点，以防火患。主人嘿嘿一笑，不以为然。不久，他家起火了，多亏邻人扑救灭火。事后，主人宰牛置酒，叩谢乡亲。灼得焦头烂额者坐上席，而早先的建言者却被晾在一旁。呜呼，建言者就只能是这种际遇吗？

人居

2012年2月7日07:42

明代吴从先著《小窗幽纪》，对人居环境多有设想。如“青山在门，白云当户，明月到窗，凉风拂座”。又如“石上藤箩，墙头薜荔，小窗幽致”，“加以明月照映，秋色相侵”。若论住房条件，今人胜过古人，而人居环境，无论时下的房地产广告如何诗意地夸张，几处能满足吴老夫子早先的简单要求？

炉边隽语

2013年8月25日07:21

清代王永彬的《围炉夜话》，将我带入情境：寒夜，火炉，众人围坐，听长者漫话：“矮板凳，且坐着；好光阴，莫错过。”“贫无可奈唯求俭；拙亦何妨只要勤。”“意趣清高，利禄不能动也；志量远大，功名不能淫也。”作者将世道人心的感悟，清夜苦吟，排比成长长短短的格言，亦可当联语欣赏。

和春同住

2014年4月12日10:31

宋人王观，在一首送行词中吩咐友人：“若到江南赶上春，千万和春住。”这也给人一个启示，旅行中须择时而住。惜流水落花，“留春不住，费尽莺儿语”。（宋代王安国）春天去哪儿了？听黄庭坚呼唤：“若有人知春去处，唤取归来同住。”春日读春诗，我更珍惜春光，但愿人间春色年年新。

火轮车

2012年3月10日10:29

旧体诗词怎么写现代化事物？至今仍是难题。同治五年（1866年），斌椿身穿大清朝服游历欧洲，乘海轮经埃及，初次坐火车，作七律："云驰电掣疾于梭，十日游程一刹那。回望远峰如退鹢，近看村舍似流波。千重山岭穿腰去，百里川原瞥眼过。共说使星天上至，乘查真欲泛银河。"岂不妙哉！

自珍　　2011年12月4日10:05

读俞平伯先生《代拟吾庐约言草稿》：一是自爱，我们本着爱人的立场，有爱自己的理由。二是平和，至少在我们之间。三是前进，唯前进才有生命，要扩展生命，唯有更前进。四是闲适。读到后面才知道，所谓"吾庐"其实并非专指某个特定的"庐"。他的意思是，生命至脆，人世至艰，"何必不自爱，又岂可不自爱"！我们人人都有一个"庐"，哪怕仅仅只是一个漂泊的敝庐，但愿能按此"约言"自尊自爱地活着。

可爱的性情　　2012年12月18日07:30.

通常，人们从相貌认识人，凭姓名记住人。林徽因的《悼志摩》，让我们识得一种可爱的性情，走近诗人徐志摩：他近情，近理，热忱，天真；他对人同情，温存，优容；他对艺术认真，对情感执着。出于诗意的信仰，他快乐的翅膀可以触着天，而忧伤则深得不见底。这样诚挚的朋友，谁能忘怀？

网思想的小鱼　　2014年6月19日08:04

从书架上取下徐迟的这部文集，喜欢这书名。思想，如海洋，如江河，如山间的溪流。凡有思想的"水"，便养思想的"鱼"。我曾在家乡的溪流里、池塘边捞过小鱼儿。现在，喜爱在书房，在旅途，从日常生活里，网“思想的小鱼”。我相信，世上总有洁净的活水，游着鲜活的小鱼。

如何评说

2011年11月27日06:06

厨师在厨房烹饪，有狗守在厨房门外。厨师宰杀牲畜时，把肠子、骨头扔出去，狗就扑上去美餐一顿，说他饭菜做得好，是个好厨师。下一回，厨师打鸡蛋，剥栗子，把壳呀皮呀扔出去，狗用鼻子嗅嗅，扭转头去，觉得厨师从前手艺好，这回可差劲了。托尔斯泰写的这个“段子”，可用以比喻什么呢？

人我对照

2012年6月25日11:40

布瑞南写道：“看到别人的愚蠢，我们原谅自己的愚蠢；看到自己的愚蠢，我们原谅别人的愚蠢。”人与人之间，还有别样的比照：看到别人的愚蠢，却看不到自己的愚蠢；原谅自己的愚蠢，却不原谅别人的愚蠢。这种情形，是不是更常见？

何谓聪明

2012年6月26日08:45

何谓聪明？布瑞南认为，聪明是对某些观点和意见的虚伪之处，对某些事物的不确定性和不稳定性，保持清醒的头脑和判断力。可见，即使“耳聪目明”，不等于有清醒的头脑。利令智昏，以一己之私打小算盘的人，扭曲了聪明，使其失去科学判断力，到头来，看似聪明反被“聪明”误。

寻找同龄人

2014 年 2 月 16 日 10:03

他们早已作古。我搜索到他们活在 77 岁上下的文字。富兰克林："我仍然活着，仍然享受生存的某些快乐。"托尔斯泰："不要抱怨年老。它给我带来许多出乎意外、异常美妙的好处！"亚当斯："今早四时起床，眼睛如针扎一样的刺痛，双手不住地颤抖。但我仍然坐起来撰写文章。"百年过去，如今，我成了他们当年的同龄人。我的状态、心情写在新浪微博的《戴海村语》。

思想青春

2012 年 12 月 8 日 11:42

学者刘志琴，以《思想者不老》一文的标题，作为一本学术随笔的书名。此说给人以安慰和鼓舞。论年龄，看身体，谁能不老？思想者不老，其前提是思想不老。人文学者思想的成熟、学术的精进，有待阅历和积淀。所以，年长是一种优势。祝愿书斋长者：善保身体健康，久葆思想青春！

诠释希望

2014 年 1 月 9 日 11:47

研读一辑关于"希望"的格言，领教中外哲人的诠释：希望，是对未来的预期，是永恒的欣喜，是信心，是美德，是勇气与意志。希望，是清醒的梦境，是热情之母，孕育着荣誉、力量和生命。但是，也有人说，希望是"厄运的姐妹"，是"失望的兄弟"，是"不幸者的第二灵魂"。要知道，希望的灯光一旦熄灭，生活就会变得黯淡无光。愿天下人都有美好的希望，守护好"希望的灯光"。

出彩
2013年8月17日06:51

生活，人人相似，又各个不同。有人抱怨生活枯燥，却无从摆脱庸常。王朔说：“你必须内心丰富，才能摆脱生活表面的相似。”我相信，内心愈是丰富，生活更加多彩。

微妙
2013年9月18日09:25

何谓“微妙”？据《五灯会元》载，智洪禅师曰：“风送水声来枕畔，月移山影到床前。”自然界、人世间，有种种精微、微妙，看你能否捉摸。良宵，水声山影，岂不微妙？不眠人的心情、诗思更微妙。老子说：“古之善为士者，微妙玄通。”我以为，人可拈花不语，内敛微妙，切莫故作微妙炫人。

关键时机
2013年9月22日11:29

友人抄古语示我：“一生有万念，而成平生事业者，数念而已。一生历万事，而定平生功过者，数事而已。一生破万卷，而使平生明道者，数卷而已。一生览万象，而令平生顿悟者，数象而已。一生遇万人，而称平生知己者，数人而已。”人之安身立命，必须有所觉悟，有所准备，且须抓住关键，把握时机。

卫生歌
2013年9月25日18:59

唐代医学家孙思邈，撰有《卫生歌》传世：“世人欲识卫生道，喜乐有常嗔怒少；心诚意正思虑除，顺理修身去烦恼。”“卫生切要知三戒：大怒、大欲并大醉。三者若还有一焉，须防损失真元气。”卫生之道，缘何从“心诚意正”“顺理修身”说起？此歌值得现代人细细领会，好好操持。

感兴趣 2011 年 12 月 5 日 09:00

读傅山的信："那里有唱三倒腔的，和村老汉都坐在板凳上，听什么飞虎闹勾栏，消遣时光，倒还使的。姚大哥说，十九日请看唱，割肉二斤，烧饼煮茄，尽足受用。不知真个请不请？若到眼前无动静，便过红土沟，吃碗大锅粥也好。"如果"穿越"，很想去红土沟会会先生。太有兴趣了！

居高声远 2015 年 6 月 13 日 13:37

虞世南自隋入唐，其德行、才学受唐太宗赞许。今默写其以《蝉》为题的咏物诗："垂緌饮清露，流响出疏桐。居高声自远，不是借秋风。"蝉头似唐冠之缨，故以"垂緌"指蝉。蝉饮清露，谓之性洁。此诗最值得回味的是，蝉声洪亮，并非借助风力，只因出自高端。今人之学术、政绩，不也该如此吗？

祖孙愁绪 2015 年 6 月 16 日 16:47

情能移境，境也移情。杜审言的《渡湘江》，通过今与昔对比、人与水对比，反映贬谪途中的悲愁："迟日园林悲昔游，今春花鸟作边愁。独怜京国人南窜，不似湘江水北流。"诗人逆湘江南去，怯生生一个"窜"字，活生生画出流放者的愁情。此番花鸟生愁，衍生出其孙杜甫的："感时花溅泪，恨别鸟惊心。"

相顾飘蓬

2015 年 9 月 23 日 10:03

李白与杜甫，同为唐诗朋友圈里的知交。公元 745 年，李白 44 岁，杜甫 33 岁，同游齐鲁。杜甫《赠李白》:“秋来相顾尚飘蓬，未就丹砂愧葛洪。痛饮狂歌空度日，飞扬跋扈为谁雄。”李杜不甘避世，无缘用世，“相顾飘蓬”是全诗主旨，“未就丹砂”指学道未成。杜甫怀梦李白，此首简明真切。

诗意人生

2015 年 9 月 25 日 8：40

杜甫半生困顿，颠沛流离，其诗也哀伤忧郁，而人格境界卓然浩然。记诵杜诗警句之一:“会当凌绝顶，一览众山小。”激励人们立足要高，登高望远。之二:“安得广厦千万间，大庇天下寒士俱欢颜。”杜公茅屋为秋风所破而心忧天下。之三:“不薄今人爱古人，清词丽句必为邻。”纵论古今之概。

爱与敬畏

2012 年 3 月 5 日 09:21

爱因斯坦称赞法拉第:“像一位情人热爱着远方的心上人那样热爱神秘的大自然。”并坦言:“我从事科学研究，完全是出于一种不可遏止的想要探索大自然奥秘的愿望。”爱因斯坦告诫，在大自然面前，我们智力欠缺，必须具有“谦卑精神”；对于科学所揭示的宇宙结构，应该“无限敬畏”。我记住了。

送别亭边

2015 年 6 月 23 日 06:18

唐朝时候，南京有个劳劳亭，是古人送别之地。李白的诗，不乏送别的篇章。读其《劳劳亭》:“天下伤心处，劳劳送客亭。

春风知别苦，不遣柳条青。”李白把送客亭视为伤心处，让人想起汪伦送他，他送孟浩然……诗人送别情深，似乎足以感动春风，连柳条也默默留客。

秋思

2012年5月3日 16:02

“乐游原上清秋节，咸阳古道音尘绝。音尘绝，西风残照，汉家陵阙。”（李白《忆秦娥·秋思》）清秋，原野，漫游咸阳古道，寻觅逝者音尘。怎样？音尘绝处，忽见“西风残照，汉家陵阙”。如何？意境开阔，气韵沉雄，历史的悲凉感油然而生。此处须默读数遍，凝神细想，有如千古登临，方得千古意味。

诗境琴声

2012年5月5日 09:05

“满庭诗境飘红叶，绕砌琴声滴暗泉。”（雍陶《韦处士郊居》）时间匀速流驰，社会在加速度发展。从《楚辞》到当代诗歌，唐诗近于中途，而唐代诗人的意象和词语则更接近于当今。进入韦处士“郊居”，见红叶满庭，闻泉声绕砌，岂不正是我们所乐见的诗境、喜闻的琴声吗？

酒话入诗

2015年6月28日 07:13

诗有诗话，酒有酒话。话说宣城纪姓酿酒师，善酿春酒。纪叟过世，李白以诗悼亡：你在那边酿酒吗？我没去，卖给谁？抄读原作《哭宣城善酿纪叟》：“纪叟黄泉里，还应酿老春。夜台无李白，沽酒与何人？”此诗渲染酿酒与沽酒，而生前交情，身后悼念，皆可从诗外思之。

舟中夜读

2015年5月15日08:23

江上行舟，舟中夜读，那是一种怎样的情境与心境？公元815年秋，白居易被贬江州司马去浔阳，途中作《舟中读元九诗》："把君诗卷灯前读，诗尽灯残天未明。眼痛灭灯犹暗坐，逆风吹浪打船声。"此诗写得明白易懂，叫我如临江水滔滔，更觉诗意绵绵。

湘江夜航

2015年5月20日16:59

湘江水涨，逆水行舟。夜航船上的元结，拟摇橹之声，作《欸乃曲》五首，教船工驾船吟唱。这里，抄录船过平阳的一首："湘江二月春水平，满月和风宜夜行。唱桡欲过平阳戍，守吏相呼问姓名。"岸上守吏相呼，船中必有应答。"道州刺史元结。"这个细节，叫我心生一问：守吏可知官人的诗坛名气？

千古悲情

2015年5月31日14:58

自洞庭，入沅湘，是楚国三闾大夫行吟之地。后人过此，能不追思屈原！戴叔伦作《过三闾庙》："沅湘流不尽，屈子怨何深。日暮秋风起，萧萧枫树林。"缅怀屈原只一"怨"字，此中多少爱国、忧民与上下求索的千古悲情。末尾两句景语，实为情语，诗人的慨叹，尽在日暮秋风里，萧萧枫林中。

月下秋思

2015年6月1日13:55

月明，露冷。伴随王建进入唐代中秋之夜的诗境："中庭地白树栖鸦，冷露无声湿桂花。今夜月明人尽望，不知秋思落谁家？"

当晚，诗人会见琴客。据知，蔡邕的《青溪五弄》之一有“秋思”。民谚：“月儿弯弯照九州，几家欢乐几家愁。”焉知谁家闻《秋思》，孰乐孰愁？

洛桥冬晚
2015 年 6 月 3 日 18:54

洛阳有洛水，洛水有洛桥。初冬时节，天色向晚，孟郊登桥观景，作诗绘景，吟咏《洛桥晚望》：“天津桥下冰初结，洛阳陌上行人绝。榆柳萧疏楼阁闲，月明直见嵩山雪。”我游过洛阳，上过嵩山，站在洛桥能见嵩山雪，或许只是诗人心仪笔绘吧？

春日
2013 年 3 月 24 日 12:01

春天是少男少女的季节，老夫在物候和诗词中品味春日。今春气温像坐“过山车”，人们刚换上《论语》中的“春服”，却听李清照提醒：“乍暖还寒时节，最难将息。”想去郊外踏青，重温唐诗中的“百般红紫斗芳菲”，天气却重演陆游的“一春常是风和雨，风雨晴时春已空”。古今风雨总是春。

惜春
2013 年 3 月 24 日 12:31

寸寸春光寸寸金！古人将春季分为孟春、仲春、季春，步步追春，留下惜春的警句。晁补之：“问春何苦匆匆，带风伴雨如驰骤。”梅尧臣：“落尽梨花春又了，满地残阳，翠色和烟老。”辛弃疾：“更能销几番风雨，匆匆春又归去”，“细听春山杜宇啼，一声声是送行诗”。惜春者，应争朝夕，不误春时。

走出书房

2013年9月15日 18:55

据《柳亭诗话》，朱熹曾作一诗："川原红绿一时新，暮雨朝晴更可人。书册埋头何日了，不如抛弃去寻春。"陆九渊读到这首诗，高兴地说："朱熹终于觉悟了！"朱与陆两位大师，读书还少？然不知所终，故有此诗此赞。我所向往的寻"春"，不单是四季中的自然之春，还有人间与诗书中的人文之"春"。

春意思

2015年2月12日 09:51

有天晚上，曾国藩与人谈道："当竖起骨头，竭力撑持。"当晚他三更未眠，作自箴联："养活一团春意思，撑起两根穷骨头。"我反复读之思之，尤其喜爱"春意思"，是春光明媚、春风和煦的意思，是春意盎然、青春永驻的意思。这种精神，须自己善养，并保持鲜活。

诗画江南

2015年3月30日 06:21

江南含诗，江南如画。白居易任过杭州刺史，又当苏州刺史，离去不迭《忆江南》。皇甫松的《梦江南》，直叫王国维读来仍觉"情味深长"。韦庄有词："人人尽说江南好，游人只合江南老。"我也"风景旧曾谙"，能不忆江南！江南未老游子老，老夫忆之梦之下江南。

烟雨江南

2015年3月30日 06:33

出游在即，先查天气预报：四月中上旬，苏南阴雨连绵。又抄古代诗词："江南二月多芳草，春在蒙蒙细雨中。""雨恨云愁，江南依旧称佳丽。”“春风春雨花经眼，江北江南水拍天。”“细雨洒芳尘，酿造可人春色。”人与天，相唱和，都知当春好时节。

槿篱芭蕉

2015年6月6日20:58

唐人有善写“江南”“竹枝”等民歌村曲的诗人，读于鹄的《巴女谣》：“巴女骑牛唱竹枝，藕丝菱叶傍江时。不愁日暮还家错，记得芭蕉出槿蓠。”骑牛，唱歌，看来巴东村姑颇为开放、爽朗。她们天天出进，还怕不认家院？作者多虑了。其实，是诗人欣赏“芭蕉出槿篱”吧？景致不错！

对月设问

2015年6月15日21:36

李峤作《中秋月》二首，其一，诗人望着满轮皓月，瞅着月上的阴影，想到“月中有桂树”的传说，天真设问：“何人种丹桂，不长出轮枝？”其二，针对古时所谓中秋“阴晴万里皆同”的说法，李峤提出：“安知千里外，不有雨兼风？”从美丽的传说，到真实的自然，人们曾有多少“天问”？

米囊花

2015年6月26日21:16

唐代诗人郭震，于一千四百年前作《米囊花》：“开花空道胜于草，结实何曾济得民。却笑野田禾与黍，不闻弦管过青春。”米囊，果中有籽如粟，故名罂粟，其花美艳，被富贵人家视为观赏花卉。此诗借米囊花无济于民，却笑禾黍卑贱。今天是“6.26”国际禁毒日，当年谁知此花之毒，竟危害天下！

韩白短信

2015 年 5 月 27 日 08:47

公元 822 年，一个雨后春日，韩愈邀约张籍、白居易游曲江。白未赴约，韩愈寄诗："曲江水满花千树，有底忙时不肯来？"白居易致信酬韩："小园新种红樱树，闲绕花行便当游。何必更随鞍马队？冲泥踏雨曲江头。"这大概也算当时的"微信"？理解白居易的个性与爱好。

唐诗朋友圈

2015 年 5 月 12 日 08:39

张籍咏《与贾岛闲游》，又写《赠王建》："白君去后交游少，东野亡来箧笥贫。赖有白头王建在，眼前犹见咏诗人。"一首绝句写到三位："白君"是白居易。"东野"是孟郊，字东野。"白头王建"就是昨读《雨过山村》的那位。一旦诗友过世，箧笥便少了收藏，岂不惜诗思人？珍重！古今皆然。

微醺文笔

2012 年 5 月 4 日 07:31

"水枕能令山俯仰，风船解与月徘徊。"（苏轼《望湖楼醉书》）奇巧的诗文，来自奇巧的体验。假设，让我躺在一只小船的船头，枕流行船于山前月下，如果小船在风波上晃荡，我也会感觉山在俯仰、月在徘徊。苏轼"醉书"船似醉，以微醺的文笔，写出醉船的感觉。

光与气

2012 年 5 月 17 日 05:46

"日暖桑麻光似泼，风来蒿艾气如薰。"（苏轼《浣溪沙》）雨过新晴，平沙走马，诗人以敏锐的感觉、仔细的观察，写出诗意和美感。原本田野中的自然现象，他巧用行为性的动词，通过“泼”和“薰”，把桑麻的光感和蒿艾的香气写得栩栩如生。因了苏轼的点拨，我对这样的光泽和香气也敏感了。

舀一瓢

2012年5月2日08:56

山泉去留任去留，岂管诗人论短长！刚才研读两位诗人对泉流的议论，恰好又读：“夜深更饮山泉水，带月连星舀一瓢。”（郑燮的《访青崖和尚》）我欣赏泉映星月的幽境，更称道板桥先生“带月连星舀一瓢”的豪爽。本人早有月夜汲泉的体验，品尝过壶中的泉声月色。此中意趣，妙不可言。

水草

2013年1月14日10:57

《红楼梦》里的诗词，在“故事性”读者看来，是累赘，且当跨栏，一跨了之。但有“欣赏性”读者，或辑录解析，或手书印制。若问，曹雪芹的诗才如何？木心说：“《红楼梦》里的诗，如水草。取出水，即不好。放在水中，好看。”妙！读木心讲曹雪芹与《红楼梦》，长见识。

游山日记

2012年8月28日06:08

清代词学家舒天香，曾赴京城入怡亲王幕府达八年，日子过得还算优裕吧？再看他1804年的《游山日记》：“采南瓜叶及野苋煮食甚甘。”“自采荞麦叶煮作菜羹……若非入山既深，又断蔬经旬，岂能食此种风味。”当年，他来匡庐避暑，山居百日，以此种劳苦换取观云之乐，真有“云痴”的痴劲。

笠翁联语

2012年8月28日17:42

李渔，清代剧作家、戏曲理论家。读过他的《闲情偶寄》，佩服其才情酣畅。笠翁于1627年游庐山，为简寂观撰联："天下名山僧占多，须留一二奇峰栖吾道友；世间好语佛说尽，谁得五千妙谛出我先师。"我不了解李渔的宗教背景，他在道观调侃佛门，不生嫌隙？那么，《题庐山绝顶》就秋色平分了："足下起祥云，到此者应带几分仙气；眼前无俗障，坐定后疑生一点禅心。"古往今来，才气确乎是个好东西，无行囊之重，非衣着之显，带着才气行天下，走到哪里都能用得着。

题画诗

2011年12月10日21:17

所谓"诗中有画，画中有诗"，是诗与画的境界，而"题画诗"将诗情画意相交融，将两者提升至更高的境界。以郑板桥为例，他是县吏，又是画家，他爱竹画竹，抄读其《画竹》诗："衙斋卧听萧萧竹，疑是民间疾苦声。些小吾曹州县吏，一枝一叶总关情。"欣赏此诗此画，就能识其溢于诗画的情怀。

卧看夕阳

2011年12月12日17:15

石涛，清初画家。早年游历黄山，"搜尽奇峰打草稿"，晚年居扬州以卖画为生。画家石涛，兼工书法与诗词。抄读其题画《轻舟观瀑图》："秋水接天三万顷，晚山连树一千重。呼他小艇过湖去，卧看夕阳江上峰。"前两句景观开阔，接着"呼"出静中之动感，结句"卧看"，意趣无穷。

春江晓景

2012年3月17日18:34

惠崇，北宋画家，僧人。据《图画见闻志》：惠崇“尤工小景，为寒汀远渚、潇洒虚旷之象”。苏轼为其画题诗，该画原作失传，所幸有苏诗《惠崇春江晓景》为证：“竹外桃花三两枝，春江水暖鸭先知。蒌蒿满地芦芽短，正是河豚欲上时。”看这湿地生态，蓬蓬勃勃，欣欣向荣！第二句以哲理闻于世。

西湖墨梅

2012年3月18日13:20

西湖处士林逋，以诗咏梅。画家张矩臣，擅画墨梅。诗中之梅，画上之梅，与雪村之梅，孰美？陈与义题诗赞画：“自读西湖处士诗，年年临水看幽姿。晴窗画出横斜影，绝胜前村夜雪时。”此“绝胜”二字道出，诗画源于自然，墨梅的艺术美高于梅花自然美。信乎？各有所爱。

清气

2012年3月18日16:34

背诵王冕的《墨梅》诗：“我家洗砚池边树，朵朵花开淡墨痕。不要人夸颜色好，只留清气满乾坤。”洗砚洗砚，把门前池水都洗黑了，连池边的梅花也染成淡墨，妙在艺术的夸张。最喜爱后两句，这气概岂止艺术个性？浩然正气是也！诗画千秋，自有清气溢乾坤。

天心

2012年3月18日18:47

抄读方孝孺《画梅》诗：“微雪初消月半池，篱边遥见两三枝。清香传得天心在，未许寻常草木知。”雪冷、月明，篱边数枝梅，清香传天心。人既非草木，贵在得天心。据明史，孝孺因拒绝为朱棣草拟即位诏，被灭十族，株连亲友、学生，被杀八百余人。封建帝王向以“天子”自诩，其天良何在，人性何在!

渔郎 2012 年 3 月 20 日 17:38

怪石，颓云，风卷大江东去。读吴绮的《题画》诗:“怪石颓云势不平，西风卷出大江声。渔郎醉卧芦花里，笑指何人逐浪行。”谁识画中“渔郎”？他也许钓罢小憩，也许煎鱼小酌？他醉卧芦花丛里，也许并非嗜酒所致，而是他的心性与活法使然。江上谁在逐浪行？是商贾、是官吏，或为赶考的书生，与他何涉？

云树 2012 年 3 月 21 日 10:55

明代李流芳，诗文书画兼篆刻，样样皆能。某日，邀画家宋珏合作山水，并于画上题诗:“君画苍苍带雨松，我图冉冉出云峰。他时相忆还开看，云树平添千万重。”青山不老，友谊长存。来日打开画图，峰巍巍、树苍苍，云树似觉更加繁茂。结句意味绵长!

大树 2012 年 3 月 21 日 11:10

项圣谟画松，于松下画一拄杖老者，题诗:“风号大树中天立，日薄西山四海孤。短策且随时旦暮，不堪回首望菰蒲。”作者以诗画表现迎风挺立的“大树”，却将悲情写在“日薄西山”“不堪回首”之字里行间。或因明末清初社会动荡而心情抑郁？莫叹菰蒲之凋敝，且学苍松之超拔。

诗匠

2012 年 3 月 22 日 17:24

木匠吟诗，谓之诗匠。读齐白石印文：“苦吟一似寒蛩号。”令我联想秋末初冬时节，蟋蟀寒夜清鸣。读白石论诗：“无才虚费苦推敲，得句来时且快抄。诽誉百年谁晓得，黄泥堆上草萧萧。”又：“食叶蚕肥丝自足，采花蜂苦蜜方甜。书生余习终难舍，人笑愚公老更颠。”传抄转赠近水远山的诸位诗人。

萍翁诗画

2012 年 3 月 23 日 21:27

齐白石画上题诗，诗，不是画的生硬说明；画，不是诗的简单图解。抄读《题鸡冠花》：“老眼朦胧认作鸡，花冠绣胫羽毛齐。客窗一夜如年久，听到天明汝不啼。”又读《题不倒翁》：“乌纱白扇俨然官，不倒原来泥半团。将汝忽然来打破，通身何处有心肝。”妙哉！诗画合璧，理趣盎然。

白石闲章

2012 年 3 月 24 日 12:06

篆刻，是齐白石四大艺术成就之一。我曾精选、解读若干闲章印文。今天重读，再选：天外村人、天涯游子、心游大荒、枕善而居、恬淡自适、隔花人远天涯近、今来古往闲中意、寻思百计不如闲、有眼应识真伪、两耳唯于世事聋、此心唯有断云知。闲读闲章，更觉其无羁、老倔，余味一言难尽。

读画

2012 年 3 月 28 日 11:35

面前开着电视，灯下摆着画册。渐渐地，耳边的时评静音，眼下的风物悄然活了。昨晚，依序细览齐白石作品。淡出阿芝的山水，潜入萍翁的花鸟虫鱼世界。无论是一朵荷花、几枝兰草，一群鸡崽、几只虾子，无不栩栩如生。寿高九十的白石老人，尤爱画果蔬，画出色香味，不下数十种，谁不赏心悦目！

画中诗

2012 年 3 月 22 日 22:03

齐白石为“陶写性情，歌咏自然”而诗。抄读《画梅》:“小驿孤城旧梦荒，花开花落事寻常。蹇驴残雪寒吹笛，只有梅花解我狂。”又读《画佛手柑》:“买地常思筑佛堂，同龛弥勒已商量。劝余长作拈花笑，待到他年手自香。”常读这样的好诗，能让性情融会于自然，自然贯通于性情。

诗画清趣

2012 年 10 月 8 日 16:40

画面：弯弯山路，堂堂挑夫，一头挑着粮食，一头挑着被褥。题诗:“一肩担尽古今愁。”这是丰子恺的画配诗。又画有人站在门口观溪，诗云:“门前溪一发，我作五湖看。”又画房前古树，一家三代仰面观。诗云:“中庭树老阅人多。”欣赏画配诗，香港作家小思，以诗为题，读画为文，精短散文自然美！

轻松自然

2013 年 1 月 3 日 17:36

读了田凤银的故事和油画，我还想抄录一段她的自白:“我不是为了成为画家而画画，而是为了记录生活的美好和美好的生活而画画，所以我没有压力，画起来也就轻松自然。”从这段由衷的自白，我牵念有些学者的学术、诗人的诗作，乃至本人《戴海村语》之类的小制作，都要轻松自然才好。

三、在纸笔与网络间徜徉

小制作

2013 年 9 月 5 日 07:29

闲中，回放幼年童趣一幕幕：早在我还不识字，还没有动过纸笔的年间，我在塘边抠一团泥巴，在手里搓揉搓揉，捏成小鸡小鸭。我在山前折一枝嫩竹，把竹枝上的芽苞抽空，插上刺玫花。有时，还拣几片树叶，捉一只蝴蝶或蜻蜓，夹在书里压平、变干了，用糨糊粘贴成一幅图画。如今，我在旅途、在书房，零零星星写的微博，是不是类似幼时小制作？

微博力

2011 年 11 月 25 日 11:12

谢尔，以色列人，研究互联网发展趋势，在其《微博力》一书中写道："我们正处在一个转换的时代。一个全新的交流时代正在代替老朽的、运转不灵的传播时代。在这个由微博推动的、正在到来的交流时代，如果我们还没能跟上它的脚步，那么就可能会被这个时代所抛弃。"以前，听说网络是虚拟世界，而今我不小看微博之"力"。既然新科技面世，我有我的用途。日前与汪老师通电话，他说："我这 84 岁的人还在网上……嘿嘿！"昨天，晓清将《戴海村语》的电子稿发到汪老的邮箱，他随即跟我在电话里交流。何须跑路、串门？

老到则简

2015年2月4日 10:09

我刚练习写微博，不知道每则微博限于140个字符，时常将每题写至200余字，在网上被裁为两截。后来，联想到莎士比亚的“十四行诗”，莎翁的诗情诗思，难道就不曾多一两行或少一两行？而他总以十四行成诗，亦如我国古典诗词的格律。所以，我现在修改的功夫，大都花在精简上，也算一种打磨。追求“老到则简”“短文要俏”。边学边写吧！

写后记

2012年1月11日 10:44

为一本新书写后记，总是愉快的事、来神的事。清早写《戴海村语》的后记，全文分10段，不足280个字符。当即发给一位文友，请他阅改。不知他是否躲懒，以“极好”二字复我。我告之以心得：“近年写微博，修炼一字禅：简！”他复：“简，乃文章之至境。”我有点得意：“头发都被‘删’掉了，没‘发’不简！”他又复：“所以，精简才是顶级功夫！”一哂。

微博日志

2012年1月9日 17:53

新鲜事物，层出不穷。此一事物出现了，彼一事物就可能被弱化，被疏离。例如，电视对于电影，电话对于书信，电子版读物对于纸媒和纸质书。我有幸赶上“微博元年”，随时随地用手机写微博，淡化了日记。如今，我借微博写见闻，写感悟，借此激活思想，收藏记忆。每日的微博可算“微博体日志”？

微型杂志

2012年1月21日09:31

我所理解的“微博”，“微”是文章之细，“博”是涉猎之宽。微博是我每天的作业。这一则则“村语”发到网上，像一滴水？一粒米？一勺盐？一颗糖？一片绿叶？一根野草？一缕微风？一丝浮云……“村语”是我办的微型杂志，我是作者，又是编辑，忙闲人之所忙。

状态

2012年12月9日11:37

无论工作或生活，营造怎样的状态好？我赞同木心的说法：“集中于一个目的，作种种快乐的变化。”或者说，“许多种变化着的快乐都集中在一个目的上了”。如果状态杂乱，可能为直奔目的而劳累、呆滞以致毫无乐趣；或者，可能纷纷扰扰而失去目的。《戴海村语》是我小小的目标，给我带来种种快乐。

景德村

2013年7月23日07:22

我住在岳麓山下景德村，户口本上登记了的。我们村口有两株古树，一株是银杏，一株是桂花。我的灵魂在书里书外，足迹在山里山外、村里村外。我时常会“漂”。近三年，无论我漂到哪里，都有个敞开的“村口”。无论您从哪个方向来，一进“村”，一读“语”，我就相向而迎：欢迎，欢迎！

村语

2013年7月23日06:47

“两人村”很小很小。此“村”不设栅栏，说大可以大得“风马牛而不相及”。三年前听说网络是虚拟世界，我倒觉得实在。您读到以“戴海村语”署名的这些微博，就是我本人写作（或口述）的，与我以前发在报刊、印成书本的文字同样“文责自负”，无非媒介方式现代了。您说是吗？

书写岁月

2015 年 11 月 16 日 17:37

人的一生，总有些忘不了的日子。我于 1952 年 4 月 1 日开始写日记，并以《逝者如斯》出版“五十年日记选编”。此生，我必定将日记进行到底，不知止于何日？进入网络时代，我从 2010 年 11 月 18 日起，注册新浪微博，写满一年后，以网名为书名，出版《戴海村语》。此后又积有三年多的文字，仍将收藏于网络。当下，微信热了，微博凉了。我在微博与微信之间凿一“运河”，将“村语”选运到朋友圈里，本人将优游于微博与微信之间，不亦乐乎？

回音壁

2012 年 10 月 13 日 11:10

游走在武陵道上，忽闻昕孺报信：浙江才子夏春锦为《戴海村语》写了书评。回村后，照例由老伴上网，她读，我听。她读得感动了，我听得沉默了，沉入无言的感动。夏君读得仔细，写得诚挚，但凡引证、评点之处，无不教我推敲、琢磨。书林网海逢知音，怎一个“谢”字了得！此情何似？回音壁上传友声。

郑重一诺

2013 年 12 月 18 日 19:19

昨晚就寝前，今早起床后，读取微博留言：有厦门穆君、北京彭君、太原知秋君，还有三位表示“喜欢”的网友，叮嘱我坚持写作，为我的“村语”加油、充电、给力。要说“坚持”，长在村头的幼苗是坚持，立在山前的古塔是坚持。我在书房、在旅途的写作，并非扛鼎、负薪式的咬牙跺脚，也非马拉松赛程中的气喘吁吁。这些语丝何所似？姑且当作江南冬夜的绵绵细雨吧。

由来与情境

2014 年 2 月 27 日 12:03

我写“村语”，有四个来源、四种情境：一是，来自阅读，循着书中蹊径，进入人文情境。二是，来自旅游，踏着山间曲径，进入自然情境。三是，来自日常生活，沿着人生之路，进入世事人情的生活情境。四是，无论时间、场合，因遐思而致远，因冥想而深沉，试将阅读、旅游、生活提升精神境界。

写在路上

2015 年 7 月 19 日 09:36

岳麓书院《学规》有则“读书必须过笔”，要求不动笔墨不读书，相信“好记性不如烂笔头”。我觉得，读书是这样，行路也是这样。七八年以前，我是带着日记本旅行的。日前翻阅 2008 年“东北之旅”的日记，感觉当时写得细些，体会深些。此行接着游东北，因视力太差，只好略写微博代日记。

语丝

2012 年 7 月 22 日 10:26

有位老同学记得，当年我办“黑板报”时，利用空隙写“三言两语”。20 年前出版《人生箴言录》，也是利用零星时间写的语录体。退休以后，还在多家报刊开过《枫林语丝》专栏。其实，当下写微博，依旧是自行其道。

老人与网

2015年3月26日21:10

六年以前，得知有老者从电脑上网，我赞他们为“阳光老人”。好快呀，而今已觉阳光普照！当时我有恐网症，戏称“漏网之鱼”。所幸，赶上“微博元年”，我以真名实姓写“村语”，自拟宗旨为：“激活思想，放飞心灵，练习写作，收藏记忆。”近年以来，多少老人走进互联网，不亦乐乎！

鱼不游泳

2012年4月6日20:24

初写微博时，时常论及微博：从“上网”到“定位”，从“话题”到“旨趣”。写满一年，将“村语”结集时，第一辑关于“微博”的话题多达42则。现在，我把“微博”当作一种方式、一个工具，全心投入“在书房／在旅途”的写作。现在适应了、习惯了，好像自己随时随地的呼吸，好比鱼不学“游泳”，而本来就生活在水中。

回望

2013年4月30日12:02

在疾走慢跑的生活流程中，每天的日记和“村语”，像路边的行道树，一株一株地掠过，回望时才有整体的印象。回顾元宵以来，在时晴时雨中，跟随春天的脚步走过65天，看草看花看树木；旅行中原，游过云台山和鸡公山；差不多每天都翻过书，动了笔，给庸常日子留点儿思想的痕迹。

实时感

2014年2月28日09:12

《戴海村语》是我的“微博体日志”，网上自动留下了发送时间。于是，细心的读者能知道我实时的动态。2012年，“村语”首次成书，我在后记中写道：“保留发送微博的时间，借以存留写作的情境。”我的“村语”无所谓有效期。对于家人和亲友，岁月愈久或许愈亲切？

沉潜

2013年4月30日07:41

朱光潜先生，曾在未名湖边跟学生聊“沉潜”。初读《尚书》，方知这个深含哲理的佳词，原是这么古老！昨晚，一位久未会面的学者来信问候。我复：“体验沉潜，未露形影。”“潜”与“隐”近义。他问，隐于山中还是湖畔？我答：“在窗前，在路上，在书中，在梦里。”知音懂得这一隐语。

忙着幸福着

2012年9月18日17:15

三天没交作业，昨日连发三篇。黄海阎公来信：“忙着幸福着！”这话意味深长。是的，忙不等于幸福，也不必定带来幸福，即使忙着赚钱。通过劳动忙出幸福来，那就爽爽地幸福着呗！精神的幸福，有时比物质的幸福更珍贵、更深刻。崇高的幸福，不会叫人醉、叫人晕，只会更加叫人珍惜、叫人清醒。

旅友来信

2013年7月14日06:52

黄海阎公，是我旅途结识的高人，是我“村”的座上嘉宾。他上网不立文字，却于静处“拈花微笑”，通过手机短信给我以点拨：“今年有贵阳故事了！”昨又来信：“长沙热到37℃，贵阳不到30℃。有文化、有风景，今夏舒适了。”诚哉此言！游风景健身，学文化养心，乐在清凉世界。

旅友诗情

2013 年 12 月 22 日 09:42

身在书房，读取旅途信息。此刻，有弟子从镇远南下荔波，报“霜染山野”。又悉文友在海南吟诗：“神州万千里，禅境何处寻？亭亭槟榔树，苍苍古森林。净净砂石路，暖暖春秋风。绝无车喧嚣，偶有叶落声。大口深呼吸，小步长歌吟。乡亲惊相问，执手告实情：南下逍遥客，非是外星人！”我给眉批：禅境生诗。

网上同游

2013 年 12 月 22 日 11:45

黄海阎公，精于网络驰骋。每当我报告旅行的路线图、时间表，他便循着“村语”网游，跟一路，“游”一路。上月，我游东海之滨，网上飞来一行字：“跟着你们在旅游，爽极了！”我回书房多日，他还持续“跟着”。昨天，我也跟上友人“在旅游”，笑称：“徐霞客在旅途，假如随身带着手机……”

通话与短信

2012 年 1 月 16 日 15:38

手机在握，通话或写短信，任人自选。有时候，通话的时间长了，难免废话也多。早先惯于书信的，现在爱写短信。我感觉，短信更精练，更明白；文字更讲究，更准确；而且短信可贮存，可转发；短信可用电报体，也可写成散文诗或说明书。当通话成了耳边风，短信依旧字字醒目。

修身

2012 年 1 月 30 日 12:35

漫游涠洲岛，思念节后上班人。正在海滩拾贝时，收在京友人短信："从今天起，做一个更简单的人，不沉溺、不自扰。开朗、坚韧，对人真诚。坦然、宽容，微笑过往。多看书，看好书。少吃点，吃好点。仰望远方，放飞梦想。"我复："赞同！欣赏！效法！"

短句

2013 年 10 月 9 日 17:38

欣赏网友博文："乡间的春天，一抹绿、一簇花、一片田、一束光，每一道风景都不想错过。寻找着、捕捉着、徘徊着、眷恋着，直至那深邃的美……""清早的浏阳河畔，叶面上，草丛中，花蕊间，露珠儿都跑来撒欢。新的一天，开始了！"这些叮叮咚咚的文字，如泉声、如流水，悦耳、动心。

晨练

2014 年 7 月 31 日 06:05

有位麓山弟子，在京城工作。昨日 05：28 给我发一短信相告："每天我都起得很早，读一段，走一段，想一段……"我知道，这是当年麓山弟子"晨练"的节奏："走"或跑是健体；"读"是益智增识；"想"是思想体操，为修德养心之功。为争取时间，贵在早起，更在持之以恒。

网友笔会

2012 年 9 月 17 日 10:40

著书是作者的个人行为，而出版则多有机缘巧合。我的《戴海村语》出版后，经朋友们抬举，邀集 24 个人助兴。他们是我以微博写“村语”的关注者和评论者。他们以“网友笔会”的方式为本书“代序”。在书林，在网络，这个创意兴许别开生面？我感激他们的美意美文，而其中的褒词赞语，我只能自打折扣。

旅友音问

2013 年 8 月 17 日 18:53

避暑凉都，游览与阅读全由自己安排，二人世界好清爽。余志不孤，时有远方音问。黄海阎公，畅游北欧，旅途仍不忘进“村”读“语”。还有湘子传书：到了布鲁塞尔，七夕在塞纳河边，继而步入瑞士仙境、佛罗伦萨人间，与天、地、神、人同在。哦！远方风景到眼前。

旅途状态

2013 年 11 月 28 日 13:42

旅途的“村语”，是我写给亲友的书信，报告一路的游程和消息。有一次，女儿读到我在凌晨三四点钟的文字，嘱我节劳。其实，当晚我七点睡觉，酣睡八小时，岂不正好写作！我“149”部既然出得来，就能走得动、吃得消、睡得着。考验在于，打乱了平日的生活规律，要能随机应变，沉稳自持。

与友书

2014 年 1 月 29 日 16:36

曾入私塾，记得“敬惜字纸”的箴规。如今散落在手机、电脑上的文字亦如字纸。誊抄致读友郑君：“开掘思想的深度，构筑精神的高度。”读张导的诗，复：“如临海滨，如望星空。所读所思，能知能感，又添一重佩服。”读大海的诗，复：“尊贵的灵魂，美丽的诗魂！”思麓山学者赵君：“隔洋思故交，方感岳麓近。”复黄海阎公：“品茶思君子，酌酒念故交。”

微信简复

2015年9月9日06:56

本校曹君信告，从南岳避暑回家。我复：“岳云与诗文同趣，山林和校园都好。”黄海阎公来游三国故地，在“古隆中”石坊留影。我题：“尔与我对，何必隆中？”意在邀他来湖畔清谈。太原知秋之行，于白露咏秋日之美，我简复：“你最知秋！”

知遇

2014年1月3日19:31

网络文字，如南海之沙。我的“村语”，清闲、平淡。在匆匆忙忙热热闹闹的现代生活中，谁会投以一瞥呢？我不奢望，却很好奇。“嘤其鸣矣，求其友声。”关注“关注者”，乐闻“友声”：“我的信仰是读书和行路。”“勇敢，每天勇敢往前迈一步。”呵呵，果然“你是谁，就会遇到谁”。

关注

2012年6月16日18:38

“可上九天揽月，可下五洋捉鳖。”今天早晨看过“蛟龙”下潜新的深度。此刻(17：30)，我已坐在电视机前，在倒计时中关注现场情况。(18：26) 看到航天员坐在舱里的情状，我想象，假如是我坐在其中……时钟在分分秒秒地接近“神九”的发射时间。我拟将本人的欢呼在第一时间发送。

致嫦娥　　2013 年 12 月 14 日 21:22

2013 年 12 月 14 日 21 时 13 分，通过央视直播，我见证“嫦娥三号”在月球虹湾成功着陆！喜洋洋，乐盈盈，我给“嫦娥”发短信：“穿越古老的神话，落户当代的月宫。舞罢霓裳学科技，遨游广宇显神通。广寒宫里不寂寞，神州故国信息通。不待中秋望明月，忽传玉兔报秘闻。”

话晚晴　　2013 年 12 月 31 日 09:37

年关，是一级台阶，一道门槛。回望 2013，我的“村语”写满三年。这是我的物语、心语，借以激活思想，放飞心灵。今年，我在省内外旅行六次。这是我至爱的功课，读山读水读人间。人老了，腿脚、肠胃尚可支撑；而视力更差，读写更觉艰难，行路也得当心了。莫道前路日坎坷，安坐桑榆话晚晴。

忆往小序　　2014 年 8 月 12 日 16:45

往昔的岁月，摔成时光的碎片。但凡忆起的，如稻田拾穗，山林采菇，都是人生的足迹、生命的印记。我在新浪写“村语”，早有“收藏记忆”的心思。这些偶忆、琐闻之类，保持“村语”的“微”风格，题材不拘，事无巨细，一一随忆随录。

第 4000 题　　2015 年 2 月 4 日 09:41

据数字显示，这是微博《戴海村语》第 4000 题。若以芝麻、豆子比喻，我已积攒一捧一碗？“村语”的内容，是写本人的阅读与旅游，生活与感悟。类似日记却随时发表，专家称“微博体日志”。四年多了，微博是我的语文作业，让我“激活思想，放飞心灵，练习写作，收藏记忆”。

云中相册 2014 年 10 月 23 日 18:21

从没有相机、手机，倒有个“傻瓜机”，继而用手机拍照、上网，连着跳跃又飞跃。如今游览山水，想拍就拍，既分享，还收藏。刚才打开 iPad 的“相册”，翻阅近三年的收藏，似乎又回到赣、豫、黔、闽、桂，以及屋门口的潇湘风景……常说眼中山水、胸中山水，而今我将山水藏于云世界。

语言能力 2013 年 1 月 24 日 19:03

英国著名法官丹宁勋爵，每隔几年就要重读一遍莎士比亚的作品。他在晚年潜心著述，在写作中总是逐句推敲，反复修改，力求表述确切，绝不含糊其辞。他说，要想在法律和相关职业中取得成功，必须培养自己掌握语言的能力。语言要有说服力，必须要简洁、明确。

互补 2012 年 10 月 19 日 15:23

有人问，宁静和说话是对立的吗？密特朗回答：“不，这两者是互补的。”是的，可以互补。近十多年来，我安享宁静之福，深受宁静之益。在宁静中，我阅读，回忆，思索，写作。如有邀约，跟乐于交谈的朋友们在一起，总有许多话说，同时也听人家说。交谈适可而止，我又回归宁静。挺好！我就这么时常“互补”着。

裁减废话　　2013年8月17日 06:33

有一次，莫言接受采访，人家安排八分钟，他主动裁减至六分钟。莫言说："时间是剪不掉的。剪掉的是废话，剩下的是时间。"废话以时间为成本。废话愈多，费时愈多，叫人遭罪又费时。

语言魔方　　2014年11月29日 10:21

谁知道一个魔方有多少种玩法！语言似海，词汇成山。一般说来，语言的丰富，源于思想的丰富；语言的高明，来自识见的高明；语言的窒碍，反映思想的窒碍；语言的痛苦，是一种心灵的痛苦。总之，语言功夫的巧拙，反映文化底蕴的厚薄。在语言文字上的切磋琢磨，其乐无穷！

文字　　2014年11月29日 10:36

人们自幼结识了文字，文字就把大家领进阅读园地，乃至带入文字作坊，从事以文字为生的职业。文字有着很强的亲和力，你愈是跟他亲而和之，他就愈加跟你和而亲之。不过，谁要冷淡、疏远了他，就很难得到他的慰勉和规劝了。

珍爱文字　　2013年3月22日 20:39

先民结绳记事，古人创造文字。我们天天阅读、书写的文字，从甲骨、钟鼎、简牍、绢帛一路过来，进入电脑、手机。人们笔下的文字是历史、人生和情感的多种排列组合。当代作家麦家说，文字是他的亲人。我也深有同感，文字是咱的至爱亲朋。

很难想象，离开文字我还怎么生活！

陶冶性灵

2012年3月12日 20:37

昨天，出版社发来《戴海村语》的三校清样。今日打印校阅“生态，连着心态”“生活，酿出真意味”两辑。校阅即质检。记得去年学写微博，“发送”即发表，那种直面读者的感觉，确能激发悟性和灵感。我的微博还想写下去，就得不断陶冶自己的性灵，这是贯通《戴海村语》的命脉。

一

2013年3月13日 13:02

在汉字中，“一”字最好认，最容易写，却又最难写出风格来。“一”字的用途最广，学问最深。我查《辞源》，“一”字的解释有13种，组词有349个；查《辞海》，解释有19种，组词达287个；查《现代汉语词典》（第5版），解释有10种，组词达310个。从语言、哲学和实用的角度看，“一”字的确值得研究。

一一道来

2013年3月14日 16:24

用“一”字构成的语词，多达数百。在不同的环境、条件下，我时常关注和欣赏的有：一生、一天、一息、一念、一瞥、一览、一寸丹心、一饮一啄、一箪一瓢、一星半点、一字一板、一张一弛、一丘一壑、一望无际、一泻千里、一笑置之、一了百了……这些“一”字语词，涵盖了我的人生境况。

钻石字眼 2013年3月25日09:28

《尚书》即上古之书。后经先秦诸子，在《洪范》一篇中可以读到："五行"为水、火、木、金、土；"五事"为貌、言、视、听、思；"五纪"为岁、月、日、星辰、历数。关于天气现象，说到雨、风。尤其令人尊崇的是，涌现了"好德""正直""沉潜"这样的佳词。中华文化，存于字眼。

朴实沉毅 2014年10月29日07:00

长郡中学建校110周年了。晓清家有四代"长郡人"。我俩和我们的孩子都曾求学长郡。说到校训，我反复思索"朴实沉毅"四个字：可以分为"朴实"和"沉毅"；也可以分别组成质朴、朴素，诚实、实在，深沉、沉静，坚毅、毅力……校训，培养一种品格，一种气质，关乎我们为人和做事。

惊人的表达 2013年4月6日08:59

我游鸡公山，阎老师沿网络上了鸡公山。抄来："青分楚豫气压嵩衡。"我说，此八字赞语，所言不虚，但文字总有文字的惊人之处。比较而言，我在鸡公山所发的旅游日志，不写文章，不做广告，只写我的感觉，哪有这八字赞语的气势？

修辞 2012年6月8日10:59

开口说话，执笔为文，人人离不开用辞。昨天重温古训：一是"辞尚体要"（语出《尚书》）；二是"修辞立其诚"（语出《周易》）；三是"辞达而已矣"（语出《论语》）。当然，随着时代日新月异，文学艺术在用辞上还会推陈出新。不过我相信，万变不离“要、诚、达”，这是起码的要求。

谄与讪

2013 年 12 月 20 日 13:58

人海茫茫，是是非非总难免。欧阳修在《非非堂记》一文中写道：“是是近乎谄，非非近乎讪。”不幸言过呢？他的态度是“宁讪无谄”。当然，奉承、献媚可鄙，“无谄”者是好样的。可是，“宁讪”就不怕讥刺伤人吗？我认为，评说是非，先得弄清事实；情况不明，还是免开尊口为好。

信言

2013 年 1 月 26 日 09:12

曾经倡导演讲艺术，辅导讲话的艺术。同时，也讲解过老子的反调：“信言不美，美言不信。”这些年来，看看天花乱坠的广告，听听种种官腔、套话，巧舌如簧的言辞多了，笔下生花的本领高了，而这些广告和官腔的背后呢？“言”的第一标准是“信”，言而无信，不可取。

案头必备

2012 年 10 月 18 日 09:23

请勿滥用连自己也解释不了的词！托尔斯泰曾在一封信中写道：“如果我是沙皇，我就公布一项法令：作家如果用了一个自己不能解释其意义的词，就剥夺他写作的权利，并且打他一百棍！”我对自己的同胞，有一个仁慈的建议：请在案头摆上《现代汉语词典》，添置《辞海》《辞源》更好，可以顺便多学些语词。

语词　2013年5月27日 11:19

喜读耀红博士的“语词文化笔记”——《话里有话》。摘其扉页序诗：“语词，如生命的精灵／涵气韵，长精神／在幽暗的时光深处／眨着一双深邃的眼睛”“语词，如文化的密码／载历史，绘世相／在一个古老的国度／抵达文化的最深层”。让灵魂和语词共舞吧！我们爱生命之精灵，解文化之密码。

词语流行色　2011年12月26日 07:13

某个时期，在某些人群中流行某些词语。记得20世纪80年代的校园，男生讲潇洒，女生讲温柔，有如服装流行色，于气质并无多少改变，无非反映时尚与追求罢了。早些年流行说“郁闷”，连小学生也把这词儿挂在嘴上，他们有多少忧郁和烦闷？太夸张。近两年，又流行说“纠结”，用以表白某种状态或心情，可又有泛化的趋势，太渲染了。长沙人定会记得，用长沙话讲“确实”的味道。当今，词语的创新和流行，来自网络，来自主持人与演艺圈，我更希望作家和语言学者在背后提升语言的品位。新春在即，明年流行讲什么？我听着。

骨感　2013年8月1日 06:43

从一位心理学教授的微信，读到“骨感”这个词，有种可以触摸，或被碰撞的感觉。搜索同义、近义及反义的意象，想到肌肉欠丰，骨骼凸显的形体，想到耿直、冲动的性情，想到坦露、坚挺的文风和谈风……人要有点骨气，即浩然正气。硬骨头敢于“碰硬”，但不宜凡事“硬碰硬”。有时，水的柔性胜过锤的敲击。

深刻

2012年9月29日 13:25

有时候，大伙儿七嘴八舌，不如两人对谈深刻，甚至不如自处寂寞中清醒。深刻是对事物本质的认识，来自对客观事物的观察与思考。真理寓于平凡，深刻不失本真。深刻是语言与思想的内涵，不是标签或广告。事理无穷，深刻有度，过度包装的“深刻”，反而浅俗了。

倚岳襟湘

2011年12月9日 14:14

语言，须从书本上、文章里学，又可以从谈话中学，从广电节目学，还可以从街头、从广场、从名山胜水学。比如，在岳麓山的北大门，左题“倚岳”，右题“襟湘”，这“倚”与“襟”用得多好！您来到这儿，这儿就是您的方位和情怀。山林中有一朝向东南的墓槛上刻着“湘流在抱”，也颇具气势。

春词

2014年2月4日 09:07

今日立春！想起郑板桥的《春词》。此词56句，嵌入68个“春”字。如春日、春风、春暖、春山、春水、春花、春草、春色、春光、春雨、春苗、春景、春菜、春装、春归、春心、春酒、春曲、春雷……板桥先生有所不知，如今过春节，还有“春运”“春晚”。

借

2012年5月16日 09:59

苏州拙政园里的“两宜轩”有一副名联：“爽借清风明借月，动观流水静观山。”昔年的园主，当下的游客，得到提示，借助风的清爽、月的明亮，从流水观赏动感，从山丘领略静谧。我喜爱联中的“借”字，大自然极为丰富而且慷慨，有许多宝藏、风景可供借取、利用，唯独不许蛮横掠夺。

厚实

2013 年 12 月 7 日 21:22

在家乡，自幼听熟了“厚实”，如鞋底厚实，城墙厚实。曾国藩在日记中，从“厚实”谈正心与修身：“厚者，仁恕也。己欲立而立人，己欲达而达人。己所不欲，勿施于人。”“实者，不说大话，不好虚名，不行架空之事，不谈过高之理。”前者，引证他所熟读的古训。后者，更通俗、更实在、更得民心。

窝囊

2011 年 12 月 4 日 21:35

何谓窝囊？傅山说：“俗骂龌龊不出气人曰窝囊。窝，言其不离窝，无四方远大之志也。囊，言其知有囊橐，包包裹裹，无光明取舍之度也……大概人无光明远大之志，则言语行事无所不窝囊也。而好衣好饭不过图饱暖之人，与猪狗无异。”我们自当立志壮胆，不为窝囊人，莫做窝囊事。

别“挑”

2013 年 4 月 29 日 18:06

“挑”字，在古汉语中，除了挑担、挑灯之类劳动、生活用语，组词不多。在现代汉语中，用第三声构词，出现挑拨、挑动、挑逗、挑唆、挑衅等词语。是人性变得刁钻，或是构词更加精确？这些现象时常出现在国与国、人与人之间。就人际关系而论，国人心性善，心术正，哪来这多纠葛？别“挑”呀！

辛与幸　　2015年8月16日06:55

昨天，和一位背着书包在食堂吃早餐的孩子说话，我脱口而出："为幸福辛苦着，辛苦地幸福着。辛苦换来幸福，幸福回报辛苦。"琢磨"辛"与"幸"，好比两个人，帽子近似，胸脯相同，各自独立。想起幼年识字，不易分辨。老来眼花，在手机上往往选错。谁去问问学写汉字的老外，这俩字好辨吗？

老童生　　2014年11月30日17:53

每次行文之前，我都像个"飞天"，在一个宽泛的空间，自由飞翔，思绪纷纷扬扬。可是，一旦端坐案前，铺开稿纸，我就变为一名老"童生"，拘谨、踌躇，迟迟难以下笔，行文中时不时磕磕绊绊，直至在修改誊抄中完稿。这是我写作中的一个大问题。

思维　　2012年7月22日10:36

大半辈子了，总感觉自己的抽象思维比形象思维更差。若论性情，我算感性与理性参半，况且，我还多少写过些论文、讲稿之类。刚才琢磨自己，头脑里想要表达的东西，有两条孔道、两个插头，可我通常只用形象思维的插头，只开这单一孔道。按"用进废退"的规律讲，抽象思维能不更差？

思维品质　　2013年1月9日18:09

阅读先秦诸子的文章，略有文字障碍，但只要翻过这层障碍，就会惊异地发现，他们中很多人独具可贵的思维品质。其特征是，既具理论思维，又具形象思维，且将两者结合并用，相得益彰，写得才情并茂。他们的论文，多有寓言色彩，比当今某些学者那种枯燥、冗长的论著好读多了。

两轮双翼

2012年7月22日10:31

理性思维与形象思维，好比车之双轮、鸟之两翼。我曾想，借此“两轮双翼”，叫自己所写的文章、所作的演讲，既深刻、缜密，又生动、精彩。当然，这只是一个目标、一种追求，到头来究竟实现了几许？我以此审视刚刚出版的和正在写作的“村语”。

德才

2012年10月25日16:43

2000年，《人事与人才》杂志约我写专栏。其实，我素未接触人事工作，只因在党校认识众多人才，在大学面对更多的“人才坯子”，于是，以“人生 · 人品 · 人才”为栏目，写了一组文章：江山代有才人出；时代呼唤巾帼才；人格为人才之本；无识不成才；敢于另辟蹊径；摒弃人格之“小”；不求备于一人；寄希望于创造；精神不倒，万事不难；生活是本教科书；大主题，大视野。昨晚清理旧稿，发现4至9期，写到人才品格及创新思维，涉及人才选拔与评价。我一直认为，德才兼备是古今选拔人才的准绳。这个标准，不可移易。

自省

2013年3月12日17:32

以前，在报刊发表文章，我会对着报刊细读一遍，像读别人的文章那样读。退休以来出版的几本书，搁在书柜一角，未曾通读细览。今晨，取出一本《村语》，在扉页自题："自阅，自评，自用，自励。"我将此书留在案头，行将自我解剖。读别人的书是学习，读自己的书是另一种"学习"。

坦诚斟酌 2016年3月7日 17:49

与人谈话，对众人讲话，无论言说者口才如何，有两点至关重要：一是坦诚，二是斟酌。首先，对人要坦率诚恳，这是为人说话的态度；至于词语的推敲，分寸的把握，以及口气的适当，都须仔细斟酌。听人讲话，我情愿在听讲时静候斟酌，而担心言说者在口若悬河中纰缪频仍。

梦笔生花 2015年10月23日 11:36

欣赏中国画，尤其爱读画上的题跋，赞叹画家的生花妙笔。与点送我蔡皋先生《屋顶上的杂记》。是书？开卷即有楷体印的四段文字。是画册？册中确有花花草草的插页。问过，这叫"笔记本"。本子里留着上好的白纸。我怎敢在如此珍贵的本子上下笔？那么，就在网上写一则关于这个"笔记本"的札记。

文字生香 2015年10月23日 09:41

您问我，有没有种过文字？有没有一种文字喷喷香？这个问题很有味。以前，老师教我认字写字，听说过刻字、铸字、煮字，都不如"种字"新鲜，有生气。种字，要垦荒，选种，浇水。我过去写那么些字，多少算得亲手"种"的？生香的文字我读过，我的那些可有几丝淡淡的香气？要问读者。

您问我答 2015年10月23日09:38

您问我，有没有种过一棵草？是不是用心欣赏过一棵草？回您的话：小时候在乡里、山坡上、池塘边、田塍上、菜土边，长着好多草。我的“欣赏”，就是在草地上爬呀滚呀，看水牛吃草，听牛嚼草的声音，还扯出“绊根子”草，嚼出甜滋滋的味道……哦，这一问一答，是孩子与长者、平常人与美术家的距离。一笑。

心与事 2012年8月5日21:05

我上高中时，心想，这辈子出一本书应该没问题。结果，过了37年才出一本小书。原来，从心想到事成是有条件的，得看主观与客观两方面的条件。我退休以后，16年出了五本书。其实，我并没有太多的“心想”，只做自己乐意做的事情，坚持读读写写，也就于“无求”中而事有所成了。

多读勤写 2015年3月4日19:22

又是私家文物！今日发现叶子上小学时的两页作文草稿，题为《作文，作文》，是一篇关于“作文”的作文。正好，我在上午写了一段文字：“阅读和写作，是一种自我教化。书山学海，多少成功的先例激励人们，多读、善读，加上悟性和辛勤，文笔自然通畅、娴熟。”抄出来，且当迟到的眉批。

写心言志 2014年10月30日06:49

2002年4月1日，我的日记满50年，以“日记”为题写道：

“载忧载乐留私语，无碑无传有残篇。韶光易逝心难老，闲操秃笔写余年。”当天的日记上，还录存《赠北京友人》：“冰心犹在玉壶间，一吟一叹亦释然。自问余生何所似？清风明月恋乡关。”今叹：余生又历十二载，重抄尚可励志乎？

后记

校阅《我在》的书稿，也在检视“奔八”以来的生命状态：或在山里栖居，或去山外漫游；或在窗里伏案，或往窗外眺望；或在书里沉思，或向书外遐想。每则微博发送时，手机予以计时，记录了前些年的微博时光。

字有字缘，书有书缘。感激数以千计的网友进“村”选访！感激众多挚友的鼓励、帮助！

我的网上文字，得以出品成为有模有样的纸质书，感激东方出版社，谨向总编、责编深致谢意！

这也算是本书的最后一则手书微博。寥寥数语，是为后记。

戴　海

2017 年 6 月 9 日凌晨于长沙年嘉湖畔

图书在版编目(CIP)数据

我在：山里山外 窗里窗外 书里书外 / 戴海著 .—北京：东方出版社，2017.5
ISBN 978-7-5060-9640-9

Ⅰ . ①我… Ⅱ . ①戴… Ⅲ . ①日记—作品集—中国—当代 Ⅳ . ① I267.5

中国版本图书馆 CIP 数据核字（2017）第 103443 号

我在：山里山外 窗里窗外 书里书外
（WOZAI SHANLISHANWAI CHUANGLICHUANGWAI SHULISHUWAI）

作　　者：戴　海
责任编辑：杭　超
出　　版：东方出版社
发　　行：人民东方出版传媒有限公司
地　　址：北京市东城区东四十条 113 号
邮政编码：100007
印　　刷：北京汇林印务有限公司
版　　次：2017 年 7 月第 1 版
印　　次：2017 年 7 月第 1 次印刷
开　　本：640 毫米 ×950 毫米　1/16
印　　张：22.25
字　　数：295 千字
书　　号：ISBN 978-7-5060-9640-9
定　　价：69.80 元
发行电话：（010）85924663　85924644　85924641